蒼穹變
1 冥皇傳說
龍人◎著

蒼穹變 ①冥皇傳說 (原名：玄武天下)

作者：龍人
發行人：陳曉林
出版所：風雲時代出版股份有限公司
地址：105台北市民生東路五段178號7樓之3
風雲書網：http://www.eastbooks.com.tw
官方部落格：http://eastbooks.pixnet.net/blog
Facebook：http://www.facebook.com/h7560949
信箱：h7560949@ms15.hinet.net
郵撥帳號：12043291
服務專線：(02)27560949
傳真專線：(02)27653799
執行主編：朱墨菲
美術編輯：許惠芳

法律顧問：永然法律事務所 李永然律師
北辰著作權事務所 蕭雄淋律師
版權授權：蔡雷平
初版換封：2016年5月

ISBN：978-986-352-312-3

總 經 銷：成信文化事業股份有限公司
地　　址：新北市新店區中正路四維巷二弄2號4樓
電　　話：(02)2219-2080

行政院新聞局局版台業字第3595號 營利事業統一編號22759935

定價：280元　特價：199元

國家圖書館出版品預行編目資料

蒼穹變／龍人著. -- 初版-- 臺北市：風雲時代，
2016.03 -- 冊；公分

ISBN 978-986-352-312-3（第1冊；平裝）

857.7　　105002427

目錄

楔子

半弦月孤獨地懸於夜空，光線微弱，無依無靠，猶如帶有絲絲寒氣的銀鉤。

蕭瑟寒風挾裹著鹹濕的海水氣息，挾裹著海浪聲，一次次地席捲著冥海島，島上剛燃起的幾堆篝火在海風中明滅不定。

明明滅滅的火光映照出一張張疲倦而蒼白的臉，卜城千餘名未除甲冑的兵卒圍坐於篝火四周，他們的戰甲上浸染著暗紅色的血漬，身側的兵刃因火光而呈現淒豔的光芒。

千餘兵士皆肅然無語，亦忘記了饑餓與寒意，每個人的腦海中，似乎仍不時閃過驚心動魄的一幕幕。

——如潮水般洶湧捲至的千島盟悍戰勇士；

——箭若飛蝗，讓空氣倍添寒意的森然兵刃之光芒；

——深入靈魂的淒厲呼聲，如銅銹般微甜的血腥之氣；

——如敗革般紛紛倒下的同伴以及敵人……

最後一名敵兵在一道驚人的光弧中被斬作兩截後，眾人竟無如釋重負之感，反而有種莫名的沉重。廝殺、吶喊、戰慄一下子消失得無影無蹤，在這種寂靜中，讓人不由感到生命之脆弱縹緲。

他們身後，是一道綿延數里的石牆，石牆本是青灰色的，卻在終年累月的廝殺中被熱血一遍遍地浸染成了赭紅色。

眾人心中明白此島絕無永遠的寧靜，無須多少時日，千島盟的人必將捲土重來。

千島盟歷來有覬覦樂土錦繡河山之心，樂土四大城池中的卜城就肩負著在東方抵禦千島盟入侵之重責。

卜城與千島盟隔海相望，坐落於樂土第一江——雪江入海口的一側。與卜城最近的海島就是冥海四島，與卜城相距約十里，對於爭戰不息的樂土與千島盟來說，冥海四島的重要性可想而知……

不知何時，那一弦殘月亦沒入了一片烏雲之中，冥海島與遠處蒼茫的海水皆沒入了夜色之中。

過了很久，月光重現，似乎比原先更高了，便有人下意識地將目光投向高懸於海的上空的殘月。

倏然間，忽聞數十人幾乎同時失聲驚呼：「船……」

聲音雖不甚響，卻讓所有人皆微微一震。

循聲望去，果見離海岸一里外的海面上，有一艘無帆船正向冥海島而來，其速甚快。

眾人皆心中愕然，有人失聲道：「難道他們如此快便捲土重來了？」

人群中有一身材高大魁梧彪悍者霍然起身，以深邃的目光環視眾人一眼後，沉聲道：「他們的船隻遠比此船大，而且他們決不會孤船深入，多半是迷失航向的商船，大家不必驚慌！」

此人是冥海島八千守島兵士的統領烏若，在軍中極具威望，此言一出，眾人心中略定。

正當此時，忽有錚錚琴聲自海面遙遙傳至，其聲華豔而不奢靡，隱隱中透著不羈與狂野，與樂土音律樂曲大相徑庭。

烏若心中一沉，抬眼望去，只見那艘無帆船離岸僅有二三十丈，借著月光，依稀可以看見船上有一男二女，船中橫置一架琴，那男子正端坐於琴前，十指曲彈間，琴聲不絕。

讓眾人驚愕欲絕的是，划船的竟是兩名豔裝女子，一時雖無法看清其容貌，卻可窺見其身段之窈窕。如此嬌弱女子，竟可使船隻快馳如箭，眾人莫不心驚。

烏若眉宇深鎖，心中莫名忐忑，暗覺來船太過詭異。

思忖間，那船隻再近十丈，爲了使千島盟敵兵攻擊滯緩，守島軍士在臨近海岸處鑿沉了不少廢舊船隻，使水道狹窄，唯有熟悉水道者方能從容進退。

正當眾人料定那船隻多半會擱淺時，倏聞「錚……」的一聲琴鳴，其聲猶如破帛，高亢入雲，聞者莫不失色。

「錚……」嗚聲過後，琴聲頓止。琴聲高亢至此，已完全超越眾人想像空間，令人難以置信的是，琴弦竟未斷開。

傲然長笑聲驀然回蕩於夜空中，其聲並不甚響，卻不可思議地蓋過了天地間一切聲音，眾人駭然感到那聲音似若來自於每個人的心底。

兩道身影倏然自船上飄起，猶如一片輕雲，向冥海島飄掠而至，瞬息間已掠過蒼涼的夜空，飄然落於冥海島上。

其中那白衣男子寬大的衣袍與奇異的髮髻，讓眾人立時明白了來者的身分，他定是來自千島盟！

白衣男子身軀挺拔，渾身上下透露著俯瞰萬眾的超絕氣勢，在蒼茫夜空與清涼月色的映襯下，雖是無語靜立，卻給眾人以難言之威壓！他身側的女子甚是美豔，手中捧著一幅卷軸。

千餘卜城悍勇之士竟不由自主地齊生凜然之意，當意識到自己心中的怯意時，眾人既驚且怒，怒喝聲中，已有數百人不約而同地暴起，兵刃脫鞘聲響起一片。

烏若心中微嘆一聲，並未呵斥部下的浮躁，因為連他自己的右手亦在下意識中握於腰間的刀柄上。

那白衣男子輕輕一笑——那一笑甚至不是輕蔑不屑，而近乎是失望！

烏若後背頓時有冷汗涔涔滲出，但他仍是緩緩踏前兩步，與白衣男子正面相對，沉聲道：「閣下何人？爲何踏足冥海島？」

「我要讓你們退回樂土，因爲無須多少時日，冥海四島便將永遠屬於千島盟。」他的語調極爲奇特。

立時有人縱聲大笑道：「你憑什麼口出狂言？」

白衣男子清冷如刀刃的目光緩緩掃過眾人，他奇異的語調緩聲道：「因爲我是千——異！」語氣輕淡，卻隱隱有無可言述的懾人霸氣，竟讓人感到「千異」二字猶如咒語，挾有不可抗拒的力量。

烏若神色肅穆地道：「冥海四島乃樂土疆域，強行踏足者，終不免一死！」說話間，他右足再度向前踏出一步，千餘部下心領神會，在極短時間內迅速結陣，數百支利箭直指自稱「千異」的白衣男子。

白衣男子輕嘆一聲，道：「你們都是天照神的罪人，所以，你們必須——死！」

「死」字甫出，一道驚人光弧自海中船上破空而起，直入蒼穹。白衣男子亦於同一時間沖天而起，迎向那道似將破碎虛空的光弧！

眾人心神皆驚之時，白衣男子已雙手高擎一柄彎如弦月的長刀，凌空直迫而下，刀勢甫現，已予眾人心神無可抵禦的衝擊。

驚喝聲中，數百支利箭脫弦而飛，但頃刻間，在千軍辟易的刀氣中已成風中弱草。

烏若的手早已握在刀柄上，但無可名狀的驚世殺機竟使這位身經百戰的將領在那一刹那間鬥志全無，極度的空虛與驚駭完全佔據了他的心靈，居然無法作出任何反應。

那是本不應爲世間所有的曠世一刀！

烏若的思想幾乎完全頓滯，刀氣如狂風般席捲而過，詭異的聲音在他身後響起，略顯沉悶卻又驚心動魄——那是肉體被洞穿以及鮮血噴濺的聲音。

頃刻間，濃烈得近乎黏稠的血腥之氣完全籠罩了烏若，一陣徹骨涼意頓時由他的心底湧起。

兵刃跌落地上及軀體倒下的聲音在他的身後響起一片，烏若卻依舊挺立著，身上亦無任何傷痕，但他卻沒有勇氣回頭。

駐守冥海四島的卜城戰士無不早已將生死置之度外，烏若更是如此，但當他面對這使生命脆弱如薄紙的一刀時，心中仍是泛起了寒意。

可怕的是，對方一刀之下斬殺千餘人，卻未摧毀其他物體，連四堆篝火亦燃燒依舊。更可怕的是，烏若乃首當其衝者，卻未倒下！

烏若已意識不到自己生命的存在，他以極爲複雜的目光望著已安然立足於他身前數丈的白衣男子，吐不出一字。

也許，此時此刻，他的任何言語、任何舉止，都毫無意義。

白衣男子接過身後女子手中的卷軸，右手輕揚，卷軸向烏若飄射而至，落在了他的腳下。

烏若極爲艱難地彎身拾起卷軸後起身時，眼前的白衣男子已無影無蹤。舉目遠望，只見那艘船已向海的深處駛去，琴聲再起，縹縹緲緲，讓人感到剛才的一幕不過只是一個可怕的夢境……

足足花了一刻鐘的時間，烏若才蹣跚地走到石牆後的烽火臺前。

他抬頭望了望天空，天空中依舊是那一弦清寒的彎月。他以手中的火把將烽火引著，火光很快沖天而起，將天空映紅。

烏若把那卷軸以衣帶小心地纏在了手腕上，隨後面向西方，默立少頃後，方緩緩地拔出了腰間的刀。

又一陣海風掠過時，烏若的刀在空中劃出一道淒美的弧線。

他的刀深深地沒入了自己的身軀！

卜城城主落木四的愛將烏若，以他的生命證明他的無限忠勇！

第一章　冥皇應戰

清晨。

與卜城相去千里的大冥樂土的京師——禪都。

「禪」字，在樂土人心目中有著非比尋常的意義。在今日蒼穹諸國格局形成之前，曾經有一個充斥著死亡與血腥的時代，人的生命脆弱如朝露。那個時代便是可歌可泣的神祇時代！

神祇時代，成就了一代又一代如日月般輝煌的英雄，也造就了一代又一代的至惡邪魔。

在那個時代，雄心勃勃的強者爲了成爲蒼穹中至高無上者，執著於武道境界的追求，直至達到驚世駭俗的神魔之境。但擁有改天易地的力量並未使他們擁有永久的輝煌，幾乎整個神祇時代都在重複著合久而分、分久而合；聯盟之後的背叛，背叛之後的聯盟。

霸絕蒼穹的武道力量，竟不能真正地成就王者霸業！

直至後來，樂土武道之神「玄天武帝」光紀在樂土聖地祭湖時仰望蒼穹，歷經百日，終於悟出了最強大的終極心靈之力——「禪之力」的神韻所在。

由此，非但他自身修爲躍升至一個前所未有的境界，更憑藉「禪之力」凝集整個「武界神祇」的精神與意志，武界神祇的輝煌由此鑄就，並最終締造了大冥樂土的萬世基業，綿延千年。禪都之名，寓意不言自明。

禪都乃大冥王朝京師，自是一派莊嚴，王者氣象雄渾絕倫。

今日清晨，天剛破曉，東方仍殘留著一片淒豔血紅之色時，驀然有尖銳的鷂哨聲劃破長空，迴響不絕，聞聲莫不驚心！禪都子民紛紛駭然抬頭，只見一道銀弧自南而北劃空而過，徑直射向禪都中央地帶的大冥王朝權勢核心所在——紫晶宮！

爲拱衛樂土疆域及時傳遞音訊，大冥王朝專門馴養了一批靈鴿、靈鷂，其中的靈鷂，整個樂土也僅有十二隻，若非緊急大事，決不會輕易動用靈鷂。若是再將靈鷂足上縛以鷂哨，則更是十分火急！

禪都萬民震悚！

紫晶宮天樞殿。

天樞殿高臺之上的案前端坐一男子，他那唯我獨尊的王者威儀與雄偉挺拔的英姿天衣無縫地揉合在一起，使人頓生頂禮膜拜之感。

他正是樂土最尊貴者——冥皇！

他的氣度、他的一舉一動都近乎完美，誰也無法看出他是五旬開外的人。只是，此刻冥皇眉頭微蹙。

冥皇身前案上展放著一卷橫幅，上有蒼勁筆墨，竟隱然有大家風範。除了幾點血跡之外，最引人注目的是橫幅右下角那個大紅封印，赫然是千島盟的璽印！

殿前已幾乎聚集了冥皇駕前的所有重臣！冥皇駕前有雙相八司，雙相為無惑大相、法應大相，八司則名為天四司及地四司。

天四司分為司命、司祿、司殺、司危。其中司命之職乃起草頒佈各種律令；司祿掌握財源，以本招財；司殺專責執掌法刑，有對雙相八司以下者先斬後奏之權力；司危則專責大小戰事，保樂土疆域平安。與天四司相對應的地四司亦是同名為司命、司祿、司殺、司危。天四司與地四司權責不同之處，在於天四司主掌京師禪都，而地四司則手握京師之外數千里疆土的重權。

今日，除地司殺早在幾天前就已離開禪都前往九歌城，未能及時返回外，其餘雙相七司皆已聚於天樞殿，由此足見冥皇對此事的重視。

冥皇威嚴環視眾人之後，方道：「千島盟盟皇胞弟千異約樂土武界高手，以勝負定冥海四島歸屬，你們對此有何看法？」

沉默少頃，一容貌粗陋卻氣度沉穩的中年人道：「冥海四島遠離冥土，且島上又無天險可依，聖皇縱然有良將猛卒，亦鞭長莫及。千島盟連連進犯，以致我朝將士折損無數，庶民亦不願遷居冥海四島。今日千島盟主動提出由盟皇胞弟與樂土高手決戰於龍靈關，只要能在八月十五之前擊退此人，盟皇便永不犯冥海四島。樂土武道乃天下武學之源，源遠流長，武界異人輩出，千島盟盟皇胞弟出身皇室，必驕橫狂妄，擊敗此人，應易如反掌。吾皇聖明，只需遣絕頂高手與之一戰，必會獲勝而歸，從此四夷安平，實是聖上之幸，萬民之幸！」

此人微瘦，肌膚黝黑發亮，猶如鐵鑄，讓人感到若以金鐵撞擊其身，必是有如金鐵交擊。

此人即地司危，肩負保衛樂土疆域重責，對千島盟的滋擾不斷早已是不堪忍受，只求能速速作個了斷，永絕後患。

童顏鶴髮，一臉福態的天司祿道：「聖皇，冥海島守將烏若自刎前，曾以兵刃在石牆上刻下數語，據其所言，島上將士本已將來敵悉數擊殺，尚有千餘人倖存，不料最終卻被另一孤身犯島之人一刀擊殺。若此人便是千異，只怕事情有些棘手。」

地司危不以為然地道：「只怕這是烏若自感難辭其咎，方有虛妄之言。無論如何，千島盟區區彈丸之地，卻敢隻身挑戰樂土高手，若不應戰，大冥聖威何在？」頓了頓，又接道：「不二法門在武界的地位之尊崇，無與倫比，玄武二道向來囿於門戶之見，唯有不二法門可隨意插手幾乎所有幫派的事務，可謂武道的化身，法門之主元尊在武界人眼中與神無異。據說法門元尊與周邊四夷多有淵源，以至連樂土之外的武界，亦對不二法門推崇有加！武者多孤傲驕恣，想必千異亦是剛愎自負，方主動提出不二法門中人為見證人，此舉無異於向樂土武道宣戰！聖皇只需略加勉勵，自有仁義之士為捍衛樂土尊嚴而戰，此可謂是天賜良機！」

冥皇臉上終於有笑意展露。

一個月後的八月初九。

「三味居」倚山畔湖，因山勢險峻，唯有乘湖上渡船方可至「三味居」。只是此地遠離世俗塵囂，人跡罕至，倒也無甚不便。

沿蜿蜒曲折的山道拾階而上約半里，轉過山坳，便可見兩間石屋與一幢木樓毗鄰而建，為陡崖絕壁而環擁。石屋、木樓周圍植有果桑。

一年約三旬的漢子匆匆走近小樓，行至門口處，止步恭聲道：「主人……」

屋內一青衣人正背向正門負手而立，他的目光停留在懸於壁上的一幅畫上，畫中一座青峰直聳雲霄，氣勢凜然。聽得此聲，他方緩緩轉身，「刑破，你回來了。」

但見此人四旬有餘，風姿懾人。

被稱做「刑破」的漢子道：「是的。」頓了一頓，略顯忐忑地道：「辦妥主人吩咐的事後，刑破曾去過平城。」

刑破面孔黝黑如鐵，身材高大而勻稱，下頷有一道一寸多長的疤痕，微泛紅色，嘴角總在有意無意間緊緊地抿起，略顯冷酷。

青衣人「哦」了一聲，望著刑破，似在等待刑破繼續說下去。

果然，刑破接著又道：「刑破在途中，聽說一個月前，千島盟高手千異挑戰樂土武界，以不二法門為見證人。師慎行、『太真觀』微玄子、『須彌城』城主盛依相繼與千異決戰於龍城之巔，卻皆遭慘敗……」

師慎行、微玄子皆是武界絕頂高手，須彌城城主盛依更是聲望如日中天，三位高手竟相繼敗北，無疑已在武界中掀起軒然大波！得知此事，聞者莫不失色，青衣人卻只是眉頭微微一挑，迅即平靜如舊。

刑破繼續道：「當我趕至平城之時，正是蕭九歌出戰之日……」

聽到這兒，青衣人目光一閃，「九歌城城主蕭九歌？」

刑破鄭重點頭道：「不錯，正是『一笑九歌，百媚千癡』中的蕭九歌。師慎行、微玄子、盛依三人連遭挫敗，已使天下震動，所以蕭九歌決定出戰後，更是天下矚目。蕭城主與主人有非同尋常之淵源，所以刑破斗膽違背主人訓誡。好在我們隱居於此十數年，我又刻意隱秘行蹤，倒未招人注目。」

青衣人微微一嘆，「蕭九歌自二十年前與我一戰後，已再未曾過問紅塵中事了。」

「正是。雖然當年蕭城主與主人苦戰千招最後敗北，但他仍不失爲樂土武界共尊的絕世高手。自從花百媚追殺邊狐至大漠後神秘失蹤，簡千癡病亡，主人隱退後，樂土武界中便隱然以蕭城主爲最尊，故蕭城主與千島盟千異之戰，可謂萬眾矚目！」

青衣人沉聲道：「那一戰，孰勝孰負？」

刑破聲音低緩地道：「蕭城主——敗了。」

青衣人目光倏然一閃，似若一柄利劍驀然脫鞘而出，但他眼中異樣的神彩一閃即逝。

沉默片刻，方緩聲道：「武界風雲沉浮，已與你我無關。」他的目光重新投向那幅畫，「三味居的主人只問麻桑，不問刀劍。」

刑破神情複雜地望著青衣人的背影，似要轉身退出之際，忽然又道：「主人可知千異挑戰樂土武界，所選地點是何處？」

這實在應是一個無關緊要的問題，但青衣人聞之，身子竟莫名一震，道：「難道……會是在石墟一帶？」

「正是石墟一帶！」刑破肯定地道。

青衣人神色大變，霍然轉身！此刻，他的眼神與隱隱顯露的氣勢使他顯得超然卓絕，讓人難以正視。

刑破心中忖道：「這才真正是我的主人，這才是真正的梅一笑！」他神情激動，以至於下頷的那道疤痕顯得更紅更醒目。

青衣人神色凝重地道：「石墟一帶的古關隘名爲龍靈關，千異在此挑戰樂土武界，我不能不出手一戰！」

「爲什麼？」

問話者並非刑破，而是一個女子的聲音。但見一美豔絕倫的婦人牽著一個十歲左右的女孩，出現於門外。那婦人身材玲瓏浮凸，肌膚猶如凝脂，充滿了成熟的風韻，眼神卻略顯清冷，如同星空中的冷月。

青衣人眼中有了柔情，同時亦有了內疚。他迎著那婦人的目光，「我明白妳心中所想，十幾年來，妳我退隱於武界之外，過得平靜安寧。我可以拋棄萬眾尊仰的聲望，可以淡視武界中的成敗恩怨。但這一次卻非比尋常，千異能擊敗蕭九歌，那麼幾乎再無人能擋其鋒。更重要的是，此人選擇了龍靈關爲決戰之地！阿影，想必妳亦知道關於『龍靈石』的傳說吧？」

刑破聽到此處，若有所思，若有所悟。

那婦人牽著身邊的女孩走入屋內，邊走邊道：「傳說不過只是傳說而已。」

青衣人緩緩搖頭，道：「在此古關隘的城牆中，有一顆數萬年前的龍靈石，此龍靈石便是龍之精魂所在。千島盟偏偏選中此地，難道僅是巧合？何況此時離八月十五僅有數日了，若以泱泱樂土，竟無法擊敗千異的挑戰，實是奇恥大辱！」

他的眼中流露出堅毅的光芒。

刑破能讀懂這樣的眼神，那是凌然萬物的王者目光，這本就應是屬於梅一笑的眼神，只是在這山野之中沉寂了十數年而已。

樂土人人皆言梅一笑的劍，足以在一笑間予對手以絕對致命一擊，他身負驚絕武界的「龍翔九式」，使其縱是在「一笑九歌，百媚千癡」四大絕世高手中，亦是地位超然。直到十幾年前梅一笑突然退隱，「龍翔九式」在世人心目中方漸漸談成傳說。

誰也不知道梅一笑隱居於這「三味居」中，十數年沉寂之後，會否是一鳴聲動九天？

那婦人明白安寧平靜的生活也許將從此一去不復返，她不由在心中幽幽一嘆。

八月十三，秋意蕭瑟。

石墟鎮本非繁華之地，隱伏於山嶺之間，僅有百餘戶人家，除皮貨商或西去的馬隊，石墟鎮極少有外人涉足。今日，石墟鎮上卻雲集了近千人，空氣中似乎瀰漫著兵刃的微甜氣息與森森寒意。

千異連敗師愼行、微玄子、盛依、蕭九歌，已足以震撼天下，更何況絕世劍客梅一笑竟再現武界。

梅一笑年僅三十之時，便已以一劍連挫樂土武界三大劍士，其劍道修爲已臻世人難忘其項背之境。今日梅一笑儼然已是樂土武界最後一道屏障。世人一向自視樂土武界爲天下武學之淵源，今若落敗，千古蒙羞。

鎭北地勢開闊，有十二名騎士高擎黑色旌旗，不時馳騁遊弋，黑色旌旗上繡著一把赤色之劍，一望可知是不二法門的令旗，那赤色之劍正是代表不二法門無上尊嚴的「獨語劍」！

沒有人會懷疑不二法門的公正，即使異族的千島盟亦是如此。

眾人翹首以望，卻無一人穿過不二法門騎士布成的防線。不二法門的十二騎士皆是一襲黑衣，紅色斗篷，顯得極爲醒目而彪悍。

日漸西斜，夕陽不斷地向巍然於山巔的古關隘接近。在夕陽即將隱沒的那一剎那，一聲石破天驚般的引刀脫鞘聲倏然擊破黃昏的寧靜，縱是在一里之外，那聲音仍是直透入每個人的靈魂深處，讓人感受到一股莫名的威壓，修爲稍遜者，竟至駭然變色。

石墟鎮唯一的酒樓中人滿爲患，武道中人佔據了大部分的席位，卻沒有人高聲喧嘩，每個人的神色都異常凝重。

北向席間一錦衣少年對身側一臉色蠟黃、前額微禿的中年人低聲道：「大師兄，聽說梅一笑二十四歲之後方開始習劍，卻在三年後便一舉擊敗當年被譽爲四大神奇少年之一的顧浪子，此言可當真？」

那臉色蠟黃的中年人雙眉低垂，「當然是真。顧浪子是名聲赫赫的顧家獨子，卻在與梅一笑一戰中被梅一笑失手誤殺，從此顧家與梅一笑結下了不解之仇。讓人始料不及的是，顧浪子唯一的妹妹顧影卻鍾情於梅一笑，由此而引發了種種糾葛。後來不二法門亦開始過問此事，梅一笑竟敢與不二法門分庭抗禮！」

錦衣少年失聲道：「不二法門元尊向來公正不阿，昭明如日月，只怕……是梅一笑有失偏激吧？」

那臉色蠟黃的中年人神色微微一變，沉默片刻道：「其間糾葛，外人難以定論。不過後來梅一笑與顧影雙雙失去蹤跡，此事便也漸漸爲世人所淡忘了。」

這時，遠處的金鐵交鳴聲倏然密集傳至。錦衣少年神色微變，正欲對那臉色蠟黃的中年人說什麼，卻聽得鄰桌有低沉嘶啞的聲音喝道：「小二，再添一壺酒！」

錦衣少年不由多看了那人兩眼，那人身著少見的灰褐色衣衫，背向錦衣少年二人而坐，面朝窗外，窗外便是石墟鎮唯一一條縱貫東西的長街。他的頭髮披散著，雙肩格外的寬闊，予人以偉岸如山般的感覺。似乎他從清晨起來便一直坐於此處，除了一次又一次地要夥計添酒外，再沒有其他舉止。

褐衣人的桌上橫置著一把刀，刀未出鞘，刀鞘很寬，色澤灰暗，刀柄卻有幽亮的光澤。店中幾乎每一個客人都攜有兵器，但此人仍是顯得格外醒目。

亂髮幾乎遮掩了他的整張臉，唯有他的雙眼有若寒夜的星辰，泛散著清冷的光芒。

酒樓的夥計送上一壺酒，立即退下了。褐衣人無言地捧起酒壺，再為自己倒了一杯，端起一飲而盡。

就在此時，一陣猛烈的風倏然自鎮上掠過，穿掠於街巷間，發出驚人的嘯聲，店中的燈光一陣搖曳。

「砰……」一聲悶響，虛掩著的門驀然洞開，一個高大的身影出現於門外，他袖口處繡著黑色的蜘蛛，讓人一看便知是天機谷之人。只見此人臉色異常蒼白，他顯得極為吃力地道：「梅一笑……戰敗——身亡！」

那一瞬間，店內忽然沉寂如死，只聽得店外的秋葉被風吹得沙沙作響。

褐衣人端著酒杯的手微微一震，杯中之酒頓時溢出。他的左手悄然握在了橫置於桌上的刀，霍然轉身。

就在他起身的那一瞬間，雙眼倏然一跳，目光久久地投向窗外長街。

長街西端，有一白衣人正向這邊而來。他的步伐從容得若閒庭信步，與小鎮慌亂、不安的氛圍形成了一個鮮明的反差，縱是在行人熙熙攘攘的街道上，亦是異常醒目。

他的身後，有一十二三歲的少年，懷抱一柄劍，緊緊跟隨。

褐衣人的目光一直追隨著那白衣人，眼中閃爍著複雜的光芒。

最後，他竟重新落座，握刀的手亦放開了。

千里龍城，數關之首——龍靈關前。

不二法門四大使者盤膝而坐。四人皆戴著寬大的幔笠，且壓得很低，使人無法看清他們的容貌神情，他們的衣衫分作灰、黑、青、白四色。

衣袂掠空之聲倏然響起，一個黑色的人影向這邊飛掠而來，其速極快，仿若在夜空下飛速滑翔的黑色鷹隼。

片刻間，那名黑衣騎士已至關隘前，屈膝半跪於不二法門四大使者面前，急切地道：「稟四使得知，有一劍客願與千島盟刀客在八月十五日決一高下！」

四大使者略作沉默，其中一人沉聲道：「難道此人不知連梅一笑也已敗亡？」

「屬下已向他提及此事，並對他說，冥皇已決定以皇家武力應戰，但他並未在意，他只是說決戰之時，要攜其子同行，他要讓其子親眼目睹他如何擊敗千島盟刀客！此人還說，千島盟刀客與樂土高手連番作戰，爲求真正的公平一戰，他不願在今夜決戰，而選擇了八月十五。」

「哦？此人究竟來自何門何派？」連四大使者亦不免有些愕然。

「此人自言無門無派，自稱戰曲。」

「戰曲?!」

這聞所未聞的名字，讓不二法門四大使者深深蹙眉。

八月十五，天色陰鬱，烏雲低沉。

龍靈關的內城城臺上，有兩個身著白衣者正面相對。內城東、西城牆約有五十丈，南、北城牆約六十丈。南、北城牆中間築有敵臺，敵臺上再設敵樓，城牆四角各築方形角樓，關東西兩門。

方形角樓中，不二法門的四大使者肅然默立。

而東門前，有個十二三歲的少年靜靜地站著。此子五官清俊，但神色間卻罕見少年人的天真爛漫，他的目光始終落在其父戰曲身上。

戰曲左手持劍，目光直視十丈外的千異。

他們之間，竟有驚人的相似之處。一樣的白衣勝雪，身材皆高大挺拔，神容俊朗得無可挑剔，甚至連微微上彎而顯得冷傲的嘴角亦是驚人的相似。

只是，千異的臉色更爲蒼白，蒼白得近乎邪異。

兩人的目光在虛空中相遇，心中皆湧起異樣的感覺。龍城之巔，俯瞰關內關外，天地遼闊，彷彿天地間已僅存他們二人。

雖是即將進行生死決戰，但他們心中卻同時萌生了遙相呼應之感。

千異目光沉若秋水，他以極爲緩慢的速度拔出了他的刀。一彎炫目的銀芒在他的身側不斷延伸，無形殺機如潮水般向四周瀰漫，且不斷增強，無孔不入，十丈之內，已完全被這股凌然萬物的氣勢所籠罩，讓人感到一切生機都在他的運籌掌握之中。

戰曲靜如止水，一呼一吸之間，竟似以某種神秘不可捉摸的方式與天地間的風起雲湧、生生息息暗相呼應，衣袂飛揚間，卓然風範顯露無遺。

更不可思議的是，戰曲之子在千異的驚人氣勢與殺機的壓迫下，竟神色從容，並無不適。

不二法門四大使者目睹此景，暗自驚駭！心忖此子莫非竟已身負驚世高手之修爲？

但這應絕無可能，縱是名滿樂土的師慎行迎戰千異驚世駭俗的氣機壓制牽引之下，亦不由心神大震，幾乎魂飛魄散，以至於被千異一刀斃殺。

不二法門四大使者並未將師慎行如何被殺的情形告諸天下，因為他們知道，一旦世人皆知如師慎行這等級別的高手，竟為千異一刀斃殺，只怕在師慎行之後，再無一人有勇氣與千異決戰了。

千異眼中精光倏然更盛，他的刀亦在同一瞬間完全脫鞘而出，在虛空中劃出一道驚人的光弧，如同有異於日月的另一天體般高擊虛空。

刹那間，風雲變色，似若天地亦為此刀所驚懾。

戰曲的神色亦為之微變，脫口道：「天照刀?!」聲音中充滿了極度的驚訝。

一直神情冷峻猶如冰塑的千異乍聞此言，亦神色倏變，隨即恢復如初，以其獨特而怪異的聲音道：「沒想到樂土竟也有人識得我的刀！」

戰曲沉默片刻，緩聲道：「千島盟有一萬眾供奉的大神，名為天照神，此刀名為天照刀，果然非同凡響。據我所知，天照刀有著極不尋常的來歷，照此看來，你前來樂土，決不會僅僅是為了冥海四島那麼簡單！」

千異微微內彎的嘴角浮現出一抹神秘的笑容，沉聲道：「既然你是識得天照刀的人，那麼，這一戰應更有意思！」

「不錯！」戰曲胸有成竹地道：「我早已聽說天照刀是極少能與『龍之劍』相抗衡的兵器之一，今日正好可以得到印證！」說完，左手持劍鞘橫舉胸前，右手握住了劍柄。

千異手中的天照刀光芒更熾，已讓人難辨其形。千異的神色間有了莫名的興奮與激動，他與天照刀之間儼然已人刀相通，知道天照刀正遭遇相當的對手而被激發其本身所有的戰意。

千異雙目微垂，心靈歸於曠世高手所獨有的一種他人無法領略的「靜」的境界。他默默地感受著天照刀的每一點變化，他相信唯有真正懂得刀的人，才會知道刀亦是有生命的，而他無疑是其中之一人！

驀地，一聲驚天長嘯，千異倏然閃電般暴進，天照刀在虛空中劃出一道完美無缺的光弧，直取戰曲。

揮刀一斬，已有氣吞日月之勢，天照刀與虛空之氣劇烈摩擦所產生的側壓之力使之在長驅直入的同時，衍生無數次微小而錯綜複雜的細微變化，而這一切不可捉摸的變化，卻又完全在千異的運籌掌握之中，最終形成了絕對可怕的致命一擊。

一聲沉哼，一道金光倏然迸現，迅即在戰曲身側出現萬道金色光弧，以決不相同的光弧如水銀瀉地般瀰漫開來，而每一道光弧最終竟都指向同一個目標——天照刀！

刀劍尚未接實，似實似虛的刀劍氣勁已悍然相接，竟爆發出金鐵交鳴之鏘然聲，勁氣四向迸射，充斥了每一寸空間。

此無形的勁氣有驚人殺機，勁氣過處，城牆頓時出現無數縱橫交錯的裂痕，裂痕以快不可言之速向戰曲之子延伸而去。

就在少年即將爲氣勁所傷的那一剎那，他已及時斜斜踏出第一步，隨即他的雙足以令人目眩神迷的步伐交錯踏出，竟從容閃過對方凌厲無匹的殺機。

天照刀與龍之劍相接實的那一瞬間，強大得無以復加的內家真力自刀身迸出，向戰曲直迫過去。戰曲的劍在極小範圍內飄掠閃掣，看似不經意的揮灑，卻隱含天地至理。縱然天照刀勢如開天闢地，龍之劍仍然舒展依舊。

一聲長嘯，千異驀然沖天而起，高擎天照刀，凌空長劈而落！方才一拚之下，千異已感到戰曲的修爲尚在曾經交過手的所有對手之上，故他毫不猶豫地將自身修爲催發至巔峰狀態。

天照刀刀氣直入雲霄，烏雲驚散聚合，並爲刀氣牽引，以駭人之勢席捲而下。

戰曲靜如嶽峙淵亭！普天之下，在千異如此滅絕萬物的刀勢之下，能不爲之心神皆驚者又有幾人？

刀至中途，戰曲長劍遙指千異，猶如穿雲裂日，身軀亦若輕羽般憑空掠起。此刻，似乎他的身軀竟反而成了劍的附屬之物，爲之所牽制。由極靜化爲極速，其間的驚人轉折竟被戰曲演繹得渾然天成，無懈可擊，絲毫沒有突兀之感。

千異驀然長笑，身形倏然不可思議地橫向掠出數丈，而無須任何借力之處，他的身法竟似已完全超越人正常能力的範疇。

身形甫閃，天照刀已化縱爲橫，捲起一團炫目得近乎詭異神秘的銀色光芒，彷彿可將一切吞噬而入，完美無缺的銀色光弧徑直斬向戰曲的腰間。

千異的刀法顯然與樂土刀法迥異，他的刀法化繁趨簡，每一招每一式都盡可能直接、狠辣。戰曲劍道修爲顯然已臻化境，決不在當世任何成名絕世劍客之下！縱是如此，面對千異這超越尋常武學範疇的詭異凌厲的變化，仍是不由爲之一凜。

龍之劍倏然下插，戰曲的身軀順著天照刀的刀氣反向飄出，猶如依附於刀刃上的一片輕羽。在電光石火的瞬息間，天照刀已如洶湧之潮長驅直入二十餘丈，卻始終未能穿透龍之劍妙至毫巔的封擋。

「轟……」戰曲的身軀重重撞在龍城北邊的城牆上，堅固的城牆竟根本無法承受戰曲血肉之軀的撞擊，磚石崩塌激飛，聲勢駭人。

戰曲竟借此一撞之力暴旋而起，非但自天照刀刀勢的籠罩下脫身而出，更猶如天隕流星般長射而落。奪目劍芒與明暗不定的陽光交相輝映，虛空因爲承受了劍氣無以復加的壓力而呈現出無可名狀的變化，萬道劍芒赫然幻化爲一條怒龍，向千異飛噬而進。

如他們這等級別的絕世高手之戰，進退攻守之易改僅在瞬息之間。

天照刀興奮莫名，銀色光芒大熾，千異心中頗有萬丈豪情，立時將內家真力提至無以復加之境，灌入刀身。天照刀頓時發出「嗡嗡……」鳴響，以不可逆轉、不可違抗之勢向對方迎去。

天照刀刀身狹窄而長，並依據最有利於力道的發揮而呈現彎曲的弧度，在千異使出最強一式之時，他的刀儼然成了翺翔虛空的鳳凰。

龍之劍與天照刀以快不可言的速度接近、絞殺。

兩大絕頂之勢悍然一拚，赫然迸發出驚天巨響，聲如驚雷，滾滾而出。數里之外的石墟鎮上近千武界高手聞得此聲，無不駭然變色。

巍巍龍城，再也無法承受兩大曠世高手席捲而出的強大氣勁，轟然坍毀出一道十數丈的缺口。

內城城角一個黑色的人影猶如一個幽靈般向戰曲之子疾掠而去，伸手一帶，已攜戰曲之子一道自飛射的亂石中沖天而起。與此同時，另外三名不二法門的使者亦各自倒掠而去，身法皆已臻絕世高手之境。

碎石塵埃終於落定，戰曲與千異立足於亂石堆中，相距二十餘丈，東、西遙遙對峙。

天地肅寂無聲！

少頃，一團紅色在戰曲的右肩處飛速溢開，與他勝雪的白衣相襯，顯得格外醒目。鮮血流過龍之劍，最後滴落在地。地上皆是堅硬的築城之石，故鮮血並不能滲入，依舊不斷地向下「滾」落……

千異的臉色更為蒼白，他的左肋亦添了一道長長的劍傷，傷口並不是很深，卻是從他的後背一直劃向身前。

受傷對於千異而言，已是久違的感受，更何況，對方竟在他的身上留下如此長的傷痕！但千異的臉上卻反有了一抹笑意——若有所思、若有所悟的笑意，其笑意竟是顯得那般平靜，彷若方才經歷驚心動魄一戰的人並不是他。

千異仰首望了望天空，天空中有密密層層的雲靄在湧動飄蕩，無時無刻不在變幻之中。他緩緩地道：「我知道樂土的人皆在猜測我挑戰樂土所有高手的真正目的。人人皆傳說，天下武學源自樂土，那麼在樂土便應有我一直尋覓的武道真諦！所以我來了。至於冥海四島，在我眼中，不過只是一個引子而已！疆土廣袤與我何干？富貴榮華猶如糞土——當然，樂土是不會有人相信我所說的！」

「至少，我相信。」戰曲平靜地道。

千異眼中有了異樣的神采在閃動。

戰曲遠遠地望了他的兒子一眼，其子站在不二法門一使者身側，他的目光平靜如千年古井。

戰曲轉而面向千異，沉默了良久，忽然笑了，「原來如此……」

千異的臉上亦有了近乎如童稚般天真無邪的笑意，他道：「不過如此！」說話間，他的天照刀已再度緩緩揚起。一縷陽光自雲層間穿射而出，射向大地，千異的刀身泛著奪目的光芒。

戰曲亦神色凝重地舉起了他的劍，並向千異舉步踏進。與此同時，千異亦向他這邊迎來。

被擊得崩塌的城牆，亂石高低不平，但他們二人卻如履平地，似乎每一步踏出，都是踩在真實的地面上，情景極爲詭異。

兩人距離在以極快的速度不斷接近，而他們手中的龍之劍與天照刀散發出的光芒亦越來越奪目。

一股無形的氣勢竟在不知不覺中自戰曲、千異之間透發而出，給他人心靈一種極大的震撼。

忽然間，天地間的一切變得虛無縹緲，景致、聲音、氣息……

一向沉默無言的戰曲之子，此刻心中忽然莫名一動，脫口高呼一聲：「爹……」向戰曲飛奔而來。

就在那一刹那，龍之劍與天照刀已以一往無回之速全力相接！萬道光芒倏然迸現於龍靈關，讓人無法正視！如龍吟海嘯般的金鐵交鳴聲直入雲霄，同一刹那，本是層層密佈的烏雲亦突然被撕開一道極大的口子，奪目的陽光長瀉而下，天地間頓時炫亮無比！

石墟鎭的武界中人一直在屏息靜氣地等待著這一戰的結果。因爲每個人都知道，今日已是八月十五，一旦戰曲再度落敗，那樂土便須得接受一次難以接受的慘敗。

龍之劍與天照刀的驚世相擊所產生的巨響，亦傳至這三里之外的小鎮上，眾人皆凜然色變，以難以言喻的心態望著那道炫目的亮光。

鎮中的武界中人無不是見多識廣的豪雄，江湖之險要與血腥使他們有非比尋常的勇氣與鎮定。但此時此刻，他們心中卻不由自主地萌生了莫名的空洞與不適之感，仿若預感有異乎尋常之事即將發生。

那團奪目的光芒尚未散去，人群中倏然再度響起驚駭欲絕的呼聲！

鎮中每個人都清晰無比地看到一把有著完美弧跡的刀沖天而起，並向東方疾飛而去，越飛越遠，卻久久不落，直至漸漸自眾人的視野中消失。

在那一刻，鎮裏一片死寂。

沒有人相信這驚人的一幕，此地與古關隘龍靈關相去三里之遙，又怎會將那邊的一把刀看得如此清晰？

眾人皆在暗自揣測那邊的情景。

龍靈關一片異乎尋常的沉寂。

不二法門四大使者立足於方才戰曲與千異決戰之地，四人的心情皆隱隱不安。他們的身分及修爲使之一向極爲沉穩，但眼前的情景仍是讓四人莫名驚愕。

戰曲與千異最後一擊後，他們竟只看到天照刀疾飛而出，向東方飛去，而龍之劍則如流星曳尾一般向亂石堆中射去，並沒入石叢中。

與此同時，一個矮小的身影如彈丸般倒飛而出，無疑定是戰曲之子！不二法門四大使者見此，不假思索立即掠出，將之攔腰抱住。

當那團可怕的光芒消散後，四人赫然發現戰曲與千異皆已消失得無影無蹤，如同一塊冰在陽光下化爲烏有一般。四大使者心頭之震驚可想而知。

亂石側唯有草木，以不二法門四大使者的修爲，任何人應絕無可能在他們的注視下隱入草木之中。何況四人本是各據一隅，更無可能有所疏漏。

秋風陣陣，草木瑟瑟作響，陽光照耀著大地，很亮，卻讓人心生有一種不真實之感。

黑衣使者仰首望著天照刀消失的東方，沉默良久，輕輕嘆息一聲。

這時，戰曲之子忽然向龍之劍沒入的亂石叢中跑去，躬下身來，不停歇地將碎石斷磚搬移開去。他身上的衣衫已是破爛不堪，顯然爲那驚世一擊所產生的勁氣切割的結果。

令四大使者百思不解的是，他的身軀爲何又未曾受傷？難道這又是得益於他那舉世皆驚的步法？

能成爲不二法門使者的人，無不是足以叱吒武界的頂尖人物，他們自然能看出戰曲之子的步法玄奧精絕，同時也能看出此步法與他們所知的任何門派的步法皆不相同。但他們都知，僅憑此步法，亦不可能在戰曲、千異兩大絕世高手的勁氣衝蕩下得以倖免！

四人正思忖間，戰曲之子忽然低呼一聲，循聲望去，才知他已找到了龍之劍！

戰曲之子搬移開了一個不小的坑，此時終見龍之劍劍柄顯露出來，而劍身則有大半沒入了一塊拱圓形的岩石之中。

龍城城牆多以方石築成，如此拱圓形的岩石因爲難以堆砌而極爲少見。但在城牆根基處，不少岩石是亙古便有，龍城便以此爲基石倚勢而建。戰曲與千異一戰之後，龍靈關內城已坍倒大半，加上戰曲之子搬移了不少碎石，故此圓拱形的岩石亦已接近城牆底部。

以龍之劍與天照刀一拚之勁道，龍之劍完全沒入堅石之中，自在情理之中，故四大使者對此並未在意。

但見戰曲之子雙手握著劍柄，用力向上抽拔，龍之劍被拔出半尺之後，再也紋絲不動。

戰曲之子又試了幾次，仍是如此。但此子竟毫不氣餒，仍在不斷地嘗試，他瘦小的身軀彎成驚人的弓形，卻再無進展。

四大使者心中皆有些詫異，不明白戰曲之子在戰曲突然消失得無影無蹤後，似乎並未有多少傷感，亦不甚關切，相反，對龍之劍卻是鍥而不捨。

四人早已看出龍之劍絕非凡品。見戰曲之子對取劍已無能爲力，當下那黑衣使者便掠至他的身邊，聲音低緩地道：「小兄弟，我來吧。」

戰曲之子依言退至一旁。

黑衣使者握住劍柄，雖然他知道龍之劍乃世所罕見的兵器，不會輕易折斷，但爲免意外以至於大丟顏面，他仍是在暗中使出了五成功力，並以巧妙的手法將內家真力透劍而入，以求萬無一失。

當他輕描淡寫地完成這一連串舉措後，臉色倏然微變，眼中閃過一抹驚愕之色。因爲他赫然發現，以其五成功力，竟無法將劍拔出一絲一毫！

其他三位使者察覺到黑衣使者的異常神情，心中愕然忖道：「沒想到非但戰曲的武功高至驚世駭俗，連其子亦有可怕的修爲。想必是黑衣使者料定戰曲之子決不會有多少力道，所以才拔不出劍，故黑衣使者亦只使出了五成功力，卻沒想到低估了戰曲之子！」

正思忖間，卻聽得黑衣使者「咦……」的一聲驚呼，右手鬆開了龍之劍，退後一步，沉默半晌，方沉聲道：「決不可能，我以九成功力，竟無法將此劍拔出！」

他的聲音並不大，但在另外三使聽來卻不啻於晴天霹靂。因爲他們知道，論內家真力，黑衣使者比他們三人仍要略勝一籌，在樂土武界中足以躋身十強之列，黑衣使者的九成功力何止萬鈞！但黑衣使者顯然不會是在說笑。難道戰曲之子的功力竟比不二法門四大使者更高?!

顯然，這絕無可能！但為何戰曲之子能將劍拔出半尺，而黑衣使者反而毫無建樹？

青衣使者雖知黑衣使者絕非戲言，但他仍是忍不住上前再作嘗試，卻是與黑衣使者一般無二！更讓人驚愕的是，當青衣使者嘗試將劍向下插入時，竟再度受阻，仿若劍尖下本應有的一段空隙竟憑空密實。

一時間周遭靜得有些詭異，四大使者皆在思忖著今天所發生的不可思議的變化！

戰曲究竟是何身分?為何有如此曠世修為?為何卻無人知曉？

戰曲與千異怎會憑空消失？

龍之劍又有何蹊蹺之處？

……

良久，白衣使者終於開口道：「看來，這一切也許唯有元尊方能解釋了。」

「元尊」二字一出，四使的身軀亦更為挺拔。因為他們堅信，以不二法門元尊之通神修為，應是無所不知，無所不能。

黑衣使者隨即道：「戰曲與千異同時銷匿無形，此事若非親見，絕對難以置信。這一戰，孰勝孰負又該如何判定？」

另外三大使者亦默默無言了。

忽聽戰曲之子道：「自是應判我父親勝！」

黑衣使者不動聲色地道：「不二法門之公正天下共知，怎會毫無理由地下此決斷？」

戰曲之子鎮定得讓人吃驚，他望著遠處起伏延綿的群山，眼中有著異樣的光芒，他道：「我相信，父親與他的對手並未戰亡，也並非遁身而去，而是同時遁入了神魔之道！」

「神魔之道?!」四大使者心中莫名震撼，頓有所悟。

榮登「神魔之道」是武道中人夢寐以求的境界，但這卻又是遙不可及的傳說。愈是如四大使者這般有驚世駭俗的修爲者，躋身「神魔之道」對他們就愈有誘惑力。但這一切一直只是止於一種縹緲不可捉摸！

戰曲之子所言是真是假？

與此同時，四大使者心中不約而同地升起了一個念頭：「元尊是否已能進入神魔之道？」

戰曲之子繼續道：「雖然他們同時進入神魔之道，難分高下。但龍之劍仍在，而天照刀卻已被擊飛，由此便可判斷誰勝誰負！」

聽到此處，四大使者心中已有定奪。但灰衣使者仍是沉聲道：「你何以斷定你父親兩人是遁入神魔之道？」

「因為，父親常說他本就應是屬於那一個世界的人！」

千島盟。

天照神廟，千島盟最大的寺廟。此時周圍披堅持銳的護衛林立，神廟內的庭院中亦有護衛遊弋。一切皆因為千島盟十大刀客之一——小野尚九的家眷來此天照神廟進香。

小野尚九出身世家，富甲一方，祖上並無習武之人。唯有小野尚九自幼癡迷武學，自十歲起遍尋名師，終成一代刀道高手。

但小野尚九深為遺憾的是，他已年逾五旬，卻只是在九年前得一女兒，除此之外，再無子嗣。小野尚九便欲將自己的刀法傳與女兒小野西樓，在小野西樓五歲時便向她傳授武功。可讓小野尚九始料不及的是，小野西樓似乎對習武絲毫不感興趣，即使他強行將未開刃的兵器放入女兒的手中，她亦很快會將之丟棄。

小野尚九中年方得此女，加上小野西樓幼時粉雕玉琢，聰明伶俐，更因其額前有一如羽毛狀的紅色印記而備顯美麗可愛，小野尚九對其視如掌上明珠。雖然深為自己一身卓絕刀法無法傳後而遺憾，卻也不勉強小野西樓。

小野西樓自出生那年起，每到九月初九，其額頭羽狀紅印便會微微凸起，而她亦會大病一場，常常一連昏迷數日。爲求得平安無疾，這幾年來，小野夫人年年皆在九月初九前攜帶女兒至天照神廟中進香祈福。

今日已是八月十五，小野夫人一如往年般，在今日攜帶愛女小野西樓來此天照神廟進香祈福。

小野府上每年皆會贈與此廟許多香資，此時，廟中住持已經設法遣開其他香客。偌大的正殿中，只有小野夫人母女二人。

小野夫人焚了香後，跪於天照神像前閉目祈禱，神情虔誠。

小野西樓與其母並肩而跪，明亮而美麗的雙眸卻好奇地望著威嚴——甚至因過於威嚴而略顯可怖的天照神像。

驀地，天照神廟廟頂突然傳來奇異的嘯聲，尖銳而空靈，仿若是來自某個神秘而不可知的地方。

小野夫人一驚之下，猛地睜開眼來，只見小野西樓正抬頭疑惑地望著廟頂。

「嘩……」廟頂倏然一聲爆響。未等小野夫人醒過神來，廟頂已破開一個大大的缺口，瓦碎椽斷，與此同時，一道奪目的銀芒如閃電般自缺口處長射而落。

「哐啷……」一聲巨響，那道奪目光弧已穿過了懸於大殿上的一尊銅像。隨即聽得「噹……」的一聲，一把有著完美弧跡的刀跌落於小野夫人一丈之外的青石地面上。

刀身泛著微微銀芒，仿若一弦清冷之月。小野夫人目瞪口呆，驚愕地望著這自天而降的刀，不知所措。

這時，外面響起了驚呼聲以及急促的奔跑聲，顯然是外面的護衛被裏面的異響所驚動，趕緊入內守護夫人與小姐。

「砰砰……」數聲，慌亂惶急中，數名護衛徑直自窗戶中飛身穿射而入。只見小野夫人正一臉驚愕地望著女兒小野西樓，而小野西樓正用雙手握著一把有著完美弧跡的刀！

小野夫人惶然道：「孩子，快、快放下刀！」

她既擔心如此鋒利的刀會傷了女兒，同時心中更是暗覺此刀來歷蹊蹺，似是不祥之物，染指此刀，也許大不吉利。小野西樓卻將刀握得更緊，她的目光始終落在那泛著銀色光芒的刀身上。

小野夫人大感不解，她不明白一向不喜武學與兵器的女兒爲何對此刀如此感興趣？其眼中非但沒有對這神秘之刀的畏懼，反而有種莫名的興奮與難以掩飾的喜愛。

無論小野夫人如何誘勸，小野西樓始終不肯放下她手中的刀。

這時，兩名護衛在小野夫人的暗示下，自小野西樓身後悄悄接近她，以求能在其猝不及防之下奪下她手中的刀。

就在他們接近小野西樓時，小野西樓驀然轉身面向他們二人，喝道：「退下！」

她雙手握刀，刀尖猶指於地面，讓人難以置信的是，她的呵斥竟極具威儀，讓人感到根本無法抗拒。

殿中包括兩名護衛在內的所有人都不由自主地退後數步，隨即齊齊半跪於地，恭聲道：「西樓小姐保重！」

小野西樓看了他們一眼，老氣橫秋地「哼」了一聲。

小野尙九之嚴謹冷漠人皆盡知，世人皆言小野尙九一生之中從未展露過一次笑容，對於這種說法，從未有人反對。

曾有一次，小野尙九追殺一作惡多端的刀客萬侏，萬侏以兇悍聞名千島盟。小野尙九追蹤三天三夜之後，終將其攔截，當萬侏的目光與小野尙九隱含無上霸氣殺機的目光相對時，萬侏竟魂飛魄散，不由自主地拋下兵器，跪伏於地。小野尙九的冷漠威嚴可見一般！

但只要見到此刻的小野尙九，便會明白那種說法看來並不完全正確。

此刻，小野尙九的眼中卻只有慈愛與笑意，他很溫和地道：「西樓，妳是否願將手中的刀讓爲父一觀？」

小野西樓眼睛一亮，「父親說這已是『西樓的刀』嗎？」

小野尙九爲小野西樓的聰敏而笑了，他微微頷了頷首。

一側的小野夫人心中暗自嘆息，卻不敢說一句話，對於自己的夫君，她只有無限的敬畏。

小野西樓抿了抿嘴，終於點點頭。

小野尙九這才取過那把有著完美無缺弧跡的刀，仔細端詳。

寒刃如水，秋水般的冷光映在小野尙九的臉上，使他那剛毅威嚴的臉色陰晴不定。

倏地，小野尙九身子微微一震，如同呻吟般地低聲呼道：「是——天照刀?!」

小野夫人從未見過自己夫君的臉上會有如此神情，她的心中不由掠過一絲寒意。

茫然間，恍惚聽得小野尙九對家將下令的低沉聲音：「封閉所有府門，任何來客皆要設法拒之門外！」

千島盟盟皇的宮殿。

殿宇巍然，宮閣聳立，雕樑畫棟，其富麗堂皇直逼大冥王朝皇宮。

內廷的一間密室中，置有一張寬大的木几，木几上擺著一套色澤古樸的茶具。北向一位身形微胖的中年人盤膝而坐，他的眉頭總是微微皺起，似乎永遠在思索著什麼。

他正是千島盟第一人：盟皇！

在他的對面，是一膚色白皙、目光格外明亮的中年人。此人顯是深諳茶藝，煎、煮、烤、碾，無不是達到精絕之境。

膚色白皙的中年人低眉恭敬地道：「茶道講求『和、敬、請、寂』，諧諍平心，深心凝神。聖皇摯愛茶道，實是千島盟萬民之幸。」

盟皇目光停留在一只精緻的茶罐上，似乎並未留意中年人所說的話。

這時，外面響起了輕輕的叩門聲，隨後聽得有人低聲道：「聖皇，不二法門已將戰局判定。」

「說。」盟皇的神色沒有一絲一毫的改變，仍是微微皺著眉。

「決戰之後，王爺與樂土一名為戰曲的高手消弭於無形。不二法門認定王爺與戰曲一同步入神魔之道，但因王爺的兵器被擊得脫手飛向東方，而戰曲的劍留於原處，故判王爺落敗。」

膚色白皙的中年人身軀微微一震，略顯驚懼地偷窺了盟皇一眼。

盟皇緩緩抬頭，「樂土果然是藏龍臥虎之地！」

對於千異的結局乃至冥海四島的結局，他似乎竟並不關切。

那膚色白皙的中年人低聲道：「聖皇，不二法門不過只是武界中人，怎能評判王爺與他人決戰的勝負？多半是不二法門暗中偏袒樂土。」

盟皇冷冷地掃視了他一眼，「以不二法門為公正人，本是朕之意。」

中年人的臉色頓時煞白如紙，額頭立即有豆大的冷汗滲出。他連忙跪伏於地，連聲道：「奴才愚鈍，奴才該死！」

盟皇再也不看他一眼，而向著門外道：「那麼如今可知天照刀的下落？」

門外之人答道：「普願法師推斷天照刀應在京城以南三百里之內。」

盟皇端起一杯茶，輕啜一口，方緩聲道：「朕要你們在一個月之內找到天照刀，而且，此事不可讓任何外人得知！」

「是！」外面的人應了一聲，聲音低沉而有力。

那跪伏於地的中年人頓時躬得更低，全身如篩糠般簌簌發抖。

第二章　戈壁慘案

夕陽下，荒涼的戈壁中，一列馬隊正向西而行。馬隊有七人七騎，除行於馬隊最前面的一名十二三歲的少年外，其餘六人皆一身黑衣，身形剽悍，倒插於身後的兵刃泛著淒迷的寒光。其中一黑衣騎士高擎一面黑色的旗幟，旗幟上繡著一把金色的劍，雖僅是繡於旗幟之物，卻隱然有難言氣勢。

六名黑衣騎士都是不二法門中人，而那少年則是戰曲之子。

十日前，戰曲與千異一戰後，不二法門判定戰曲為勝者，樂土一場禍患終因此而化解，世人久懸之心也終於落定。同時不免欲一瞻來歷神秘的戰曲之風采，但戰曲卻已消弭於無形，戰曲之子因此而為世人所共矚目。

讓世人始料不及的是，此子似乎惜言如金，除自言其名為戰傳說外，眾人竟無法從他口中知悉更多的事宜。

戈壁似乎無邊無際，遠處的沙堡在風雨長年累月的作用下，突兀危聳，形狀奇特，猶如無數異獸鬼怪。

一黑衣騎士驅前與少年戰傳說並轡而行，大聲道：「小兄弟，我們已經在戈壁灘中前行了兩天兩夜，難道還未到你所要去的地方？」

他的聲音很快在廣袤的戈壁中消散得無影無蹤，夕陽依然以極為緩慢的速度向天邊落下。

「沒有。」戰傳說道。自龍靈關起身，他已奔波數千里，難免疲憊不堪，但他的眼神卻依然堅定不移。

如此簡單的答覆在黑衣騎士聽來難免刺耳，但想到四大使者的囑咐，他終按捺了性子。沉默片刻，終於又道：「小兄弟，如此荒涼之地，又怎會有你要尋找的古廟？何況即使有古廟，也未必能找到。」

「我父親每年八月間就會去那座古廟見一個人，近四年來，他便帶我同行——我決不會記錯的。八月十五的決戰前，父親便吩咐我，一旦他無法如往年一般赴約，我就要代他前往古廟。」

說到這，他頓了頓，方又道：「此去古廟應只剩二三十里路程。多謝諸位叔叔一路關照，但與我父親見面的人一向不喜外人，請諸位叔叔就此止步吧。」

那黑衣騎士哈哈一笑，「我們這麼做，只是依不二法門的規矩而行而已。不二法門坦蕩無私，天下共知，你又有何慮？」

他身後另一騎士沉聲道：「戰公子，只要見到你所說的古廟，我等立即回轉，你放心便是。」

此人語氣已略顯惱怒了，大概心中在暗責戰傳說不識好歹。

戰傳說張了張口，欲言又止。

倏地，一聲馬嘶，馬隊中一匹棗紅色的馬突然驚惶人立。

馬上的騎士微驚之餘，已憑藉其不凡身手穩住身形，同時目光以習慣性的警惕四向掃視。他清晰地看到西北角的天空中不知何時湧現了一片灰色的雲，並迅速向這邊壓迫而至，天空中東南方向仍是萬里無雲，相襯之下備顯詭異。

他不由脫口驚呼：「要起風了！」語氣中隱隱透露著不安。

其餘幾人聽得此言，亦神色略變。雖然六名不二法門騎士的修爲足可躋身樂土超一流的高手之列，但他們心知，在戈壁荒漠中的颶風絕非普通風暴所能比擬！戈壁荒漠中的颶風甚至可以在半個時辰內完全改變一條內流河的河道。

此人話音甫落，便聽得「沙沙……」之聲響起，並向這邊飛快地接近，那聲音就如同無數的春蠶在大口大口地吞咽著桑葉。

展目四望，除了西北天空中越來越逼近的灰暗濃雲外，天地仍是一片空闊蒼涼，誰也不知這「沙沙……」聲是由何而來的。

不知不覺中，眾人已減慢了騎速，戰傳說的坐騎漸漸地與不二法門眾騎士拉開了近十丈距離。

倏地，戰傳說猛抽一鞭，身下坐騎一聲長嘶，驟然加快速度，馬蹄踐踏之處，捲起黃塵飛揚。

整個戈壁就如同上天造就成一大片廣袤的土地後，忽然又胡亂地將之一陣翻攪，所以戈壁中的溝壑陡壁起伏錯落，都是極為雜亂無章。此刻，戰傳說正如脫弦之箭般穿過一個寬約二十餘丈的豁口，自兩座高達百丈的陡峭絕壁之間的狹窄通道上向前疾奔。

一怔之下，六名黑衣騎士立即醒過神來。戰傳說極可能想借機擺脫眾人，也許他並不願讓外人與之一道前去那座古廟。

眾人心中頓時有了一種被戲弄之感，迅速交換了一個眼神後，鞭擊虛空之聲立時響成一片，六人六騎向戰傳說前奔的方向緊追而去。

當他們通過那個大大的豁口處時，驀然有人失聲驚呼：「蠍子……」

成千上萬的蠍子沿著北向的緩坡如灰褐色的水一般直湧過來，視野所及的土地表層，已被蠍子完全覆蓋。無數蠍子正驚惶而飛快地向這邊湧來，那灰褐色的「水流」由此而呈現幅度很小卻極快的震顫，讓人心驚肉跳。

眾人突然明白過來，那「沙沙……」之聲，竟是蠍子飛速爬動的聲音！

六名黑衣騎士心中皆升起極度不適之感，直到進入那狹窄的通道後，方暗鬆了一口氣。待眾人穿過長達半里的狹道時，赫然發現戰傳說並未如他們所想像的那樣絕塵而去，而是在一片較為開闊的地方止步了。

剎那間，戰傳說已被六名黑衣騎士挾裹其中。

戰傳說神情出人意料地沉靜道：「由此轉向南一里之外，有一條河，只有渡河方能避過蠍群。」

眾人心中不由忖道：「難道他是因為這一點而加速？」

一人不屑地道：「小小蟲豸能奈我們何？」

戰傳說抿了抿嘴，緩聲道：「即使是我父親在戈壁中遭遇這種沙蠍組成的蠍群，也要退避三舍。」言下之意不言自明：其父戰曲的修為自在六人之上。

未等六人有所反應，他已接著道：「只是，按理這種蠍群多半在春季才會出現。我與父親來此地已有六次，卻只遭遇一次數量有限的蠍群……」他眉宇微皺，若有所思。

驀地，一陣奇異的尖嘯聲遙遙傳入眾人的耳中，隨即便見西北方向一片昏暗，並以極快的速度將一切淹沒其中。

眾人的坐騎亦於此時齊齊驚嘶、咆哮，難以約束。

未等眾人醒過神來，「呼……」的一聲，猛烈無匹的颶風已挾著碎石、枯草、塵土，自斜刺裏席捲而出，仿若巨大的灰黃色的逆龍，瞬息間眾人已被席捲其中。眼前一片昏天黑地，天地間似乎已被狂風完全佔據，其來勢之快，猶如迅雷。

蠍群移動的「沙沙……」聲被狂風的呼嘯聲完全淹沒了，直至健馬被驚得四下奔闖時，眾人方意識到向他們襲來的不僅有風，還有傾盆大雨。

若非親歷，誰也無法相信在乾燥的荒漠中竟會有如此驟雨！在狂風的席捲下，雨水完全改變了平時的形態，不再是自天而落，而是自四面八方疾射而至，甚至會自下而上狠狠地砸在眾人的臉上，竟也隱隱作痛。

轉瞬間，天地萬物似已完全為狂風暴雨的淫威所籠罩，一切生命在此刻竟顯得那麼渺小而微不足道。

不二法門之人無一不是精銳非凡之士，即使是在如此突然的變故下，仍能從容應對。

就在馬隊被狂風挾裹的同一時刻，戰傳說只覺自己腰間忽然一緊，已被一人攔腰抱住。

未等他有所反應，已有人幾乎是貼著他的耳際大聲道：「無須驚慌，我等必會保你安然無恙！」隨即一個人貼其背而坐。

喊話聲正是黑衣騎士中的一人，他的聲音在驚人的風雨中仍能清晰，顯然可見此人內功修為甚為高明。戰傳說斷定對方之所以大聲叫喊，除了提醒他之外，更是在向同夥傳訊。

果然，此人接著又大聲道：「戈壁岔道眾多，大夥萬萬不可走失，即刻向我所在之處靠攏！」

戰傳說一面竭力約束因受驚而難以控制的坐騎，一面大聲道：「快快下馬，否則最終必會被……啊……」

一團枯草竟鬼使神差地被吹入他的口中，將他的話打斷了。而他的聲音早已被風吹得七零八落，甚至連與他同乘一騎的那黑衣騎士亦未能聽清。

戰傳說猜知眾人若不下馬，那麼即使有再高的修爲，也會因馬受驚而走散。他想自己先躍下馬去，無奈身後之人的手臂猶如鐵箍，一時根本無法掙脫。

正自惶急間，「轟……」的一聲，戰傳說身下的坐騎慌不擇路，而且此間四周早已黑暗如夜，竟一頭栽入一溝壑之中。

戰傳說腰間的手臂一緊，在被馬匹壓於身上之前，已被身後那黑衣騎士攔腰抱住，滾向一側。

戰傳說的腰間不知被什麼東西狠狠撞了一下，痛得他倒吸了一口冷氣。

就在這時，驀然有金鐵交鳴聲傳入他的耳中，不由微微一怔。但金鐵交鳴聲很快又消失了，他的耳中再度被風雨聲所充斥。

但戰傳說堅信那絕非自己的幻覺！因爲就在他聽到金鐵交鳴聲的同時，感覺到腰間的那隻手微微一震，顯然此人極可能也聽到了這不同尋常的聲音。

在這荒無人煙的戈壁中，竟會有這種聲音！若說是刀劍無意中磕碰時的聲響，更絕無可能，因爲若非全力相擊，尋常金鐵交擊聲根本無法穿透這遮天蔽日的風雨聲。

此時此刻，他們的視線、聽覺都已大打折扣。

正自思忖間，驀聞一聲短促而動人心魄的慘叫聲突然響起！那聲音竟與戰傳說相距不過丈許，戰傳說心中之震撼難以言喻。

忽然間，他聞到了一股血腥之氣。

大驚之餘，未及細細分辨，血腥之氣已然消失。一切似乎與片刻之前已無任何區別。

但戰傳說的心情卻已有了極大的變化，他暗忖道：「難道，方才那一聲慘叫，竟是有人被襲殺？」

若是如此，被襲殺的是不是不二法門中人？而襲擊者又是何人？

卻聞身側那人高高呼道：「邊二弟可在？」

聲音在風雨中遙遙傳出。

「高大哥，我在此！」東向三四十丈外有一個粗啞的聲音應道。

被稱做「高大哥」者，正是不二法門一行六人中最具威望的高辭！

高辭隨即又高呼道：「百消……百消！」無人應答。

話音未落，戰傳說倏覺右腿奇痛無比，不由痛呼出聲。伸手一摸，赫然一支利箭透其右腿而過，所幸未傷及筋骨。

高辭在他身側大聲罵了一句，手臂一緊，已挾戰傳說凌空掠起，斜向射出數丈開外。

再度落地時，高辭伸手捂了捂戰傳說的嘴，又將其身子向下按了按，其用意顯然是要戰傳說靜伏於此，勿暴露行蹤。

隨即戰傳說腰間一鬆，高辭已與他分開。顯然，高辭已確定同伴遭到了襲擊，而且襲擊者能在如此惡劣的環境中準確地發動攻擊，顯然有不俗的內家修爲。

戰傳說手捂傷處，感到傷處除疼痛之外，並無麻癢感，心中略略放心。他在風雨中吃力地睜大了眼睛，眼前卻一片灰暗，仿若天地間只有他一人的存在。

倏地，十餘丈之外驀然閃現無數火星，萬點火星交織成一道巨大的光弧，隨即密如驟雨般的金鐵交鳴聲直灌入戰傳說耳中。

借著那道光弧，戰傳說驚愕地發現兩個纏鬥作一團的身影，其中一人顯然是不二法門的人。

光弧一閃即逝，使戰傳說所見到的一切宛如發生在夢中般不可捉摸。

戰傳說靜靜地匍匐在地，風漸漸地減弱，雨卻漸漸加大。他的傷口被污水浸泡著，奇痛徹骨。

戰傳說的雙眼終於能隱約辨物，他看到朦朧的雨幕中，一騎快馬向他這邊飛馳而來。從衣飾來看，此人應是不二法門的人，其身向前緊貼於馬背，整個上身猶如一張繃緊的弓。

戰傳說見此人來勢太猛，正待閃開之際，忽然神色劇變。

只見馬上騎士突然攔腰而斷，上身猶如一段朽木般高高拋起，而下半截身軀則毫無生命感地自馬背上滾落。

那馬悲嘶一聲，在極小的範圍內劃出一道驚人的弧線，隨即轉向另一側飛馳而去。但只奔離少許距離，不知何故突然毫無徵兆地轟然倒下。

戰傳說目瞪口呆，此刻他方知道原來生命竟有如此可怕的結束方式。

人亡馬倒之後，戰傳說看到了一個高大的身軀穩穩地立在自己的正前方。他的右手橫握著一把長得異乎尋常的刀，刀身霧氣繚繞，難以看真切，雨水尚未滴在刀上，便已被橫溢的刀氣所激化為水霧。

戰傳說感到危險在向他逼近，他不知眼前此人是否已留意到他的存在。

就在此時，有兩個黑色的身影飛速迫近那身材高大偉岸之人。與此同時，戰傳說的身後響起了急驟的馬蹄聲，被高辭稱做「邊二弟」的黑衣騎士疾馳而至，急切地向戰傳說高呼道：「快上馬！」

不二法門在武界中地位何等尊崇，從未如此驚惶過。戰傳說再不猶豫，雙掌疾拍地面，人已借力飛身掠起。

被稱做「邊二弟」之人長臂一伸，已將戰傳說右手扣住，借他一帶之力，戰傳說穩穩地落在了馬背上。

那健馬幾乎沒有任何停滯，劃出一道極小的弧線後，已飛馳而去。

此時戰傳說已無法分辨方向，只聽到耳邊的呼呼風聲，恍惚間也不知跑出多少路。那健馬在經歷長途跋涉之後，本已筋疲力盡，如今又馱載二人疾奔，終於支撐不住，速度漸緩，直到最後四蹄一軟，猛然栽倒。

戰傳說二人在泥濘中滾出老遠方停住，這時，戰傳說才感到姓邊的黑衣騎士腹部黏濕一片，顯然已受了重傷。

風雨漸止，夕陽卻已落山，天地萬籟俱寂，這種寂靜使先前可怕的情形反而不真切了。

將戰傳說救出之人名爲邊荒，他將自己的傷口作了包紮後，聲音低沉地道：「小子，你們父子二人有什麼仇家？」

戰傳說沉默了片刻，「這不會是我父親的仇家所爲。」

邊荒見他語氣如此肯定，不知爲何心中升起一股躁怒，他嘶聲笑道：「信口開河！你憑什麼如此肯定？普天之下，還沒有什麼門派敢與不二法門對抗！」說到這，他傷口處一陣抽搐的劇痛，不由倒吸了一口冷氣。

戰傳說的右腿因失血過多反而有些麻木了，他道：「因爲，如果出手者是我父親的仇家，那麼我們根本沒有逃脫的機會！」

邊荒一怔，重重地哼了一聲。

這時，卻聽戰傳說道：「有……金瘡藥嗎？」

「你也受了傷？」邊荒有些吃驚地道。

「腿上中了一箭。」

邊荒伸手在戰傳說的腿上摸索著，當他觸到那支箭時，戰傳說不由呻吟出聲。

邊荒沉聲道：「此箭是查出今夜襲擊者的線索所在……你小子還算走運，沒有傷及筋骨。忍一忍，我幫你取出！」

戰傳說感激地道：「多謝了。」心中思忖道：「不知其他人情況如何？」

秋夜本已涼颼如水，邊荒與戰傳說又被雨淋了，寒意更甚。但在這荒涼的戈壁中，二人只能背靠背緊緊相依著，以盡可能地保存熱量。

不知過了多久，天空中竟升起了一弦如眉彎月，月光依稀暗淡。

邊荒抬頭望了望天空，沉默了片刻，長長地嘆息一聲，「已是戌時末了……高大哥他們大概……

永遠也不會來找我們了。」他的聲音更顯沙啞，而且隱隱有種莫名的不安。

戰傳說不知該如何搭話。

少頃，邊荒又道：「襲擊我們的似乎只有一人……樂土還有什麼門派有如此可怕的攻擊力？」

他只是喃喃自語而已，戰傳說一介少年，又能告訴他什麼？

戰傳說也抬頭凝望那一弦眉月，身子忽然微微一震，低聲道：「這並非前往古廟的方向！」

邊荒顯得有些不悅地道：「那又如何？此刻折回，也許會正好與對方相遇……」頓了一頓，又補充道，「你我被殺事小，壞了不二法門的聲望事大。不二法門要做的事，還從來沒有落空過！我邊荒決不辜負法門元尊的期望！」

提及元尊，邊荒心中豪氣頓生，不安之情一掃而空。

戰傳說遲疑了片刻，「據說，即使是不二法門的人，也只有極少數人能見到元尊……真身？」

邊荒並未因為戰傳說此言而憤怒，「他老人家神通廣大，無所不知，無所不能！即使是在這邊陲荒野，邊某的一舉一動，他老人家也定能明察秋毫！」

戰傳說心中不以為然，讓他不解的是，邊荒說這一番話時，是那般的堅信不疑。

極度的疲憊竟讓戰傳說、邊荒就在這較為隱蔽的角落中沉沉睡去……

清晨，戰傳說醒過時，見邊荒正在離他十幾步外盤膝而坐，其臉色極為蒼白，眉頭微微皺著。見戰傳說醒來，他看了戰傳說一眼，嘶聲道：「若不能在今日天黑前找到……古廟，只怕我就永遠也無法離開這片戈壁了。」

戰傳說一怔，不明其意，便很快又醒過神來，知道他是決不會半途而廢，但其傷勢卻讓他無法再支撐太久，故有此言。

戰傳說心中一熱，不由脫口道：「我不想再尋那座古廟了。」

邊荒冷冷一笑，「我邊某是奉四大使者之命而來的，只要尚有一口氣在，就決不會讓你半途而返！」說到這兒，他不由一陣劇烈的咳嗽。

戰傳說用傷腿吃力地支撐著身子，抬頭借日頭辨別方向後，踉蹌而行，邊走邊道：「此去大概有兩個時辰的路吧。」

邊荒臉色陰鬱，默然無言。

大概半個時辰過後，兩人在迂迴曲折中走了不知多少路。一直默不作聲的邊荒忽然開口道：「你我所走的路是否有些不妥？」

戰傳說聞言止步，略顯不安地道：「我也感覺到了……按理我們所走的方向並未有錯，但此刻似乎離古廟反而更遠了。」他那仍略帶稚氣的臉上有了茫然與憂慮之色。

邊荒以複雜莫測的眼神看了戰傳說一眼，長長地吸了一口氣，以似從牙縫中擠出的聲音道：

「走——吧！」

此刻，邊荒已明白他的五位同伴定然未能倖免，腹部的傷口在不時地提醒著他所面臨的是極爲可怕的對手。當時雖是在黑暗中，他卻仍然清楚地感受到那致命一刀的凜然殺機。

若不是他的坐騎恰好在同一時間一個趔趄，他定已被一刀斬於馬下。

思忖之間，他忽然發現戰傳說竟止步不前，怔怔地望著前方。

循著戰傳說的目光而望，邊荒的神色亦突然一變，仿若被人重重砍了一刀，本就清瘦的臉上更顯消瘦如刀背。

在他們的正前方，赫然出現了一大片廢墟，斷壁殘垣延綿不絕，佔據了他們大部分的視野。

高低錯落的廢墟顯得蒼涼肅殺，在無聲地訴說著神秘的往事。天空中的太陽高懸於廢墟之上，顯得那般的孤獨。

陽光蒼白如紙，照耀在猶如噩夢般的廢墟上。

不知爲何，戰傳說忽然感到有股涼意自腳下升起，並很快瀰漫於全身。他以有些失聲的聲音道：

「是我的幻覺嗎？」

「異域——廢墟?!」

邊荒似乎並非在回答戰傳說的話，他的目光死死盯著那片廢墟，眼神中有著無法掩飾的驚懼。

乍聽此言，戰傳說心中不由「咯噔」一聲。

「異域廢墟」是一個在樂土流傳很廣的傳說——一個讓人聞之色變的傳說。據說在遠離禪都的西北荒漠之中，有一片神奇詭異的廢墟，在這片廢墟中生活著具有神奇力量的人，他們永遠與世隔絕，而且對外界的人永遠懷著莫名的仇恨。所以，進入異域廢墟的人，沒有一人能夠活著離開。無論是無意中進入其中的，還是擁有絕世武功而強行闖入的。

既然從未有外人活著離開異域廢墟，自然外界的人對異域廢墟一無所知。戈壁荒漠如此廣袤，異域廢墟就如同其間的一片幻魔之境，人們甚至無法確定它的真正位置所在！漸漸地，世人對這片廢墟忌憚莫深，接近廢墟，便如同接近死亡。

戰傳說當然也曾耳聞有關異域廢墟的種種傳說，他萬萬不曾料到自己曾數次前往的古廟竟與異域廢墟相距如此之近！正因爲如此，他心中更是萬般疑惑，不知先前是父親與自己皆陰差陽錯與異域廢墟失之交臂，還是因爲異域廢墟本就如同世人所說的那樣縹緲無定，不可捉摸。

但眼前這一片廢墟卻是真真切切地存在著，儘管荒蕪殘破，但無論如何亦不可能如世人所說的那般幻變無定。

廢墟之中沒有人影，只有殘垣斷壁無聲聳立。

但在這樣一個荒漠中，如此大片廢墟的出現本就是一個奇蹟，足以讓任何人去思忖在成爲廢墟之前，它曾有過怎樣的輝煌。

戰傳說只覺自己的手腳一片冰涼。

這不僅僅是因爲面對傳說中可怕的異域廢墟而萌生的驚懼之意，更多的是因爲他感覺到來自這片廢墟予他的莫名威壓。

倏地，戰傳說聽到身後有異常的響動。猛地回首，赫然發現地面上正有一道不斷隆起的直線，以快不可言的速度向邊荒延伸，仿若有一條巨大的蟒蛇貼著地面飛速前進。

戰傳說爲如此詭異的情景驚得目瞪口呆，邊荒亦愕然木立，待他猛地意識到危機的存在時，立即於第一時間反手拔刀！

刀光甫現，地面下的「蟒蛇」亦於同一時間破土而出——竟是一根長達十幾丈的鞭索。

若非親見，沒有誰會相信世間會有如此長的鞭，更不會相信如此長的鞭竟可揮灑自如，快若驚電。

長鞭躍空而起——幾乎是同一瞬間，邊荒陡覺右腕一緊，倏而劇痛，他手中那柄已追隨他三十多年的刀驀然飛起。

與他的刀相連的，赫然還有邊荒已斷下的右腕！

邊荒尚未感覺到斷腕之痛，那根長得不可思議的鞭已如毒蛇般纏在他的頸上，其速之快，避無可避。

邊荒心中掠過極度的絕望與驚懼，他殘存的左手本能地抓住了長鞭。

但這已絲毫無濟於事，他的咽喉處發出可怕的「咯咯……」之聲，只覺周身的力量在刹那間突然被徹底抽乾了，他的身軀如掏空的布袋般頹然倒下，喉間鮮血若泉噴湧。

不二法門的黑衣騎士此刻竟無法抵擋對手的遙遙一擊！

戰傳說的心倏然下沉，如墜千年冰窖。

他的雙腳在電光石火間閃電般各自踏出一步，正是其父與千島盟刀客千異決戰時，曾在他腳下神靈般乍現的步法。

這撲朔迷離、妙至毫巔的步法使他暫時避過一劫。長鞭鞭梢猶如一支利箭般自他的右肩長驅直入，在他的右肩上劃開了一道長長的血口子。

戰傳說僅能憑著本能避過一擊，但他知道自己絕對無法在這神出鬼沒的長鞭下得以倖免。

他的思緒因此而出現了短暫的完全中斷，腦中一片空白。

就在此時，一道黑色的光弧在離他四丈遠近的地方驀然閃現。

在此之前，戰傳說決不會相信世間竟會有黑色的光弧，但此刻，他卻親眼目睹了那黑得奪人心魄的光的弧線！

黑色光弧以超越常人思維的速度與線路向戰傳說直逼而來，當戰傳說感覺到一股冷風拂過他的身軀之時，在他身側倏然響起如炸雷般的爆響聲！戰傳說只覺胸口一悶，如被重錘猛擊，他的身子頓時斜斜跌出。

踉蹌跌出數尺之外，戰傳說雙腳錯步，終止住身形。

抬眼望去，他略顯蒼白的臉上出現了極度的驚愕之色。

在他方才立足的地方，穩穩地立著一個身材高大、偉岸如山的人，其亂髮披散於兩肩，身著一襲極為罕見的黃褐色的衣衫。這本是一種流俗之色，但著於此人身上，竟有著出人意表的別樣氣度。

他左手握著一柄寬大的刀鞘，右手所握的則是一把寬且厚的刀。

刀竟是一片玄黑色，黑得幽幽發亮，似乎這把刀並非來自世間，而是來自另一個黑暗的世界。

戰傳說只能看到他的背影。方才所發生的變化太快，戰傳說甚至不能斷定是否是此人救了他。邊荒已無聲無息地倒於血泊中，而奪去其性命的長鞭此時已無影無蹤。除了戰傳說與那褐衣人外，再無其他任何身影，彷若那根長鞭是來自冥冥之境。

但戰傳說卻依然感覺到無形的殺機瀰漫於虛空中，滲透進他的每一根神經，使他的全身肌肉都緊繃如弓。

就在此時，褐衣人忽然有了驚人之舉，但見他手中那柄黑得出奇之刀倏然向下疾插，深深地沒入了邊荒的軀體之中。

戰傳說的呼吸止於一瞬！

他無法想像為何此人竟連一具屍體也不願放過。

未等戰傳說有更多的念頭，那褐衣人已有了更匪夷所思之舉。他的右臂及右腕在極小的範圍內作出一連串令人眼花撩亂的變化，隨即便見血肉紛飛，漫天飛揚，情景淒厲至極。

頃刻間，邊荒的屍體已僅剩少半，慘不忍睹！空氣中瀰漫著濃得化不開的血腥之氣，令人作嘔。

戰傳說只覺自己的心與胃同時抽搐，他想怒喝一聲，卻未能發出任何聲音。

無論如何，不二法門將他護送至此亦有一番情義，而邊荒更是曾救了他的性命。他相信這褐衣人一定是個魔鬼，只有有著魔鬼一般的心的人，才會如此殘忍！而那柄顯得發亮、黑得詭異的如同來自魔域的刀，便是很好的明證。

褐衣人突然回頭望了戰傳說一眼。

他的臉幾乎被兩肩披散的亂髮完全遮住，所以戰傳說所看到的只有一雙極亮亦極冷的眼睛，仿若是獸之眼。但戰傳說反而毫無懼意了，對此人的痛恨抑止了他的懼意！他開始相信殺了邊荒的人一定就是這個褐衣人！

就在此時，他聽到了「嘶嘶……」之聲，就如同有人在用力地撕扯著布帛，聲音驚心動魄。一道長長的鞭影自十數丈之外閃電般吞吐而至。

取邊荒性命者並非褐衣人！

那可怕長鞭的目標赫然是褐衣人，一切忽然變得撲朔迷離。照眼前情形看，褐衣人應是救下戰傳說的人，但方才他的舉止卻足以說明他與邊荒是敵非友。

褐衣人那柄黝黑的刀自下而上劃出一道驚人的光弧，與此同時，他左手手中的刀鞘橫向虛掃，立時有數顆黑色彈丸射出。以褐衣人爲中心，突然有黑色的煙霧在十丈內迅速瀰漫開來，戰傳說亦被籠罩其中。

未等戰傳說醒過神來，便覺勁風撲面，他的後背數處穴道一麻，已被人攔腰抱住，動彈不得。與此同時，密如驟雨般的金鐵交鳴聲在他的身側響起。一聲低低的悶哼聲中，戰傳說已被人挾制著疾掠而起。

戰傳說的思緒在這一刻完全中斷，他竟昏迷過去了……

當戰傳說醒過來時，發現自己正仰首躺在一個較爲平緩的地上，視線所及，漫天繁星。他略略怔神之際，聽得一個顯得粗獷的聲音道：「想不到，你真的能逃脫他們的追蹤！」

戰傳說稍稍仰起上半身，只見十幾丈外正有一個人盤膝而坐，而更遠的地方則有一人雙手互抱而立，兩人之間隔著頗遠的距離。雖然夜色朦朧，無法看得真切，但戰傳說仍能分辨出那盤膝而坐者就是那褐衣人。

只聽得褐衣人似若自嘲的聲音道：「我本就是浪跡天涯之人，若連這一點都做不到，只怕早已死了一百次了。」

不知爲何，褐衣人說話說得很慢，慢得讓人在他說完第一句時，全以爲他不會再有第二句。

隨即那褐衣人又道：「這一次也幸好有你相助，否則如此可怕的對手，我未必能脫身。」

「你應該知道我從不助人，更不救人，有誰聽說過刑破會救人?!刑破只會殺人！所以我並沒有助你。」

褐衣人哈哈一笑，笑罷，過了頗長時間方接著道：「凡事總有一個例外，其實，我又何嘗不是一個只會殺人而不會救過人的人？」

說到這兒，他忽然長身而起。戰傳說感到偷聽他人言語終有失光明磊落，於是悄然躺下，閉上雙眼，假作仍未醒來。

有腳步聲徑直向他這邊而來，直到數尺外方停下。

「戰傳說，你想會是什麼人要殺你？」褐衣人的聲音問道。

戰傳說這才知道褐衣人早察覺他已甦醒，不由有些赧然，同時心中暗自奇怪對方何以知道自己的名字？不過很快又明白過來。自從其父與千異一戰後，樂土武界中人想不知他的名字也難了。

戰傳說只好睜開眼來，映入眼簾的是亂髮後一雙閃著逼人光芒的眼睛。戰傳說半坐起身子，道：「也許他們要殺的只是不二法門的黑衣騎士，我與不二法門的人同行，便要殺我滅口。」

褐衣人的嘴角處浮現出一抹略帶嘲諷之意的笑：「黑衣騎士在不二法門中是地位最爲普通者，爲了殺六名黑衣騎士而遠涉萬里來此荒涼之地，只怕無人肯爲之。」

戰傳說心中一動，暗忖道：「他如何知道與我同行的是六名黑衣騎士？難道在出手救我之前，他已一直暗中追隨？」

褐衣人似乎看透了他的心中所思，道：「殺黑衣騎士的人不會是在這荒漠中與你們偶遇，我亦不是。事實上，我已追蹤了你們十一個日夜。」

十一個日夜？那豈非自戰傳說等人起程之日起，此人便一直暗中追隨？

戰傳說隱隱感到事情越來越複雜莫測，他以少年人特有的茫然神情道：「這……卻又是爲何？」

直覺告訴他，在這複雜莫測的處境中，唯有讓他人感到他仍只是一個少不更事的少年，方能爲自己贏得更多的機會。說這句話時，他的目光飛快地掃了遠處抱臂而立、自稱「刑破」的人。

褐衣人緩緩轉身，背向戰傳說道：「我之所以這麼做，是因爲我曾許下一個諾言。」

「對誰許下的諾言？」這一次，戰傳說真的有些驚訝與好奇了。

「對自己。」

「對自己?!」戰傳說失聲道。

「這一生中，我曾許下過許許多多的諾言，但卻幾乎從未守信過。」褐衣人的話語再度變得緩慢無比，「所以在世人眼中，我是一個食言而肥的人，一個根本無須尊重的浪子。」他又道：「但即使我失信於天下人，至少我未曾對自己失信。對他人許下的諾言，常常是不得已而為之，唯有對自己，卻是心甘情願。」

戰傳說沉默無言，其實褐衣人仍未說出為何要追蹤不二法門黑衣騎士並救下他的原因，但戰傳說卻已不再追問。

沉默中，他忽然輕輕地「啊……」了一聲——那抱臂而立的人不知何時竟已離去！

褐衣人的目光投向遠方，「你可知這位曾助你逃脫險境的人是誰？」

「他……是刑破？」戰傳說道。

「錯！」褐衣人斷然喝道，「你記住，救你的人可以是任何人，卻決不能是刑破！否則也許就會因此而使你陷入萬劫不復的境地！」

戰傳說心中若有所悟，他有些狡黠地道：「但這是事實。」

「事實？」褐衣人苦笑一聲，「你卻不知，有時候，事實也會是假的。」

既然是事實，又怎麼會是假的？但戰傳說卻沒有再反駁，只是若有所思地望著褐衣人高大的背影。

戰傳說決不會想到褐衣人尋來讓他果腹的會是一大堆蠍子！他的饑餓感似乎一下子消失得無影無蹤了。

褐衣人自顧動手摘下蠍子的兩隻毒鉤，再將蠍子的身軀剝開，湊到嘴角，用力地吮吸著，隨即將吸空了的蠍子扔至一旁，又接著拾起第二隻蠍子……

當他吃完四隻蠍子時，這才對戰傳說道：「這些蠍子皆是在暴風襲擊下斃命的。蠍子性命危急之時，體內之毒素自然而然地會流至尾部，所以在牠死後，只要摘去牠的毒鉤，就不再有毒了。」他又接道：「你們帶的乾糧、水囊皆已丟失了，即使能重新找回，也不能再食用。」

「爲什麼？」戰傳說不解地道。

「如果我是襲殺你們的人，就一定會在你們丟失的食物中下毒。因爲在這戈壁荒野中，要找到可吃的食物實是不易。」說完看了戰傳說一眼，繼續道：「其實蠍子並不會如你想像的那麼難以下嚥。但凡有毒的東西，它的味道都是頗爲不錯的，就像良藥多半很苦一樣。」

戰傳說的腸胃又開始「轆轆……」直響，他舔了舔乾裂的嘴唇，終於強笑道：「叔叔你說得不錯，蠍子曬乾後，還可以入藥呢。」

他小心翼翼地拾起一隻蠍子。

褐衣人道：「蠍子已兩次救了我們的性命，若不是我有意以黑衣騎士的血腥之氣引來蠍群，只怕我們未必能脫身。蠍子本來並不對人的血肉感興趣，牠們以捕捉蟲子爲食。但這場暴風驟雨使蠍子全都從洞穴中逃出，結集成群，蠍群所過之處，蟲子自然無法倖免，但戈壁荒涼，蠍群終會無以爲食。」

戰傳說記起褐衣人以他那黑而亮的刀將邊荒的屍體斬作無數碎片的情景，雖然此刻褐衣人的解釋是借此引來蠍群，但戰傳說仍是將信將疑。他有些憤然地道：「以對手那麼高明的武功，又怎會懼於蠍群？」

褐衣人哈哈一笑，「你是否怨我不該對已死之人再下狠手？」

戰傳說道：「不錯！」

「哈哈哈……難道你不知道，如今只有我才有可能讓你活著離開戈壁？」

戰傳說不語，但其神情說明他顯然不會爲自己方才所說的話後悔。

褐衣人並未動怒，他正待開口之際，突聞極爲輕微的破空之聲響起。褐衣人神色微變，倏然拔刀在手！

一道烏光如流星曳尾般向他們這邊疾射而至，但當兩人的目光齊齊投向那邊時，卻只見夜色蒼茫，毫無人影。

褐衣人的刀一閃即沒，重回鞘中。因爲他已看出遙遙射至的烏箭並非以他與戰傳說爲目標。

褐衣人的判斷果然極爲準確，只聞「噗……」的一聲，那支烏箭已深深地插入他與戰傳說之間的地面上。兩人同時發現在箭杆末端繫有一根短短的竹管。

褐衣人皺了皺眉頭，眼中有了異樣的光芒。他沉吟片刻，終舉步上前，顯得極爲鄭重地拔出那支箭，將細竹管取下。

戰傳說將被褐衣人棄於地上的箭重新拾起，仔細察看後，斷定此箭與射傷他的那支箭並不相同。

這時，褐衣人自竹管中抽出一卷紙，展開後，只見紙上寫滿了字，但在夜色下卻根本無法看清。褐衣人取出火摺子，引燃火絨，借著微弱的火光閱畢，臉上有了驚訝之色。隨即他將那張紙遞給了戰傳說。

戰傳說愕然接過，看罷頓時有了興奮之色，忖道：「原來是有人暗中指引前往那座古廟的路。經過昨夜的變故，我本以爲已無望再去古廟了。」

褐衣人淡然道：「這其中會不會有詐？也許此人只是要將你引入一個圈套中，否則他爲何不現身？」

戰傳說搖頭道：「此人在信中做了一個記號，這種記號，只有我和父親能識得出。暗中爲我引路的人，定是我將要見到的人。」他很誠懇地向褐衣人道：「我必須遵守父親與此人之間的諾言，所以需得與你分道而行了。尚未請教尊姓大名，救命之恩，只能日後相報了。」

褐衣人意味深長地道：「以今日局勢來看，日後你我能活著再相見已是造化，又何必去顧及其他？」頓了頓，他忽然說了一句很古怪的話，「何況我本就是一個已死亡的人，你更不必知道我是誰。」

戰傳說怔住了，眼睜睜地看著褐衣人轉身大步離去。他的步子邁得很大，卻十分從容，但其速卻快得出人意料。轉眼間，褐衣人的身影便在夜色中越來越淡，直到完全從戰傳說的視野中消失，仿若他真的只是一個復活了的幽靈。

戰傳說呆立良久，心中思緒如潮水般洶湧起伏。無論是要取其性命者，還是出手相救的人，都是那麼的神秘而詭異，讓人無法捉摸。

他忽然開始懷念生他養他的那一方土地。

但他知道，自己已無法回到那個他生活了十數年的地方了。

——也許，是永遠！

這是一座在樂土其他地方決不可見到的建築。

若是你第一次見到這座以方石砌築成的屋子，定不會將它視爲「廟宇」，因爲它與世人所見到的諸類廟宇都不相同。但戰傳說卻知道不遠處的石屋，正是他要尋找的古廟。

他長長地吁了一口氣，這才感到一種刻骨之疲憊佔據了他的身心。此刻，連他自己也難以想像他是如何在傷累之後又步行二十餘里路，最終到達這個地方的。

此時天仍未亮，古廟在夜幕中顯得神秘莫測。在這之前，戰傳說已多次隨父親進入戈壁來到這座古廟赴約，但每次他都是在此止步，從未進入過古廟中。

對他來說，古廟就是一個看似觸手可摸，卻又遙不可及的秘密。他不明白究竟是什麼樣的秘密可以使父親不辭辛勞，遠涉萬里。

戰傳說懷著莫名複雜的心情向古廟走去，他自知自己的武功實在不夠高明，也許只是與不二法門的黑衣騎士相近。他不明白爲何父親有著驚世駭俗的劍道修爲，而自己卻只能對父親望而敬之。

連番撲朔迷離的驚變使他明白即使是在這荒無人煙的戈壁中，亦有不少足以讓他的生命止於一瞬的力量。

少年戰傳說一步步地走近那籠罩著神秘氣息的古廟——其實在這荒原上的任何一間屋子都是非比尋常的。

他不會知道，當他踏入古廟之時，便是開始與樂土武界結下千絲萬縷、揮之不去的聯繫之時，他不會知道從此他將會步入一條他從未想像過的道路。

夜幕中的古廟似乎與天地一般亙古，彷彿在天地初開之日起，它便已存在了。

廟宇似乎是一種聯繫人與神，聯繫現實與虛幻的地方，所以廟宇注定是神秘莫測的。

戰傳說立足於那幽黑的門前，心神茫然，以至於一時間竟忘了自己置身何處，忘了自己是為何而來。不知為何，他忽然想起褐衣人與這廟門一樣幽黑如夜色的刀。

戰傳說心知這樣的廟宇中決不會有僧侶之類的和尚，於是他毫不猶豫地用力推開那扇黑色的門。門果然應聲而開。

但戰傳說卻心頭微驚！因為他駭然發現那黑色的門光滑如鏡，卻決不會是木製的，也絕非鐵鑄的，但長年累月而無人料理。若是鐵鑄的，必定早已鏽跡斑斑，不復光滑，縱然無人得知此廟源於什麼年月，但至少也是在十餘年前。因為據父親所言，在自己出生之前，父親就已來過這座古廟。

一陣陰寒的風自門內直貫而出，但沒有戰傳說想像中的腐朽氣息。

裏邊一片漆黑，如同一個無邊無際的黑洞，一直鄭重的戰傳說忽然不知所措。

戰傳說忽然很想看到人，無論是老少美醜。很想聽到人的聲音，此時，他的心中有種難以言喻的空落。

就在這時，黑暗中忽然傳來極為輕微的響聲，隨即戰傳說眼前出現了一片幽幽光亮。那亮光極為柔和，且讓人無法窺出它的來源，讓人感到屋內這幽幽光亮本就是存在著的。

戰傳說的心跳倏然加快。

「你，就是戰曲之子？」

那片陰影中傳來一個極為奇怪的聲音，那聲音類似於有人將頭伸入一個空空的大瓷罈中說話時的聲音，帶著奇異的回音。

戰傳說心中湧起一股豪情，他朗聲道：「不錯，晚輩便是戰傳說。前輩便是與家父相約於此的人？」

他相信稱此人為「前輩」應無甚不妥，畢竟從某種意義上來說，此人可算是父親的一位故人。

對方答非所問道：「你父親他……已不能親來？」

戰傳說不由一怔，他相信樂土之內，應無人不知自己父親與千異決戰的情形。但由此人的言語來看，他似乎對此事並不知曉。難道此人竟是長年累月居於這荒蕪的戈壁之中，以至於連舉世皆知之事，他也一無所知？

略作遲疑後，戰傳說道：「也許家父永遠也無法來此地赴約了。」

「難道他死了?!」陰影中的人顯得極為吃驚，脫口驚呼。

戰傳說心中掠過一抹淡淡的憂傷，他聲音低沉地道：「也許是……但晚輩更願意相信家父已登入他一直嚮往的神魔之道。」

一陣沉默，屋內屋外的人似乎暫時都不願再說什麼。

最終還是陰影中的人首先打破了沉默，「你進來吧。想必是你父親讓你來此，並將他的音訊告訴我的，是不是？」

戰傳說舉步踏入廟宇之中，他身後的門竟自動徐徐關閉。

戰傳說肅然道：「我理應肩負起與家父有關的一切事。」

他的眼神堅毅，甚至還有自信，讓人無法因為他的年齡而忽視他所說的話。

「果然有乃父之風！」

戰傳說微微一笑。

驀地，他突然感到屋內的光線似乎暗了暗，一股難言之寒意悄無聲息地向他身後迫進。

戰傳說心中一愣，右足閃電般踏出。

他的武功進展始終不盡如人意，所以其父便傳他一種步法。此刻他所踏出的便是其父所傳的步法，他知道憑此步法，尋常高手一時半刻還難以傷及他。

但未等戰傳說踏出第一步，已有一隻手掌抵於他的後背。戰傳說的心倏然下沉！

一股強大無匹的浩然氣勁透背而入，戰傳說本能地以自身最高內力修爲相抗衡。但那股強大的氣勁一發即收，消弭無形。戰傳說一震之下，倏覺右腕一緊，竟被一隻冰涼的手扣住。戰傳說的心如墜冰窖。

他左手閃電般摸向身上那支曾傷了他的箭。爲了便於日後查出襲擊者是何人，他一直未將箭丟棄，沒想到此刻卻成了他唯一可利用之物。

但他的手剛觸及箭時，那隻冰涼的手已鬆開了他的手，人影閃掣如煙如夢。直到此時，戰傳說才有機會側身相望，但卻一無所獲。

而那陰影之中仍有人影靜靜而立。幽黑的門緊緊關閉著，襲擊戰傳說的人只可能是在那片陰影中的人。但戰傳說竟根本無法察覺此人的進退閃掠。

戰傳說心知單論身法，此人甚至還在自己父親之上！若是此人要對自己不利，自己必然沒有任何脫身機會。

一股涼意自他腳下升起，瀰漫於全身——他無法猜知對方如此舉動是何用意。

「你的武道修爲果然不高……果然不高……」那片陰暗中傳出奇異的聲音，言語間若有所思。說完這句話，復歸沉默，久久不言。

戰傳說忍不住打破沉寂道：「家父只是讓晚輩來此赴約，並未說赴約是爲何事，望前輩明示。」

言及此處，戰傳說亦不明白父親為何不在事先將此事說明，若是對方心存惡意，不諳內情的他豈非處境不妙？

那人答非所問地道：「這一次為何有不二法門的人與你同行？」

戰傳說暗忖道：「你總算對武界中事並非一無所知，還識得不二法門的人。不過由此看來，他對我進入戈壁後所經歷的事應知之甚多，將前往古廟的線路告訴我的人當然是他。」

當下，他將其父戰曲與千島盟千異決戰龍城之巔的事，略略述說了一遍。

聽罷，那人冷哼一聲，「不二法門自以為是天下主宰，實是可憎！他們隨你同行，多半另有蹊蹺，難道你不知龍之劍有非比尋常之處嗎？不二法門定也知道這一點，所幸他們終都喪命於茫茫戈壁之中。」

戰傳說一驚，「不二法門的黑衣騎士之死，難道與你有關？」

「雖然我很願意取他們的性命，但遺憾的是，卻被他人搶先一步了。」那人毫無顧忌地道。

戰傳說卻將信將疑，「龍之劍」雖有非比尋常之處，但不二法門未必對此劍存有覬覦之心。普天之下，只怕很少有人不知「龍之劍」是戰曲父子二人之物。龍城之巔一戰，龍之劍無法取回，不二法門便派出十二名黑衣騎士，在龍之劍左近築屋日夜守護此劍，以便日後若千島盟有所質疑，可以此劍作證。

當下戰傳說道：「不二法門的大公無私天下共知，正因爲如此，才有『不二』此名……」話音未落，忽然隱隱聽得外面有金鐵交鳴聲響起。雖然其聲顯得甚爲遙遠，卻十分密集，戰傳說神色微變。

只聽得那奇異的聲音道：「既然不二法門涉足此地，又有異域廢墟存在，那麼有殺戮與血腥都毫不奇怪。因爲人皆共知，不二法門也許是樂土武界最具實力的力量，而異域廢墟卻是最爲神秘的力量！」頓了頓，又道：「但無論外邊的情況如何，都決不會影響你我之間的交談，這座神廟並非每個人都能接近的！」

戰傳說目光一跳，「神廟？敢問此廟祭拜的是什麼神？」

沉默良久後，那奇異的聲音道：「是一個擁有世間最偉大的力量之神！」

他的話語中充滿了無限尊崇與敬意！

戰傳說心中一動，忽然道：「晚輩有一個請求，想見一見前輩的真面目，不知能否應允？」說這話時，他已緩緩向前邁進，步伐沉穩。

「爲什麼？」

「也許是好奇心使然。我想知道是什麼力量能促使我父親每年八月十五遠涉萬里來此與你相見。」戰傳說道。

「到了你應該知道真相時，我自然會讓你知道，眼下卻不行！」

「這只是一個藉口而已。」戰傳說固執地道。自從那場可怕的暴風雨之後，他經歷了太多的詭秘蹊蹺，他不願讓自己永遠處於被動之中。

「你太放肆了！」陰影中的人沉聲喝道，「你知不知道我舉手投足之間便可以取你性命?!」

戰傳說的嘴角處泛起了一抹獨特的笑意，那是揉和了自負、孤傲、灑脫，甚至還有不屑的笑意。他的笑容會讓人明白他是一個決不會輕易改變自己心意的人，哪怕他所面對的對手比自己強大十倍！

外面的金鐵交鳴聲依舊不絕於耳。

「唉……」陰影中的人忽然嘆息一聲，似有幾許無奈，幾許感傷。

戰傳說的心莫名一震。

只聽得那人道：「我已非我，見了又能如何?」一直隱身於那片陰影中的他終於走出了那片陰影，與戰傳說直面相對。

戰傳說只向那人看了一眼，整個身軀便僵住了，臉上的表情也在那一瞬間凝固了，眼中卻有著極度驚愕之色。

第三章　魔鬼咒念

戰傳說甚至不能確定自己所見到的，是不是真正意義上的人！

那人身上披著一件紫色的袍子，袍子寬大得不成比例，他的整個身軀被袍子完全籠罩了。更爲詭異的是他的頭部，他的五官臉龐以及露在衣袍外的肌膚竟是金黃色！甚至還有著唯有黃金才會有的幽幽光澤！

他的五官的形狀與常人無異，但因爲臉部肌肉浮腫而呆板，使之五官彷彿是生生地嵌入般。他的臉，他的肌膚，就如同是用極爲柔軟的黃金鑄成的。甚至還有他的雙手！

一股徹骨涼意直透戰傳說心底，他的手心卻已有了冷汗滲出。此刻他才明白爲何先前此人扣住自己的手腕時，會是那麼的冰涼。

戰傳說怔怔而立，腦中一片空白。

不知什麼時候起，外面的金鐵交鳴聲停了，空氣中似乎平添了微甜的銅銹般的氣息。

戰傳說終於吃力地吐出一句話：「怎會……如此?!」他駭然發現自己的話中卻透著幽幽冷氣！此時他感到正因曾受到對方的攻擊，其心緒才顯得略爲安靜一些，因爲他至少有一個可以安慰自己的理由：只有人才會武功！

那形如鬼魅般的人眼中驀然射出極爲悲恨怨毒之色，他嘶啞著聲音道：「這是魔鬼的咒念！亦是永遠不可解除的咒念!!它已困擾了我整整十五年!!!」他的聲音越發詭異而沙啞。

戰傳說忽然後悔了，他後悔不該強人所難。望著對方那痛苦的眼神，他不由起了惻隱之心，試探著道：「莫非，這是一種病?」

「一種病?」那形如鬼魅般的人搖了搖頭，道：「我本是一個永遠都不會生病的人。」

戰傳說幾乎失聲笑出：世間又豈會有永遠不生病的人?

但他終是沒有笑，因爲他突然想到，世間既然可以有人擁有如黃金一般的肌膚，爲何不可能有永不生病的人?

戰傳說看出那人決不是戴了黃金鑄就的面具。

那詭異莫測的人重新退回了那片陰影之中，聲音低緩地道：「我的模樣很醜，是不是?」

戰傳說心情極爲複雜。他曾無數次猜測與父親相見的神秘人物的身分、模樣，卻萬萬沒有料到父親每年八月十五遠涉萬里所約見的，卻是如此一個醜怪之人。

他當然不忍心如實回答對方的話。憑直覺，他感到此人心中一定有著深深的怨憤，在他那讓人難以正視的面目之後，一定隱藏著驚世駭俗的真相！

他沉默了少頃，「既然前輩是家父的朋友，就一定是一個值得晚輩尊重的人。至於其他的，至少在晚輩看來並不重要。」

陰影中的人似乎為他的話所觸動，久久無語。

就在這時，遠處響起了馬蹄聲。蹄聲並不十分密集，聽其聲，應是向這邊奔馳而至。

戰傳說心生疑慮，他知道來者已決不可能是不二法門的黑衣騎士了。那麼，來者究竟又會是誰？戰傳說警惕起來。

這時，陰影中的人緩聲道：「傳說，你一定很累了，先歇歇吧。」其聲似乎有著奇異的魔力，戰傳說微微一怔之下，忽然真的感到了極度的疲倦。他努力想睜開眼睛，卻感到眼皮越來越沉……

終於，他的意識飄離了他的身體。

這是一片水草豐茂的土地，遠處峰巒起伏，在天際描出一道曲折迷人的曲線，輕鬆拂過的微風溫柔而濕潤。在這片平緩的草地與遠處的群山之間，是一個美麗的湖泊，湖水清冽，倒映著藍天。

旭日初升，東方天際還飄遊著淡淡的金黃色的雲彩，一群雲雀在草地上忽起忽落。

當戰傳說睜開雙眼，所見到的這一番景致讓他迷惑不已，他發現自己竟是仰臥在一處平緩的草地上。

望著眼前的一切，再憶起那荒涼的戈壁，神秘的古廟，恍惚間似若隔世為人。戰傳說翻身坐起，忽然驚訝地發現自己腿上的傷口已不再疼痛。他急忙仔細察看，愕然發現右腿的傷口竟沒有任何疤痕，連少許紅印也沒有，戰傳說怔立當場！

少頃，他忽然飛快地抬起左腳，他決不相信自己的傷口會在一夜之間恢復得如此完好！他有些懷疑自己是否記錯了，傷處是在左腿而非右腿，但左腿赫然亦是沒有任何傷痕，戰傳說的表情頓時凝固了。

就在這時，他發現自己的身側還有一個包裹，包裹並非以尋常布料織成。他滿懷狐疑地伸手觸摸包裹，感到觸手處極為細膩光滑，這才發現它根本不是布料所製，而是用極薄的獸皮製成。

戰傳說想不出世間何曾真有如此薄而光滑的獸皮。但他已無暇對此細加思忖，迫不及待地拆開包裹，首先映入他眼中的是一支箭。

戰傳說相信這支箭應是射傷他的那支箭。他心情複雜地端詳著手中的箭，這是一支燕尾箭，但其箭頭卻與尋常燕尾箭有異，此箭箭頭鋒利，卻微微下彎，形如鷹隼之喙。箭尖形狀如此，必然會影響箭矢在空中劃過的軌跡，那麼運用此箭，其力道、方向豈非極難把握？

當初拔出此箭時，他便留意到此箭的獨特之處，只是當時步步危機，未多加思索而已。

箭如此奇特，那麼要找出它的主人就決不會太難。

包裹中除了這支箭外，還有一些乾糧，以及一封信箋。戰傳說心中一動，急忙將信箋拆閱。

只見上面寫道：「傳說，我一直擔心的事情終於降臨，你父親未能再如期前來。雖然你天資不凡，但命運決定你也許永遠都無法成為真正的高手，所以你亦不宜再踏足這片土地。這是一片死亡之地，此次你能活著離開，已是極為幸運。自此之後，若是有朝一日你能成為『龍之劍』的真正主人，那你可再來此地見我，相信你一直想解開生母之謎，那時我定會為你解開此謎。只是也許此願永遠不會有實現之日，因為命運決定你幾乎決不可能成為家族內最出類拔萃者！所以，我要給你一個忠告：遠離武道，遠離武界，做一個簡簡單單的人，忘記你曾經的身分與經歷……」

信箋、包裹應該是古廟中的神秘人物所留下的。

他怎麼知道我一直想解開生母之謎？怎會知道我難以成為「龍之劍」的真正主人？

「不錯，平時無論我怎麼努力，其武功都在族中同輩人之下，為此我曾心灰意冷，以為自己天資愚鈍。先前我的武學修為總是裹足不前，父親卻從未責備我，而常常鬱鬱不歡，借酒消愁。以父親的心高氣傲，他本應難以忍受我遠遜於族中同輩人才是。照此人所說的看來，莫非這其中另有玄奧？父親對此應是知情的，但爲何從未對我提起？」

戰傳說心中疑慮重重，他站起身來，四處眺望，目光所及之處，與戈壁的景致截然不同。

顯然，在不知不覺中，戰傳說已離開了戈壁。

古廟中的神秘人物爲何要以這種方式送走他？他在古廟中聽到的金鐵交鳴之聲由何而來？那奔向古廟的馬蹄聲引來的又會是什麼人？諸多詭異莫測的變故是否與「異域廢墟」有關？

戰傳說不知道這一切會不會成爲永遠的不解之謎！

鎮上有四五百戶人家，很局促地窩於辟山之間。密集的屋子高低錯落，使小鎮的每一條巷子都顯得狹窄、陰暗而曲折。若是立足於遠處的山巔俯瞰小鎮，自是能一覽無遺。但當你在小巷中來回穿行時，就會感到小鎮的複雜。

在縱貫小鎮的唯一一條長街上，戰傳說便看到了「喜來客棧」的招牌，招牌下方牆角處用紅漆畫了一個醒目的箭頭，將欲投宿的客人引入一條小巷中。但直至走到小巷的盡頭，也仍未見有客棧，卻又看到了一面石牆上的箭頭，箭頭直指一條更爲狹窄的巷子。

曲曲折折不知迂迴了多少次，更不知自己已在鎮上何方——戰傳說終於見到了「喜來客棧」。

客棧左側是一座古剎，殿閣雄偉，松柏參天，香火的氣息飄過了高牆。

客棧的右側亦有高牆，高牆內應是一大戶人家。與客棧毗鄰的那座樓高達三層，飛勾的簷角超出高牆，遮攔於巷子、客棧的客房上，使小巷中的光線更爲暗淡，客棧更顯遮掩。

客棧前，有一身形微胖、鬚髮花白的老者坐在一張寬大的籐椅上，他的身軀幾乎是深深地陷入其中。唯一自高牆、古木的縫隙間透入的一束夕陽，正好照在老者的身上，使他身陷異乎尋常的光亮中，以至突兀而醒目，似乎與周邊的景致毫無聯繫，而是獨立地存在著。

當老者的目光落在戰傳說身上時，臉上竟沒有愉悅的神情，而是有些意外地望著他。直到戰傳說踏入客棧前的幾步石階時，老者方慌忙起身，笑臉相迎道：「客官要在小店投宿？」語氣顯得頗爲疑惑。

戰傳說頷首應是，忖道：「此處既然是客棧，我來此投宿，自是天經地義，爲何他卻神情古怪？」

老者一邊將戰傳說往裏邊引，一邊道：「這樣的日子，本是極少有人會在小店投宿的。」

戰傳說隨口問道：「這卻爲何？」

老者道：「今日是中秋佳節，誰都想在這樣的日子裏趕回家中團聚，又有幾人願意獨自留在他鄉？」說到這兒，他略略提高了聲音，喊道：「羅三，快準備熱水，有客！」

客棧前堂空無一人，老者的聲音在前堂嗡嗡迴響。在巷子裏看喜來客棧，因爲處於古刹與另一大院高牆間而顯得格外低矮狹小，走進客棧裏，卻可知客棧其實尙屬寬敞。

後面響起散漫的腳步聲，老者方轉身對戰傳說道：「小店今日只有公子一位客人，所以……」說到這裏，他忽然打住了。

因爲戰傳說竟仍站在門口處，以驚愕的目光望著老者，讓老者自感不妥。正待相問，已聽戰傳說道：「店家，你說今天是中秋節？」

老者心中恍然大悟，不由笑道：「正是，公子莫非連時日也忘了？」

戰傳說愕然怔立，半晌後，他又道：「那麼，今日就是八月十五了？」

老者哈哈乾笑兩聲，臉上神色卻不好看了，口中道：「公子真是有趣得緊。」心道：「此人雖神采不凡，但聽他言語，要麼是太過迂腐，要麼缺了房資裝瘋賣傻。中秋便是八月十五，這有什麼可問的？」

心生此念，老者便接著道：「小店乃小本經營，經不起什麼風浪，所以一向是客人投店後，便先收半數房資，日後離去時再一齊補足。」言罷，他便似笑非笑地望著戰傳說。

戰傳說神情茫然，雖是面對著老者，但他的目光似乎並非落在對方身上，彷彿老者的話他並未聽明白。老者的臉色頓時變了。

這時，有一精壯的夥計自後門進了前堂，戰傳說一下子清醒過來，忙道：「理當，理當。」手伸入包裹中掏了一陣子，將抓著之物拿了出來，送與老者身前，攤開手來，赫然是一塊五兩重的金錠。

老者暗吸了一口冷氣，皺紋滿佈的臉不由自主地抽搐了兩下，立即換了一張笑臉，道：「公子財大氣粗，小店委實找兌不開……今天是個好日子，又有公子這等貴客光臨，小店便破個例，房資日後再說，日後再說。」

戰傳說並不在意老者的前倨後恭，道：「也好。」此刻他心中忖道：「父親與千異一戰是八月十五，之後自己前往戈壁古廟又花了十數天，那麼今天至少已是八月月末，但老者為何竟說今天是八月十五？」

難道是老掌櫃年老渾噩，以至於記錯時日？但一個會將日子記錯的人，又怎能料理客棧？戰傳說百思不得其解。

「喜來客棧」果然只有戰傳說一位客人，因為那塊金錠的緣故，老掌櫃與羅三都頗為殷勤。黃昏時分，羅三竟送來一些糕點，並邀戰傳說與老掌櫃一同賞月。

戰傳說腦中一片混亂，他對羅三婉言相拒後，獨自一人坐在床上，怔怔出神。因為只有他一人投店，故他入住的是客棧最好的房間，縱是如此，仍是顯得頗為簡陋。

窗外的光線越來越暗，又過了一陣子，天色竟又重新變亮，窗外呈現出一片柔和的銀色。

戰傳說忍不住走到窗前，推開窗，探出身子眺望夜空。

廣袤的夜空中，一輪皎潔的滿月高高懸起。難道，今夜真是八月十五？不，絕無可能！戰傳說心中靈光一閃，暗道：「也許，今夜是九月十五吧？」

戰傳說坐立不安，心中的疑惑猶如一根尖銳的刺讓他心緒難寧。他試圖說服自己這只是一個錯誤，也許是老掌櫃記錯了節氣時日，也許是整個鎮都弄錯了。

這並不重要，可事實上，他卻說服不了自己！時間一錯位，讓他開始懷疑這是不是一個夢境。

就在此時，外面響起了腳步聲。客棧的房子是二層木製結構的，年月已久，走在樓梯上，再小心翼翼，也是聲如驚雷。

只聽得羅三那粗大的聲音在樓梯處響起：「要不要小的爲公子送一壺上等佳釀？今天可是中秋佳節啊！」

顯然又有客人來投宿了。

戰傳說立時屏息凝氣，靜靜聆聽。他希望聽到投店的客人反問羅三：今天怎麼會是中秋節？但卻聽得一個清朗的聲音冷哼一聲，「只怕整個鎮也找不出一滴真正的佳釀吧？」

「呵呵……」羅三自我解嘲地笑了一聲。

那清朗的聲音又道：「你只需送來熱水即可，沒有我的吩咐，不要隨意打擾！」

此人聲音聽起來甚為年輕，卻隱然有讓人難以抗拒的威嚴。

「是……是。」羅三道。

戰傳說悄然走至門前，遲疑了片刻，終於一咬牙，拉開了房門走向門外。他想要新投店的年輕人解開他心中的謎團，否則也許他將徹夜難眠。

他的目光故作不經意地向樓梯口那邊掃去，落在羅三身後的年輕人身上時，表情卻一下子僵硬了，周身血液似乎立時完全凝固。

他的手腳一片冰涼，腦中「嗡嗡……」亂響，一片空白，只知在下意識中死死咬著牙，方沒有失聲驚呼。

羅三提著燈籠，瞧見戰傳說臉色煞白，眼神恍惚，心中一驚，忙道：「公子怎麼了？」

戰傳說顯得很吃力地一笑，道：「……有沒有……酒？不是上等的……也無妨。沒什麼，我身體有點小毛病，喝點酒，就會好……」言罷，也未等羅三回答，他已飛速退回房中，將門掩上，只覺心跳快得驚人，口乾舌燥。

原來戰傳說竟在羅三的身後，看到了自己！

確切地說，是一個與自己容貌一模一樣的人！無論是誰，當他看到一個與自己容貌完全一致的人時，都會極度驚愕！

戰傳說能斷定那年輕人與自己絕非僅是相像，只是那人應比自己年長三四歲。換而言之，戰傳說感到自己所見到的就是三年後的自己！

外面的腳步聲自他門前響過，戰傳說不停地在房內來回踱步，一遍又一遍，他忖道：「世間也許有相似之人，但卻決不會有一般無二的人。」

忽地，他心中閃過一道亮光：他記起了自己從未謀面的母親，想到自己的身世至今仍是一個謎！今日的遭遇，會不會與此有關？

戰傳說終於慢慢冷靜下來，冷靜之後，他忽然察覺一個疑點：既然自己的容貌與那年輕人酷似，為何當自己出現時，那年輕人與羅三卻並無異樣表情？這絕對有悖於常理。難道，是自己看花了眼？其實那年輕人與自己並不相似？

「砰，砰砰……」敲門聲打斷了戰傳說的思緒，外面響起了羅三的聲音：「戰公子，你要的酒小的給你送來了。」

要酒只是戰傳說在驚慌失措時隨口所說，他略作沉默後道：「進來吧。」

羅三一手提著食盒，一手捧著一壺酒推門而入，將菜擺好酒斟上，笑道：「公子還有什麼吩咐嗎？」

戰傳說略作沉吟，「借問一句，此地離樂土還有多少路程？」

羅三以奇怪的眼神看了他一眼，勉強一笑，道：「公子真是風趣，小店所在的花鎮，已是屬於樂土了。」

戰傳說哈哈一笑，岔開話題道：「既然是在樂土，就應有地道美酒。」

羅三陪著笑道：「在這山野之地，其實並無好貨色，公子是行家裏手，少年英雄，小店也不敢欺瞞。若是蒙公子青睞，在此長住十天半月，小的就是跑斷雙腿，也要覓來上等佳釀。」

戰傳說不再說話，羅三知趣地退下了。

戰傳說乃一介少年，並不嗜酒，兼且心事重重，故只是默然立於窗前。

「朋友貴姓爲戰？」身後忽然響起清朗的聲音。

戰傳說一驚，驀然回首，只見那容貌與自己一模一樣的年輕人正站在自己的房門處，目光平靜地望著他。此人一襲白衣，頗爲俊美，使戰傳說第一次感受到自己的神采。

戰傳說心中不停自問：「他爲何見到我時，還能如此平靜？爲什麼……」

不知爲何，他心頭閃過一個念頭，憑著難以言喻的直覺搖頭道：「那是店裏的夥計聽岔了，其實在下並不姓戰，而是姓陳。」

戰傳說想起羅三與自己套近乎時自己曾說姓戰，但此人爲何要從羅三那兒打聽這事?!

「原來如此。」那容貌與戰傳說一般無二的年輕人又問了一句，「今天是八月十五，朋友爲何孤身在外？」

對方不可思議的平靜使戰傳說有所悟，亦平靜了不少，他甚至笑了一笑，「你豈非也是獨自在外？」

那人並不氣惱，道了聲「打擾了」，竟自退出。

待身影消失於門外後，戰傳說方如呻吟般長吁了一口氣，頓坐於床上。一切皆如同一場不可思議的噩夢般讓人難以置信。

但戰傳說的心中卻越來越肯定在這種平靜的背後隱藏著驚濤駭浪，只是這一切暫時被詭秘的外衣掩蓋住了而已。

他坐著默默地想了一陣心思，然後悄然起身，將包裹中的箭、書簡、金銀取出，再將包裹放入被褥之下，單單抽出席子鋪在一個牆角處，吹熄油燈後便和衣臥下了。

他已斷定那年輕人一定是易容成自己的模樣，至於對方爲何要這麼做，卻是不得而知了……

子夜。

半夢半醒間的戰傳說忽然被異樣的感覺驚醒，他凝神靜聽，隱隱聽到西向有衣袂掠空聲。

很快，在另外三個方向，戰傳說亦聽到了異樣的響聲。

他的右手悄然取出那支箭——這是他身邊唯一可做兵器之物了。

忽聞一清朗的聲音朗聲道：「六道門的追蹤之術果然絕世無雙。諸位既然已遠道而來，又何必躲躲藏藏，難得如此月高星淡，實是一個大好的殺人之夜！」

赫然是與戰傳說同投宿此店的年輕人發出的聲音。

一怔之下，戰傳說忽然明白過來，一定是此人易容成他人模樣後再胡作非爲，引來他人追殺。真正見過戰傳說真面目的人少之又少，那人爲何偏偏要易容成他的模樣？

若說這其中另有陰謀，但戰傳說與外人幾乎沒有任何恩怨，又何來針對他的陰謀？

無論如何，戰傳說想：此人絕非善類，因爲六道門乃樂土頗負盛名的正道門派，當年在對付邪派九極神教時出力甚多。

這時，北向一個略顯尖銳的聲音高聲道：「戰傳說，今夜你已是插翅難逃！」

戰傳說大驚，一時束手無策，心道：「六道門何以知道我亦在此？他們與我又有什麼恩仇？」

忽然心態一轉，醒悟過來，明白六道門所稱的「戰傳說」，應是指那來歷蹊蹺的年輕人。由此看來，此人果然是在冒著自己之名爲非作歹。

戰傳說怒焰頓生，心中忖道：「此人大概不會料到會與我相遇吧？但他在遇見我之後，仍是鎮定自如，倒是殊不容易！」

思忖間，尖銳的暗器破空聲倏然響起，懾人心魄。隨即聽得那年輕人長笑道：「諸位皆是前輩高人，爲何也用暗器？」

窗櫺斷裂的「喀嚓」聲響起，立即引來一片呼喝聲。待戰傳說靠近窗戶向後院望去時，只見客棧的後院中已有五人。居中的正是那一襲白衣的年輕人，另有四人將他團團圍住，此四人身著麻衣草鞋，正是六道門弟子特有的裝束。

戰傳說拿定主意，他倒要看看那年輕人究竟如何假借他的面目爲非作歹。在此之前，他雖已兩次與此人照面，但因爲內心慌亂，都未對對方細加察看，這時才看清，此人佩有一柄長劍，長身玉立於後院中，頗具神韻。

六道門四人中的一人沉聲道：「刑破乃二十餘年前武界中最可怕的殺手，死於他手下的人不可計數。戰傳說，你竟敢冒天下之大不韙，維護刑破，更殘殺我六道門弟子，今日我等必除去你這個禍害！」

戰傳說在客棧內將這番話聽得清清楚楚，他心中不由一震，暗道：「刑破？好熟悉的名字……是了，在荒漠中，不是有人自稱刑破嗎？不知六道門口中所謂的『刑破』與我在戈壁荒漠中所見到的刑破是否爲同一人？記得先前與褐衣人偶聚而自稱『刑破』之人曾說，他自己一向只殺人而不曾救過人，照此看來，他多半就是六道門中人所言之刑破。」

只是世間又豈有如此巧遇？刑破剛在戈壁中救了自己，此時卻又被易容成自己的人所救？

戰傳說百思不得其解，只聽得那年輕人不屑地冷笑一聲，道：「身爲武者，誰的手上不曾沾過血腥？其實又何需多言，只要爾等能取了我的性命，日後是非曲直自是由你們分說！」略停片刻，接著道：「可惜六道門只是徒具虛名，若非本公子有意留下線索，爾等休想能追蹤至此！此地已非六道門的勢力範圍，卻恰好可做你們的葬身之地！」

身形微動間，一抹幽光自他腰間閃掣而出，已有一劍在手。

戰傳說暗道：「此人劍道修爲只怕遠在我之上。」心中驚愕之意更甚。

那年輕人右手上揚，與身平齊，劍尖垂直指向地面，與其身軀相距半尺，劍光如流水。在客棧房內的戰傳說目光倏然一跳，他赫然發現此人所用的起手式，竟與父親劍法的起手式一般無二！

這是巧合，還是有著說不清、理還亂的淵源？

明月高照，月光如水。如水銀流瀉的月光下，一道淒迷的光弧驀然劃空而出，迅即幻化爲萬點寒芒，向正前方的六道門中人席捲而去。劍法飄逸快絕，予人的心神以不可抗拒之感。

四名六道門之人論輩分，僅比六道門門主蒼封神低一等。蒼封神並無嫡傳弟子，此四人皆爲蒼封神師兄的弟子，分別名爲賀易風、倪易齋、湯易修、騰易浪。蒼封神入門較遲，所以其大師侄賀易風竟與他年歲相仿。

首遭攻襲的是騰易浪，對方劍勢甫起，騰易浪便感到劍氣凜然，撲面而至，聲勢駭人。

沉哼一聲，騰易浪半步不移，與他朝夕相伴二十多年的短矛已如怒龍般暴射而出，毫不退縮地迎向似可摧毀一切的驚人劍勢。

招式甫出，騰易浪立時感到不妙，對方可怕的劍勢非但未被他的短矛衝潰，反而使他的短矛如陷無底深淵，所有力道、殺機頓時化作無形。

幾乎沒有任何直接的接觸，那白衣年輕人的劍已長驅直入，騰易浪的防守立時盡受掣肘，似乎任何應變之舉都已徒勞無益。

但騰易浪終是六道門第二代弟子，一驚之下，立時將自身修爲提至無以復加的極限，不僅五尺短矛竟因此而呈現驚人的弧度，並在間不容髮的瞬息間掠過丈餘空間內的每一角度。

短矛威勢駭然，強大的真力直透矛杆而出，形成無形壓迫力，讓人呼吸頓滯。

但就在騰易浪的氣勢達到最強的那一刻，對方的劍已如不可捉摸地鬼魅般刺入。一聲淒厲大吼，騰易浪胸前血花怒放，短矛沖天飛起，人已狂跌而出。

事實上，他在未中招之前已於不知不覺中被對方迫退三丈之距！對此，騰易浪完全是在下意識完成的，自己並未察覺。而易容爲「戰傳說」模樣的年輕人卻借這種方式，避過了另外三人第一輪攻擊，免於陷入前後夾擊的境地。

一劍擊傷騰易浪後，賀易風、倪易齋、湯易修已不分先後同時攻到，二刀一槍交織成一張絕殺之刃網，向對方席捲而至。

那年輕人的身軀便如同颶風中的一片輕羽，毫無分量之感地順勢斜斜飄起，看似未曾借力，卻有驚人之速。長劍回蕩，劃過一道近乎完美的曲線，幾乎在同一時間與賀易風、倪易齋的刀及湯易修的槍相接實，一觸即起，憑藉妙至毫巔的手勢的變化，竟借兵刃相接之際憑空產生驚人力道，輕微至幾不可聞的金鐵交鳴聲後，那一襲白衣的年輕人已從容自三人合力圍殺之局脫身而出。

一攻一守之間，其劍法之卓絕已暴露無遺。

這一切其實僅在極短的瞬息間發生，戰傳說卻在黑暗中暗吁了一口氣。他看出與自己全無二致的年輕人的劍法起手式雖與父親的劍法相同，隨後所展露出的劍法也似曾相仿，但戰傳說卻看得分明，兩者之間唯有形似，而無神似！眼前此人的劍法固然精絕，但卻少了那種傲然天下的無上尊貴之氣。

戰傳說心中疑慮稍去，又有疑雲升起，按理親眼目睹父親與千異一戰的人，唯有不二法門四大使者與自己而已。照此看來，那眼前這年輕人的劍法與父親的劍法即使僅僅只是「形似」，亦不應出現，更何況眼前此人如此的年輕？

戰傳說思忖之間，後院中全力搏殺的雙方又攻守了數十招。

「噹……」一聲驚人的金鐵交鳴聲後，倪易齋右腕一痛，手中兵器脫手。但未等那年輕的白衣劍客擴大戰果，賀易風、湯易修已及時封擋，救下倪易齋。

白衣劍客以一敵四，竟仍略占上風。倪易齋受傷後，雙方形勢更爲強弱分明。

戰傳說大爲躊躇。一方面，他知道六道門乃正道門派，此時有難，本應助其一臂之力，但刑破在戈壁中曾救過他，而白衣劍客卻是因爲刑破的緣故而與六道門結下怨仇。照此看來，自己若與六道門聯手對付白衣劍客，似乎又有悖情理。

戰傳說正猶豫間，倏聞一聲痛呼，倪易齋終是未能逃過一劫，勉力應敵的他，右臂被對方一劍斬落。

白衣劍客一聲長笑，腳下斜踏，劍如微微輕風，飄掠而出，一劍之下，年歲最大的賀易風頓覺自己所有生機竟被完全封住，驚愕之下，暴退丈許。身形未定，赫然發現湯易修手捂胸前，瞳孔放大，仰天向後緩緩倒去。

賀易風、倪易齋同時大吼一聲：「七師弟……」飛身上前察看。

白衣劍客並不急於進攻，顯得胸有成竹，他長劍遙指賀、倪二人，冷聲道：「六道門的追蹤之術尚屬上佳，若論武學，卻讓人不敢恭維。今日你們追蹤我戰傳說，實是太不明智！」

賀易風霍然轉身，低啞著聲音道：「倪師弟，你走吧，去告訴掌門師叔，我是死在戰傳說的手上！」

倪易齋顫聲道：「不，你我二人……一同對敵……」斷臂之傷使他臉色煞白如紙。

賀易風大吼一聲：「走，快走！」目眥欲裂。

白衣劍客哈哈一笑，道：「你們二人誰也走脫不了！」

賀易風面沉如水，刀交左手，倏然揮刀，竟是斬向自己的右臂。

寒刃過處，右臂立時出現一道長而深的血槽。

幾乎與此同時，賀易風的臉色變得一片赤紅，紅得觸目驚心，近乎詭異。

倪易齋嘶聲道：「大師兄……」聲音悲憤而絕望，驀然轉身，向後院外疾掠而去。

奇怪的是，那白衣劍客竟未攔截，而是神色肅然地望著賀易風，沉聲道：「六道歸元?!」

賀易風未曾答話，他的刀重執右手，刀尖下指，右臂的鮮血自刀身流下，滴落於地。刀，竟發出低沉的「嗡嗡……」輕鳴聲，仿若是刀的嘶吼。

賀易風眼中的光芒漸漸消失，變得一片死灰，唯有在眼神的最深處，方能窺出一點森寒的殺機，那是賀易風的靈魂所在。

六道門在武界中絕非無足輕重的門派，而其門中弟子較弱卻又是不爭的事實。但六道門門主的武功卻足以躋身樂土武界絕頂高手之列。這便是因為六道門的最高武學——六道歸元！唯有掌門人或即將接任掌門人者方可習練此絕學，而六道歸元的最高境界，遠非六道門的「六道劍法」可比。

此時，賀易風欲以「六道歸元」迎敵，可見他已被六道門門主蒼封神定為繼承下任門主之位的弟子。

但事實上，以賀易風的修為，尚無法真正達到六道歸元之境，他心知今日之局，極可能就是全軍覆滅。權衡之下，賀易風決定以「化血催元」之術，強行將自身的潛能催運，以達到六道歸元之境。但無論是賀易風還是倪易齋，心中都明白，以這種方式對敵，最終的結局極可能是賀易風無法承受六道歸元的空前氣勁。

但白衣劍客卻並未能洞悉這一點，他只知六道門中六道歸元的可怕，故當倪易齋借機抽身而退時，他竟未加以攔阻，而是全神戒備賀易風。

賀易風緩緩舉刀，刀至齊肩時，倏然顫鳴，刀身所沾染的鮮血驀然被無形真力激化為血霧，將刀身籠罩其中，蔚為奇觀。

白衣劍客如鷹隼般掠空而起，以瞬息千里之速閃電般迫近賀易風。

劍起！

快至虛實莫辨，似乎疾刺向賀易風咽喉的不是劍，而是一往無回的意念。縱是在黑暗處觀戰的戰傳說亦感到如身臨其境般的壓力。

賀易風長嘯如鬼哭神泣，似已不為人類所有。

長嘯聲中，刀刃驀然破空劃出，似若憑空突起一股颶風，自下而上暴捲，聲勢駭人。

刀劍交擊之聲竟是那般沉悶，讓人頓感心神滯納，極為不適。白衣劍客只覺一股奇大的力道透劍而至，胸口如負荷千斤重壓，手中兵器幾乎把持不住。

白衣劍客暴旋而起，劍芒貼身飛揚，形成巨大的光柱，試圖封擋對方接踵而至的攻擊。

賀易風如影隨形，沖天而起，高擎長刀，遙遙橫劈，刀法簡練至無以復加，卻偏偏有千軍辟易之勢！此刻賀易風自知無法久撐，故一味全力攻襲。

在這一刀之下，巨大的光柱頓時化作萬點銀芒，倒捲而回。

白衣劍客悶哼一聲，如輕羽般倒飄而出，長劍倏然下指，火星四濺，長劍在地上劃出一道驚心動魄的軌跡，倏而彈起，終穩定身形。但他的肩肋處卻已綻開一片血紅色。

賀易風臉上卻毫無喜色，依舊是一片死灰。沒有任何停滯，他已身形再起，凌空揮刀縱劈！刀猶如魔鬼附體，破空之聲森然可怖，看似簡單的一刀，刀的軌跡卻撲朔迷離，不可捉摸。

白衣劍客的嘴角忽然浮現出一抹飽含冷酷殺機的笑意，笑意森寒如冰。他竟毫不退讓地向賀易風的刀迎去！

刀劍悍然接實，勁氣四溢。白衣劍客一聲長笑，如被無形繩索牽引一般倒掠。

「鏘啷……」一聲中，他已還劍入鞘，灑脫至極。

戰傳說大爲疑惑。

卻見賀易風僵立當場，眼神極度驚愕，似乎他正遭遇了一件完全出乎他意料之事。

他以扭曲而古怪的聲音道：「……難道，你是……」

白衣劍客面無表情地道：「可惜，你知道得太遲了！」

賀易風張了張口，卻未能出聲，「噹啷……」一聲，他的刀已脫手墜地。與此同時，他的臉部面色突然褪盡，變得極爲蒼白。

「噗……」他的腹部突然有血箭標射而出，化爲漫天血霧，情景駭人至極。

賀易風如朽木般轟然倒下。

戰傳說目瞪口呆，他分明看到雙方全力一搏時，應是勢均力敵，賀易風並未被對方的劍所傷。但此刻，賀易風卻不可思議地倒下了，就此斃命。

戰傳說忽然想到賀易風在生命的最後時刻所說的那句話，莫非，在生命消亡之時，他已察覺到異乎尋常之處？甚至，他已明白了對方的身分？

但這一切，已隨著賀易風的死而成了不解之謎。

那白衣劍客長長吁了一口氣，抬頭望了望星空，隨即徑直離開客棧而去。

他竟走得那麼從容，似乎並未在意六道門會因仇恨而對他窮追不捨，未曾想到蒼封神的武學修爲遠非賀易風等人可比。

戰傳說立於窗前，忽然感到了一陣涼意，他抬頭望了望天空，月色銀白，使天空顯得那麼遙遠而縹緲虛無。

良久，客棧中才有響動，顯然客棧裏的掌櫃、夥計已因方才的血腥一幕深深驚悸，此刻方才緩過氣來。也許，在他們眼中，這只是一場江湖尋常仇殺，唯有戰傳說才知道這絕非一般的恩怨仇殺，在它的背後，必然有著驚人的秘密，而且，極可能與他有著密切關聯的秘密。

就在他即將轉身之時，忽然目光一跳，似乎看到倒在地上的騰易浪動了動，待他再細看之時，卻再無動靜。戰傳說心中飛速轉念，思忖著該不該去看個究竟，當他想到六道門極可能是查清此事真相的唯一線索時，立時拿定了主意。

但他並未顯露出武功底子從視窗躍下，而是走至後院。

到了後院，戰傳說故作驚慌失措地道：「掌櫃，掌櫃……出人命了！」

客棧底層剛亮起的唯一一盞燈倏然滅了。戰傳說暗自好笑，他知道定是客棧老掌櫃怕招惹禍端，裝聾作啞。

當戰傳說走向騰易浪時，他的腳下踏著黏濕的血跡，感覺極爲不適，空氣中瀰漫著微甜的血腥氣息。

行至騰易浪身旁，戰傳說蹲下身來，探了探他的鼻息，心中一喜一驚：他果然尚有鼻息，只是極爲微弱。人命關天，戰傳說再也顧不上掩飾形跡，他迅即出手封住了騰易浪胸前傷口周圍的幾處穴道，再將自身的真力輸入對方體內。過了一陣子，只聽得騰易浪低低呻吟了一聲，長長地吁了一口氣。

戰傳說猛然記起一事，心中「咯噔……」一聲，急忙伸手在地上摸了一把，立時沾了滿手的血污，然後將之在臉上一抹，這才鬆了一口氣。原來他擔心騰易浪醒過來見到他時，會把他當做兇手。

騰易浪終於緩緩睜開了眼睛，當他看到戰傳說時，眼中流露出驚愕之色，似張口欲言。戰傳說急忙道：「你失血太多，不宜多言。」

這是戰傳說第一次救人，他的心怦怦亂跳，喉頭亦有些發澀。定了定神，他拿定主意，高聲喊道：「掌櫃的，此人已醒轉，快去鎮上尋些金瘡藥，事後少不了好好酬謝你們！若是見死不救，日後你們可脫不了干係！」

卻無人回應，客棧靜寂得彷彿死去了一般。

戰傳說又重複了一遍，這才見方才滅了燈的房內又重新亮起了燈光。一陣咳嗽聲後，老掌櫃的聲音傳出：「出什麼事了？咳咳……小店乃小本經營，一向規規矩矩的……羅三，去看看後院出了什麼事……」

似乎方才他真的對後院的事一無所知，戰傳說只覺又好氣又好笑。

也許是因爲戰傳說的金錠起了作用，半個時辰後，羅三便從鎭上的藥店中購來了金瘡藥。無須戰傳說吩咐，老掌櫃和羅三將騰易浪安置在戰傳說的房中後，即自行退出了，他們自知應盡可能回避江湖糾葛。

戰傳說並不能確知六道門與那白衣劍客之間孰是孰非，掩上門後，他細細思慮，仍無法理清頭緒。

到了後半夜，戰傳說漸感疲倦，正朦朧欲睡之際，忽聞輕響聲，驚醒一看，卻見騰易浪似乎要掙扎著支撐坐起。戰傳說忙勸阻道：「你傷得極重，且莫妄動。」

騰易浪重新躺下，聲音低弱地道：「是你……救了我？」

戰傳說含糊地道：「在下只是投宿此地的人而已。」

騰易浪道：「你……封了我幾處穴道，並……並非尋常客人。」

戰傳說一怔，隨即道：「可惜我的修爲實在有限，除了救人，只怕再無他用。」

騰易浪關切地道：「我的三位……師兄呢？」

戰傳說沉默了片刻，如實道：「除一人重傷脫身外，其餘的都……被殺了。」說完這些，他頗有些不安，只恐騰易浪心神激動再度暈厥。

出乎他意料的是，騰易浪竟久久不語。

屋內很暗，只有視窗透入的少許月光。借著月光，戰傳說留意到騰易浪牙關緊咬，五官扭曲，顯然是竭力強忍心中的悲痛。

半晌，騰易浪方嘶聲道：「戰傳說！若是有朝一日你落入六道門手中，我騰易浪定……將食你的肉、寢你的皮！」

乍聞自己的名字，戰傳說不由爲之一震，縱然他知道騰易浪所指並非自己，但仍是難免有下意識的震愕。當他回過神來再看時，心中「騰……」地升起一股怒焰，想到自己因爲那神秘的白衣劍客之故而背負臭罵，不由惱怒不已。

定了定神，他試探著道：「戰傳說此名，倒是耳生得很。」

「是嗎？哼哼，那麼戰曲之名，你……咳咳……不會未聽說過吧？」騰易浪道，言語竟似有不滿之意。

戰傳說忙道：「這個自然，他與千島盟高手千異一戰舉世皆知！」

騰易浪道：「四年前戰曲與千異一戰後，武界中人對戰曲自是敬重得很……」說到這兒，他忽然聽到戰傳說「啊……」的一聲驚呼，若非是在夜裏，他還可看到戰傳說一臉驚愕萬分之狀。

騰易浪喘息了一陣，方道：「……又有何不妥？」

戰傳說結結巴巴地道：「你說……說戰曲與千異一戰，是……是在四年前？」

騰易浪道：「正是，難道連此事你也有所懷疑……懷疑嗎？」

戰傳說再也無法安然端坐床前，他猛然站起身來，來回踱了幾步，卻不知意欲何爲，腦中一片混亂。口中道：「……啊……不是，我只是想問一問是否正好是四年——是了，今天是八月十五，恰好是整整四年……如此說來，今天便是在四年後了，而並非在數日之後……」

他一口氣說了這麼多，卻雜亂無章，如同他混亂不堪的思緒。騰易浪所說的話對他來說不啻於一記晴天霹靂！

「難道，父親與千異那一戰真的是在四年前發生的？」

「難道，自己在戈壁古廟中昏迷後醒來時，就是在四年之後？」

這一切是多麼的不可思議，令人難以置信。

但若非如此，又怎能解釋今日又是八月十五中秋節？這本是讓戰傳說無法明白的事。

原來在戈壁中他度過的時間不是數日，亦非數月，而是整整四年！

這一切，孰真孰假？

倏地，戰傳說想起一事：「難道掌櫃、羅三以及那容貌與自己完全相同的人見我之後，並無異常神情，是因爲四年時光過去，自己的容貌已改變了許多？所以，他人同時見到自己與白衣劍客時才不會驚詫？」

戰傳說對今日離龍靈關一戰已整整四年一事本頗爲懷疑，但念及這一點，卻有些相信了。唯有如此，方可解釋羅三及那自稱「戰傳說」的年輕人見到他時的平靜。

騰易浪在命懸一線時被救醒，身子虛弱至極，他強支著說了這麼多話後，終支持不住，再度昏迷過去。

戰傳說獨自一人在房中來回踱步，一遍又一遍。

終於，他站定了，長長地吸了一口氣，旋即摸索著將屋內的油燈點燃，端著油燈慢慢地走至一塊已有些破損的銅鏡前，用衣袖小心擦去臉上的血跡。

雖然戰傳說心中已有所準備，但當他抹盡臉部血跡，看清鏡中的人後，身子仍是不由一震，燈油頓時傾灑於手上，油燈也滅了。

燈火搖曳，明滅不定。

他所看到的鏡中人的容貌，與他原先的容貌果然已截然不同，即使是真的已有四年時光流逝，亦決不會有如此徹底的變化！

直到此時，他才察覺到自己的身軀已高大了許多，原有的少年稚氣，此刻在他身上已蕩然無存。他的鼻子更為俊挺，原先的清冷之意淡了，卻隱隱顯露出倜儻灑脫，變化最大的是他的眼神，不再是原先的靜如止水，而是隱隱有一絲熱切在其中湧動。正是因為這些陌生的眼神，最讓戰傳說對自己的變化難以置信，若非親見，他絕難相信人的眼神亦可以改變。

離開神秘的古廟之後，他見到了容貌與自己完全相同的人，隨後卻發現自己與從前已截然不同，如此匪夷所思的變故接踵發生在戰傳說的身上，使他恍如置身夢中。

他堅信即使真的已是四載光陰流逝，自己的容貌亦不會有如此大的變化，故他斷定一定有人在他迷暈不知時為他易了容，而為其易容者，自應是古廟中的神秘人物。

戰傳說在黑暗中用手在臉部仔細摸索，他要看看究竟是什麼樣高明的易容術可以如此不顯山露水。

搜索一陣子後，戰傳說的心忽然漸漸提起——他竟無法找到自己臉上的任何易容過的痕跡，憑著手感，他清晰地感覺到自己手指所觸碰的就是真實的肌膚。

這甚至比發現自己容貌已有改變更讓戰傳說吃驚！因為容貌突然改變，尚有可推測的可能，但發覺自己容貌雖已改變，卻無任何經過他人易容後的痕跡，則已無法作任何推測了。

戰傳說之父戰曲的劍道修為驚世駭俗，但戰傳說的武學進展一直不盡如人意，無論是戰曲還是戰傳說，皆有些心高氣傲，他們都無法接受平庸，於是在如術數、陰陽五行、土木、易容術、步法、醫術、琴棋書畫等諸多方面，戰曲都盡可能向其子多加傳授，戰傳說亦不負其厚望，苦加鑽研。他那極佳的異賦未能爲他帶來絕世武學，卻使他幾可謂通曉百術。對易容之術，戰傳說亦有不俗造詣，他相信世間絕無高明至連他都無法窺破的易容術。

太多的震愕迷茫後，戰傳說反而變得異乎尋常地冷靜了。

也就在此刻，他心中忽然升起一種強烈的被愚弄了的感覺。

愚弄他的人就是古廟中的神秘人物！

若今日真的與龍靈關一戰已相距四年，那麼自己便是在古廟中昏迷後，不知不覺昏睡了四年，儘管這令人有些難以置信。四年時光，在人的一生中也不能算短暫，那神秘人物憑什麼擅自剝奪了他四年的生命？在那四年中，他一直在無聲無息、無知無覺之中，與死亡又有何異？

更何況神秘人物更在他毫無知覺之時，徹底地改變了他的容貌。對戰傳說而言，似乎是一覺醒來，才發現自己已踏入另一個陌生的時間、空間。

也許，從某種意義上說，雖然戰傳說依然安然無恙地活著，但已被迫成了另一個與原先的戰傳說迥異的人。

也許，除了靈魂尚存外，其他的一切都已完全改變。

他開始慶幸自己救下了六道門的人，如此一來，至少也許會有可助他解開一連串蹊蹺古怪之事的線索。這一次，戰傳說已一心一意地要挽救騰易浪的性命。

北向，離這小鎮三十里遠的地方，本有一個與此鎮規模相仿的鎮，但如今不知因何，這個鎮已蕩然無存，只有鎮中的一棵需數人環抱的古樟仍巍然聳立，粗大的樹幹上留下了千奇百怪的疤痕。

此刻，在古樟下正有兩個人影相對而立，面向南而立的是一青衣人，他與古樟挨得極近，似乎已與古樟融爲一體。另一人是一襲白衫，在銀色的月光下，赫然可見他的肩肋處有一片醒目的赤紅色。

夜空大地萬籟俱寂！

青衣人的聲音低沉傳出：「術衣，有幾個六道門中人追蹤而至？」

「四人。」被稱做「術衣」者，聲音清朗。

「你將他們全殺了？」青衣人道。

「沒有，按規矩，我有意讓其中一人脫身而去。」術衣道。

「下一個目標，該是九歌城了。」青衣人道。

「我明白。」術衣道：「對了，在那客棧中，我還遇見一個年歲與我相仿的人，我已看出他身懷武學，但武功卻應不十分高明。此人衣飾尋常，可我發現他所攜帶的包裹卻沉甸異常，極可能是貴重之物，其神色顯得有些慌張，也許是因爲他包裏中的財物來歷蹊蹺。」

「哦，你有沒有將他一併殺了？」

「沒有，因爲我要以這人見證今夜客棧中所發生的一切。」術衣道。

「很……好。」青衣人緩緩地道。

清晨，當騰易浪甦醒過來時，戰傳說已能坦然以對了。

但他萬萬沒有料到騰易浪醒後的第一件事，竟是向羅三要了一大壺酒。

戰傳說大爲氣惱，心中忖道：「我好不容易將你從死亡邊緣救回，你卻如此不自重！」

騰易浪臉色黝黑，前額高且寬，此刻，他的嘴唇因失血過多而乾裂出血口子。

騰易浪吃力地捧著酒壺，就將酒往嘴中倒，只喝了一口，立即嗆出。劇烈的咳嗽牽動了傷口，使他痛苦不堪，臉上立時滲出了豆大的汗珠。

大口喘息了一陣子後，騰易浪又捧起酒猛喝一氣，他的手在顫抖，酒便有一半灑在了他的身上。

戰傳說一把奪過酒壺，不無譏諷地道：「原來你竟是酒中豪傑！」

騰易浪吃力地喘息著，那情景讓人感到也許他隨時都有可能會突然窒息。半晌過後，他的呼吸方平緩過來，聲音低啞地道：「你可知兩年前我是……滴酒不沾的？」

戰傳說一怔，他的確未曾料想到此事，看騰易浪如此舉止，誰都會認定他是在酒中泡了幾十年的酒鬼。

「兩年前，我六道門中發生了一件當時震驚樂土的事，想必你亦聽說過吧？」

戰傳說含糊不清地「嗯」了一聲。

「當時我掌門師叔與幾位師兄皆因事外出，門中只留有我及女眷還有一些後輩。沒想到就在掌門師叔諸人離開的第二個晚上，我四師兄之妻及其子突然被殺，同時還有我一個未滿二十的小師弟亦遇難！」

騰易浪說到這兒，眼中流露出極度痛苦之色，聲音更爲低啞：「六道門的人懷疑是我所爲，因爲我四師兄之妻本是我同門師妹，當年我與四師兄皆鍾情於她。爲此我與四師兄一向不和，並有幾次爭執。雖然誰也沒有將……心中對我的懷疑說出，但我卻能感覺到。而我，卻難以申辯，因爲不知爲何，那一夜我很早就入睡了，而且之後發生了廝殺，我竟一直未醒來……」

戰傳說眉頭微微一跳。

「……若說四師兄一家被殺時我正在沉睡中，又有誰會相信？無怪乎同門中人會對我起疑心了。只是因爲沒有證據，他們才未把話挑明。從那時起，我便開始學會了喝酒，因爲……咳咳……因爲同門中人每個人都對我冷眼相視，除了酒，一切……都是冷的……」

戰傳說有些同情騰易浪了，他打斷了對方的話，道：「最終這一切真相大白了，對不對？」

「不錯，我一直在追查真相，所幸蒼天有眼，終讓我查出真正的兇手就是戰傳說！他亦親口承認了此案，我六道門自半年前開始便一直追殺此人，但……終未能如願！」

戰傳說皺了皺眉，道：「但既然他能將此事隱瞞了一年多，為何卻要在半年前說出真相？若是他一直對此矢口否認，那豈非永遠也不會有人知道此事與他有關？難道，這其中會另有蹊蹺之處？」

騰易浪道：「此事的確透著古怪，但若非這是事實，又有誰會愚蠢到把如此禍端主動引至自己身上？」

戰傳說幾乎脫口而出：「因為他並非真正的戰傳說！」但終還是忍住了。

傍晚時分，客棧店內響起嘈雜人聲，少頃，便有腳步聲在木梯上響起。

一直閉目似睡似醒的騰易浪忽然睜開眼來，低聲道：「是掌門師叔來了。」

戰傳說心中一動，「你如何能斷言？」

騰易浪道：「本門掌門左腿有疾，故腳步聲與眾不同，只要是本門弟子，皆能分辨得出！」

戰傳說留意細聽，果然有一人的腳步聲輕一聲，重一聲；急一聲，緩一聲。

羅三推門而入後，便退至一側了，門外立著七八人，皆是麻衣草鞋，裝束並無不同，顯然皆為六道門中人。縱是如此，戰傳說仍是一眼便認出居中留有清鬚者，定是六道門門主蒼封神，此人並不高大，但渾身上下卻透著唯有絕世高手才有的卓絕氣勢，讓人難以正視。

他的眉骨甚高，這使得其目光似乎總是微微低垂，偶爾目光閃動之際，便如陽光突然穿透層層烏雲，奪人心魄。

當他出現於門外時，臉上並無任何表情，倒是他身後有三人同時撲至騰易浪的床前，其中一人右臂蕩然無存，另外兩人則比如今的戰傳說還年輕。

那斷臂之人正是自「喜來客棧」脫身離去的倪易齋，顯而易見，是他引來了同門中人。

倪易齋悲喜交加地道：「五師弟，你還活著？你還活著！」

騰易浪微微點頭，面向那眉骨高聳之人道：「師叔，易浪無能，讓戰傳說走脫了，自己卻苟活下來……」

那人果然是六道門門主蒼封神！

蒼封神目光微抬，略略打量了戰傳說一眼後，道：「想必是這位少俠救了蒼某師侄？」

戰傳說第一次被他人稱做「少俠」，頗不習慣，忙道：「只是舉手之勞而已。」

這時，騰易浪悲愴地道：「師叔，大師兄、二師兄皆是被戰傳說那小子殺害的，戰傳說在六道門已欠下五條人命了，我……我……」由於太過激動，他竟難以成語。

蒼封神聲音低緩地道：「你太累了，關於戰傳說的事，師叔會放在心上的。」說著，他已走近騰易浪，握住了他的手，輕聲道，「你安心休息養傷，戰傳說死有餘辜，六道門不會輕易放過他的！」

騰易浪低低地似乎又說了些什麼，卻已無法聽清，少頃，他竟就此沉沉睡去。

蒼封神這才放開他的手。六道門眾弟子神情中皆有憤恨之色。

戰傳說忽然感到極不是滋味，因為他本是真正的戰傳說。

就在這時，有一六道門年輕弟子快步而入，對蒼封神附耳以細如蚊蚋的聲音低聲耳語了一番。

蒼封神眼中精芒倏閃即逝，淡淡地道：「這只怕是戰傳說的障眼法。他們二人慘遭毒手，門中弟子聞訊無不悲慟，唯有讓他們早日入土為安，方可略慰六道門三百弟子之心！」

那年輕弟子欲言又止。

雖然蒼封神力邀戰傳說前往六道門以答謝其對騰易浪的救命之恩，但戰傳說卻婉言拒絕了。

在花鎮打聽了龍靈關的方向後，他便離開花鎮向東北方向而行。

此時，他已知道如今距父親與千島盟刀客千異一戰確實已有四年，除非整個花鎮的人都在對他說謊。

天下之大，卻似乎並無戰傳說可去之處。既然如此，他便決定前去龍靈關，至少，那兒曾留下他父親的足跡，還有一柄與他的家族有著莫大關係的「龍之劍」。

一路上，戰傳說無意中聽到有人提及龍靈關一戰以及「龍之劍」，每個人提及千異挑戰樂土高手時，都說是在四年前。如此看來，戰傳說在戈壁古廟中昏迷後，有四年時光悄然而過，已是不爭的事實。

而提及龍之劍的人越多，說明戰傳說越來越接近龍靈關。

想到四年時光在不知不覺中灰飛煙滅，化爲烏有，戰傳說心中之感慨可想而知。正因爲如此，他愈發急於見到龍之劍，也許他感到唯有見到了龍之劍，才能使他因時間的斷層而漂泊無定的心沉靜下來，所以他步履匆匆，少有停歇。

第三天黃昏。

因爲急著趕路，戰傳說已一日未曾停歇。當他見到前方山腳下有一面自樹林間挑出的幌子，寫著「茶」字迎風飄揚時，頓時感到口乾舌燥。未作遲疑，戰傳說加快了步子，向那茶舖走去。

茶舖是設在一小片柏樹林中，有三棵並排的柏樹被斬斷上半部分，砍去枝丫，便成了茶舖一側的三根支柱。舖內除了在灶間忙碌的茶博士及一名夥計外，只有一個客人，正背向戰傳說這邊而坐，腰杆挺得筆直，如同一杆標槍。

戰傳說飛步走入茶舖，目光無意中掃過那茶客時，先是一怔，隨即臉上有了甚爲奇怪的表情。

那茶客似乎也察覺到戰傳說注視他的目光，緩緩地轉過身來，望著戰傳說微微一笑，清俊爾雅。

戰傳說失聲道：「是你……沒想到這麼快便與你重逢了。」

那茶客赫然是六道門一年輕弟子，此人曾向六道門門主蒼封神低聲細語，故戰傳說對此人有些印象。六道門弟子衣著獨特，戰傳說從背影便能看出對方是六道門的人。

孰料那人卻道：「在下丁聰，其實此次你我並非偶逢，丁某是有意在此等候你。」

戰傳說大惑不解，怔怔地望著丁聰，一時難以明白其中玄機。

立足於此山崗上，可將遠處茶舖四周的情景一覽無遺。

戰傳說與丁聰相隔丈許，並立於山崗之巔。

沉默了良久，戰傳說忍不住開口道：「不知丁……丁兄爲何要在此等我？」他本欲稱對方爲「丁大哥」，忽然間記起四年時光流逝，今日自己已十八歲了，丁聰未必比自己年長，當下及時改口。

丁聰的目光投向遙遠不可知的地方，半晌方才長吁了一口氣，收回目光，直視著戰傳說，道：

「我是爲殺你而來的。」

戰傳說的表情頓時凝固。但丁聰神色平靜，眼中更無絲毫殺機，戰傳說暗吁了一口氣，「丁兄說笑了。」

丁聰緩緩搖頭，「這並非戲言，我是奉門主之命前來殺你的。」

戰傳說心中劇震，脫口道：「怎會如此？」

但憑直覺，他又感到對方並非虛妄之言，不由多看了丁聰幾眼。忽然間，他發現丁聰看似平靜中的眼神，竟隱藏著無數的痛苦、彷徨、矛盾、困惑……只是這一切都隱藏在眸子的最深處。

丁聰道：「賀易風乃我六道門四旗旗主之一，論武功、品行皆令門中弟子敬服，我發現賀旗主的致命傷口並非劍傷，而戰傳說所用的兵器是劍，這其中必有蹊蹺之處。我仔細察看了賀旗主的傷口，發現傷口外的衣衫完好無損，而傷口裏外皆有如被烈火熾燒！若由此推測，殺了賀旗主的真正兇手，極可能並非戰傳說。但我對門主提及此事時，他卻並未深究，初時我不明白一向極富智謀的門主這次爲何如此大意，直到他暗中吩咐我將你殺之時，我才明白也許他早已留意到賀旗主傷口的異樣，但爲了某種原因，他並不想讓他人察覺，更不能讓外人知曉此事！」

戰傳說輕嘆一聲，「丁兄是覺得殺害賀旗主的兇手另有其人？」

丁聰點頭道：「眾所周知，戰傳說所用的兵器是劍，所擅長的亦是劍法。雖然最初是戰傳說與賀旗主等人相戰，但這僅僅是憑倪副旗主在脫身離去前所看到的情景。在此之後發生了什麼事，誰也不知。」

戰傳說道：「並非如此。我親眼目睹，自始至終並未有他人介入其中。」

丁聰緊接著戰傳說的話道：「我相信你所說的話。照此看來，剩下的可能便是戰傳說除了世所共知的劍法外，還另有一種更可怕的武學。他正是利用這種武學殺了賀旗主，而我家門主其實能從賀旗主的傷口看出端倪，但因爲某種原因，他卻願把它掩蓋下來。」

說完望了戰傳說一眼，眼中有了無奈之色，接著道：「換而言之，我家門主已從武功看出兇手戰傳說與某一門派或某人有著非同一般的聯繫，他卻假意懷疑你是除戰傳說外另一兇手，要我伺機將你殺了！」

戰傳說忽然笑了。

笑罷方道：「爲什麼你不依貴門主之言而行，反而將一切對我和盤托出？難道你對貴門主有所疑慮，對我反倒深信不疑？」

丁聰毫不猶豫地道：「道理很簡單，我家門主真正要除去的人其實是我。」

戰傳說頗有些意外地看了丁聰一眼。

丁聰神情顯得有些激動了，他道：「因爲門主的掩蓋，所以在此之前，極可能唯有我與他二人知道賀旗主傷口的蹊蹺疑點。門主對我終有些不放心，於是他便有意讓我設法狙殺你。事實上，他定是看出你的武功在我之上，最終只會反而被你所殺，借此他便可以解除心頭之患，隨後六道門便可以借我被你所殺之由，將你除去，那麼門主從此便可高枕無憂！」

戰傳說心中之震驚難以言喻。

讓他震驚的並非丁聰所推測的可能存在的計謀，而是丁聰身為六道門弟子，何以會對自己的門主有疑心？

丁聰像是看出了他的心思，「當我將賀旗主傷口處的異常告之門主時，我並未想到太多，直到門主對此事的態度異乎尋常時，我才對此細加思忖。即使在六道門中，我的武功亦是泛泛之輩，見識亦甚少，所以並不知賀旗主異常的傷口預示著什麼。於是我尋機向門中另一位旗主詢問，他並不知我問的事與賀旗主有關，因為知曉賀旗主傷口異常的只有我及門主兩人，於是他便如實告訴我，普天之下，唯有六道門的『六道歸元』達到第二層境界，方會造成如此傷口！」

戰傳說極度驚愕，以至於久久不能言語。

丁聰緩聲接道：「樂土幫派林立，武學繁雜，所以除了六道歸元之修為外，未必就沒有其他武學會形成與賀旗主相類似的傷口。但既然身為門主，在得知這一情況後，按理應設法查個水落石出才是，但他的所作所為，卻恰恰與此相反，這才是最大的可疑之處！」

戰傳說忽然感到即使丁聰的武功真的如他自己所說的那樣，在六道門內也只屬泛泛之輩，但至少他的智謀卻絕對非比尋常。

如果說蒼封神真的要借自己之手除去丁聰，那麼促使蒼封神這麼做的原因，多半就是因為忌憚丁聽的智謀。但如此有心計的丁聽，又怎麼會蠢至將自己對賀易風之死的疑點，一五一十地告訴蒼封神？難道真是如他所說，是因爲事先並未想到此事或許會及門主蒼封神有關？

以丁聽的身分，有如此想法倒也在情理之中，畢竟他只是六道門中的普通弟子，而蒼封神卻是名震武界的六道門門主。

正當戰傳說思緒聯翩之際，丁聽接著道：「六道歸元武學，唯有門主或即將接任門主之位的人方能習練。如我這般並非門主嫡傳弟子者，絕無可能有此機會。故對六道歸元並不瞭解，只知它是本門至高武學，玄奧莫測。賀旗主已被定爲門主之位的繼承人，如果他的死真的與門主有關，那麼門主既然連賀旗主這等身分的人也可下手，何況是我？」

戰傳說雖然亦覺此事疑雲重重，卻並不苟同丁聽之言，他道：「世間又豈會有處心積慮對付自己部屬的人？」

他的腦海中閃過「喜來客棧」中發生的一幕幕，想到了賀易風最後被殺時與白衣劍客的對話。此時憶起，不難發現當時賀易風亦已察覺到某種異常，只是他未能有機會將之說出而已。

丁聽略顯急切地道：「賀旗主被殺時，你是客棧中唯一一個武道中人，而我顯然是六道門中唯一一個知道賀旗主傷口異常之人。所以，你我的處境都很不妙。」

戰傳說不無譏嘲地道：「難道丁兄是希望在下與你一道先發制人，對付貴派門主？」

丁聽一臉凝重地道：「其實這一切僅止於直覺與推測，而且合你我之力，亦是處於下風。要使我們擺脫即將面臨的危機，唯有一計！」

戰傳說淡然一笑。

丁聽並不在意他的不屑，繼續道：「那便是向不二法門求助。只要有不二法門出面，就一定能查明真相，而且你我決不會受到威脅！」

他的眼中有光芒在閃動——那是期望的光芒！

當他提及不二法門時，原有的絕望彷彿忽然一下子消失得無影無蹤，似乎「不二法門」四字具有神奇的魔力，可在瞬間予他以無窮勇氣。

戰傳說懷著異常的心情看著丁聽，他再一次深切地感受到了不二法門在世人眼中的無上尊嚴。

未等他開口說什麼，在他們的身後忽然傳來了腳步聲。腳步聲一重一輕，一急一緩，有著某種獨特的節奏。

戰傳說與丁聽同時神色劇變，後背一陣陣發涼，他知道這獨特的腳步聲是屬於誰的。

丁聽的臉色一點一點地變得蒼白，他與戰傳說的身軀都顯得有些僵硬。

一輕一重、一急一緩的腳步聲越來越近。戰傳說和丁聽終於很艱難地轉過身來，站定。

六七丈外，蒼封神正以他獨特的步伐慢慢走近，身著麻衣草鞋，目光沉靜得讓人感到絲絲寒意。

六道門的追蹤術獨步武界，丁聰能準確追蹤戰傳說，那麼蒼封神能準確追蹤至此處並不奇怪。儘管為了安全，丁聰有意選擇了這遠離大道，而且可以鳥瞰四周的山崗上，但蒼封神仍是在他絲毫未察覺的情況下接近他們了。

誰都明白，蒼封神在此時此地出現，意味著什麼。

顯然，丁聰的推測與預感並沒有錯，只是他不曾料到蒼封神比他所想像的更為縝密，也更為可怕。

此時，戰傳說、丁聰同時發覺天色已在不知不覺中暗淡了不少，三十丈之外的景致就已模糊不清了。

第四章　六道歸元

丁聽終於開口道：「門主……」聲音乾澀如山崗上的枯草敗葉，並很快便被晚風吹得無影無蹤，只說出二字便頓住了。

蒼封神嘆了一口氣，「老夫看出你們兩個年輕人都是極爲出色的，也很欣賞二位。只是這世間有兩種人注定是難以長命的：一種是知道了不該知道的事，另一種是不知道本應知道的事。賀易風致命傷口的秘密本不應是你們知道的，你們卻知道了；你們應知道老夫決不會讓你們壞我大事，但偏偏你們卻忘了這一點。」

他的聲音更爲平緩，就如同一把緩緩劈出的極薄的刀，似乎並不咄咄逼人，卻有著讓人難以抵禦的氣勢。略略一頓，他接著道：「所以，你們必須——死！」

說到這兒，他的眼中有了異樣的光芒在閃動，在這蒼茫夜色中，竟也那般醒目。他望著丁聽，以輕淡的語氣道：「你太年輕，所以難免幼稚。別忘了我們能有今日的地位、勢力，全是在血腥與死亡中一點一點地打拚出來的！」

丁聰道：「門主果然棋高一著……但我卻不明白門主爲何要處心積慮對付門中的兄弟？他們對你一向是忠心不貳的！」

蒼封神悠悠地道：「你當然不會明白，因爲你們這些凡夫俗子根本不知武者的最高境界是什麼……」

「哈哈哈……哈哈哈……」

蒼封神的話突然被近乎肆無忌憚的笑聲打斷，赫然是戰傳說在仰天長笑！蒼封神神色微變，丁聰亦心情複雜地望著戰傳說。

戰傳說笑罷方道：「可笑，可笑，如你這般不知廉恥之人，竟也妄提什麼最高境界！不過，丁兄，今日我倒是明白了無恥之徒的最高境界是什麼了。」

丁聰不曾料到在這性命懸於一線之際，戰傳說竟敢調侃嘲諷蒼封神。驚愕之餘，不由爲其無畏所感染，心領神會的接過戰傳說的話頭，道：「是什麼？」

「是化腐朽爲神奇，化無恥爲高尚。」戰傳說道。

戰傳說來自一個獨立於武界之外的地方，所以，對於如蒼封神這般早已成名的絕頂高手，他並無常人所共有的敬畏與頂禮膜拜。在他心中，一切皆以「是」或「非」，「正」或「邪」來判斷。蒼封神在道貌岸然的表象之後，掩藏著不為世人所知的醜惡，在戰傳說看來，此人自是絕不值得敬畏。

蒼封神怒極反笑，笑罷，他以出奇平靜的聲音道：「丁聰，你因妒恨賀易風獲得繼承六道門掌門人之位，勾結外人，殘殺同門，終被我清除門戶，這無疑是一件大快人心之事！」

丁聰凝視著蒼封神，緩緩地拔出腰間之劍，臉色顯得越發蒼白，忽然道：「其實，二年前晉旗主被殺之事，你也是知道其中內幕的，是也不是？戰傳說決不會平白無故對一個無怨無仇的陌生人出手，即使做下此事，也不會在事後主動承認！更重要的是，以六道門的追蹤之術，為何總是在最後關頭功虧一簣，讓戰傳說從容走脫？」

頓了頓，又一字一字地接道：「如果我沒有猜錯的話，這是因為有你在暗中相助！」

蒼封神沉默了片刻，嘆了口氣，「你如此聰明，也不枉『丁聰』此名。可一個將死之人，聰不聰明，其實是無關緊要的！」

「要」字甫出，蒼封神突然毫無徵兆地動了，在電光石火的刹那間已掠過數丈空間，駢指如劍，指劍遙指丁聰。

無鋒指劍，卻有洞穿天地之氣勢。

甫一出手，蒼封神便顯露出了遠逾賀易風諸人的劍道修為，宗師級高手風範展露無遺。

戰傳說來自於超脫武界之外的地方，雖然因爲不可知的原因，他始終未能使自身的劍道修爲達到他所嚮往的境界，但他在劍法上高屋建瓴般的鑒賞能力卻非常人可比，此刻，他很快意識到自己顯然低估了蒼封神！

丁聰手中之劍倏然揚起，光芒淒迷如霧，漫捲而出。

戰傳說、蒼封神心中皆是一震，他們赫然發現丁聰的劍道修爲與六道門普通弟子的身分是極爲不相稱的！

蒼封神心中之驚愕更甚，畢竟戰傳說與丁聰只是初識，而他卻與丁聰朝夕共處了兩年，自兩年前丁聰成爲六道門弟子後，其所作所爲與其他弟子並無不同，此時蒼封神才知那一切皆是假象。

蒼封神甚至不由自主地想起了兩個人——近幾年來聲名鵲起的兩個年輕一輩的絕頂高手「金童玉女」！

「金童」花犯。

「玉女」風淺舞。

蒼封神不曾料到在六道門中，竟亦有如此出色的年輕高手，以丁聰的武功，顯然遠勝於六道門其他年輕弟子，毋庸置疑，丁聰進入六道門必有非同尋常的原因。

不及多想，雙方已悍然相接，猶如悶雷般的巨響聲中，丁聰與蒼封神同時倒飛而出，直至數丈開外，方各自穩住身形。

一拚之下所激起的無形氣勁如千萬利刃捲過山崗高處的草木，斷草落葉在強風之中毫無規則地旋飛、飄落……

丁聰眼神中的彷徨、絕望忽然完全消失了，取而代之的是敏銳與自信，這使他似乎在短短的瞬息間已脫胎換骨變成了另一個人。

也許，這才是真正的丁聰?!

丁聰在風中凝立如一尊雕塑，他的五官線條非常俊逸，微微抿起的雙唇，微微泛白的指關節，以及堅定不移的目光……這一切皆讓人感覺到，此人定然決不平凡。

他的衣袂在秋日的晚風中獵獵飛揚。

戰傳說的心變得異常平靜，平靜，是因爲他已沒有任何的猶豫。

無論丁聰是爲了何種原因而掩飾自身，他都已成功地憑藉這一計謀使蒼封神失去了警惕之心，自以爲穩操勝券，以至於將自己的真面目暴露無遺！

雖然戰傳說與六道門本毫無糾葛，但此刻他卻並不想置身事外。

蒼封神的臉上沒有任何表情，他眼中的光芒隱匿在極深處，讓人根本無法看透他此刻的所思所慮。夜色漸濃，蒼封神的身形似乎即將完全融入夜色之中。

「沙……沙沙……」蒼封神腳下的草木忽然如被勁風吹拂般瘋狂舞動，發出驚人的響聲，草木起伏如浪，向丁聰這邊捲至，情景詭異駭人。

丁聰本是凝然不動的劍尖忽然在虛空極小的範圍內劃出一道弧線，看似無跡可尋，卻有著某種不可言喻的節奏、韻律。草木起伏掀起的「波浪」在丁聰一丈遠的地方，便如被森嚴壁壘所阻，立時停滯不前。

戰傳說屏息凝氣，似已為這詭異的場面深深吸引。

蒼封神輕哼一聲，緩緩踏進。他的步伐極為獨特，左腳踏出之後，跟進的右腳在離地時劃出一個小小的弧度後方落下。

丁聰手中之劍所掠過的空間逐漸擴大，所閃掠過的角度、線路更為玄奧莫測，無形氣勁透劍而發，牽制著對方的氣機。蒼封神的氣勢暗蘊殺機，自每一角度、每一寸空間對丁聰施以可怕的壓力，只要丁聰稍有閃失，立可趁隙而入。

丁聰眼中倏然精光迸現，一閃即沒，但卻給人一種極大的衝擊，以至於久久印於腦海之中。

他的劍亦在同一時間倏然長驅直入。本是如波浪般起伏有致的草木在丁聰劍出之後，為凌厲劍氣牽引，拔地而起，猶如萬劍齊發，向蒼封神席捲而去，遮天蔽日，一時天地間更顯昏暗。

一聲沉喝，蒼封神劍指疾出，氣勁團旋如盾，猶如銅牆鐵壁，將自身團團護住。雙方在電光石火的剎那間驀然接近，其速之快，予他人視覺以極大的衝擊。

剎那間，丁聰的劍以變幻莫測的角度、方位擊出了數十次，劍法快至無形可遁，唯有劍氣與殺機以鬼神莫辨的軌跡縱橫閃掣，交織成可絞殺萬物的攻擊之勢。

其劍勢之中隱隱暗含悲恨戾氣，戰傳說察覺到了這一點，暗自心驚。轉瞬間，雙方已拚殺了二十餘招，丁聰攻勢愈發凌厲，蒼封神竟是守多攻少。

「噹……」丁聰長劍倏然下指，劍尖及地，疾劃而出。劍身曲伸之間猶如靈蛇幻動，地面岩石火星激濺，猶如蜿蜒前行的火龍，火星明滅不定之間，劍影愈發飄忽無定。

「哧……」一聲輕響，長劍緊貼蒼封神腰間閃過，帶起一抹血光，但其劍勢並未有絲毫停滯，而是如附體幽靈般側旋暴撩而上，自一個不可思議的角度直取蒼封神的咽喉。

此刻，丁聰的劍法與尋常劍法大相徑庭，劍的每一點變化都絕非常人所能想像，刁鑽、玄異至極。蒼封神的身形頓時完全淹沒於這凜然詭異的劍勢中，似乎隨時都會被噬滅其中。

一聲清越得似將衝破九天雲霄的鏘鳴之後，蒼封神如同一片毫無分量的輕羽般倒飄而出。

不知為何，丁聰竟持劍而立，放棄了乘勢而進的難逢良機。甚至，他的劍在手中，竟沒有絲毫的動作。

血，自他的虎口緩緩滲出，隨後沿著劍脊滑落，一滴一滴地滴落地上。他不曾料到蒼封神受傷之後，竟仍準確無比地以劍指擊中自己的兵器，一擊之下，蒼封神的右臂立時有一股強大的真力疾湧而上，丁聽感覺胸中逆血翻湧，幾乎把持不住自己的劍，更勿論趁機擴大戰果了。他自知這是性命懸於一線之際，當下強自提聚真力，及時封住了對方的致命一擊。

蒼封神心中亦吃驚非小，方才那一擊看似不起眼，其實已暗蘊他八成功力，沒想到丁聽雖然受挫，卻仍能化險為夷！他本欲以丁聽的性命來補償自己所受的傷，沒想到一時之間竟難以如願。

蒼封神略作沉默後，冷笑道：「若老夫沒有猜錯的話，你定是『大易劍法』的傳人！」

武道向來難定高下之分，但有一事卻是世所公認，那便是樂土中有四種武學被共推最為玄奇，此四種武學無一不是因百變莫測而倍顯神秘，其中就有「大易劍法」與刀法「不堪七式」。

「不堪七式」刀法乃千里宮宮主公孫斷橋之絕世武學，正是憑此「不堪刀法」，公孫斷橋被世人尊為「刀尊」。與之相比，「大易劍法」決不遜色，只是自四十多年前起，「大易劍法」便鮮有人提及。

丁聽內息漸穩，他直視蒼封神，寒聲道：「你識得大易劍法，就更應知道我為何要進入六道門！」

蒼封神的神情在夜色中顯得越發模糊不清，丁聽的話似乎給了他極大的震動，以至於過了良久他才緩聲道：「可惜，老夫並不明白。」

「難道你不知兩年前被害的晉旗主晉連之妻，是晏家的後人？而大易劍法正是晏家先人晏道幾誤入異域廢墟卻奇蹟般脫身而出後創悟而成的！」丁聰道。

異域廢墟，猶如鬼神之地，誤入其中者，無不命喪九泉，也許五十年前晏道幾是唯一的例外。晏家乃豪門，晏道幾自幼嗜武如命，爲求武而遍行天下，終不慎誤入異域廢墟。孰料十日過後，他竟自異域廢墟中脫身而出，性命雖保，卻性情大變，變得暴戾躁亂，返回晏家後，便閉門不出，終日不思茶飯，對家人亦視如陌路。半月之後，晏道幾忽然廣約九大劍門高手，向九大劍門高手公然挑戰，最終竟無一人能勝過晏道幾！

晏道幾所用劍法，乃世人聞所未聞，刁鑽詭異至極，此即晏道幾自創之「大易劍法」，一時間令世人爲之瞠目結舌！

沒想到此戰之後不過七日，晏道幾突然暴疾，吐血而亡。暴斃前，晏道幾曾一直自閉於一密室中，晏道幾身亡後，其家人在密室石壁上見到無數以劍尖刻下的文字，竟是「大易劍法」之劍訣。

「大易劍法」雖然名動天下，但晏家卻將它視作不祥之物，而且石壁上所刻的「大易劍法」之劍訣僅有六式，尚缺三式，從此「大易劍法」在曇花一現後，再未重放光芒。

晏家本非武界世家，時日一久，世人漸漸淡忘了「大易劍法」與晏家的聯繫，只記得武界中曾有如此劍法。此後晏道幾孫女晏搖紅嫁與六道門四大旗主之一晉連，武界中人對此亦知之甚少。直到兩年前晏搖紅與其子被殺後，世人亦只知她乃晉連之妻，而不知她是晏道幾的後人。

丁聰如此年少，卻能道破此事，豈非極不尋常？

蒼封神聲音忽然變得異乎尋常的平靜，他道：「知道又如何？晏道幾死後，大易劍法不是已銷聲匿跡了嗎？晉連亡妻晏氏若是身懷『大易劍法』之修爲，戰傳說又如何殺得了她？」

戰傳說隱隱感到蒼封神極爲平靜的言語中，似有某種不安的因素在暗自湧動。

丁聰忽然淒聲長笑，笑聲中隱含了無限怨憤之氣，讓人聞之心驚不已。

笑聲倏止，丁聰一字一字地道：「晏搖紅之死，你才是真正的罪魁禍首！」

蒼封神心口一震，沉聲道：「莫非，你並非姓丁，而是姓——晏？」

「不錯！」丁聰竟未否認，他以低啞的聲音道：「心因焉而不能知，口閉焉而不能言，媒媒晦晦，無心而不可與謀……蒼封神，這就是你一心想要得到的『大易劍法』的劍訣！可你所能聽到的，永遠只有這麼多了，六式大易劍法的劍訣，皆在我心中，即使你殺了我，也無法得到它！」

蒼封神沉聲道：「我『六道歸元』神功名震宇內，晏家的劍法未必入我之眼！」

丁聰——也許應稱其爲晏聰——道：「但大易劍法與異域廢墟有莫大的淵源，這正是你垂涎大易劍法的原因所在！」

蒼封神一向以沉穩內斂、不輕易喜怒於形著稱，此時亦勃然大怒，怒喝道：「小子，你太狂妄無知了！方才老夫只是為探明你的真實身分才手下留情。現在，老夫要讓你見識見識六道門神功的威力！」

言語間，他雙掌徐徐上揚，為氣勁所切割的草木被其無形真力所牽引，自四方會聚。刹那間猶如風起雲湧，殘木斷草迅速彙集成一柄虛幻巨劍。

雙掌一錯倏吐，蒼封神沉喝一聲：「去！」「巨劍」以雷霆萬鈞之勢向晏聰破空穿射而至，草木與虛空發出的摩擦聲交織成可怕的尖嘯，懾人心魄。

晏聰不發一言，長劍閃電般疾刺而出。

就在「巨劍」即將與晏聰刺出之劍相接的那一刹那，蒼封神右足斜踏一步，看似不經意的舉步間，竟已暴進逾丈。

就在同一時間，虛幻巨劍倏然散開，避過刺來利劍的鋒芒，而自四面八方聚集的無形氣勁挾裹著草木悍然趁隙而入，晏聰的人與劍仿若置於可怕的颶風之中。

霹靂暴喝一聲，晏聰之劍劃過無數讓人目眩神迷的弧線，在對方強至無以復加的氣勁中，竟遊刃有餘，及時破招而出。無數斷草落葉為劍氣所激蕩，如淒雨紛飛。

甫破此擊，蒼封神已近在咫尺，一聲沉哼，右足倏然下踏！

「轟……」暴雨如沉雷，碎石飛射，蒼封神右足所踏之處竟猶如無形巨刀劈過，地面暴現出一道閃電狀的裂痕，並以快不可言之速向晏聰延伸而去。

沒想到蒼封神有疾之腿一擊之下，竟具有如此可怕的威力。猝不及防之下，晏聰只覺腳下一痛，已爲之所傷，身形不由一個踉蹌。

蒼封神右手箕張倏收，浩然真氣急速會聚，並在極短時間內催運至極高境界，掌指間竟有豪光迸現，光分六色，煞是駭人。

六色豪光迅即幻化爲一道極爲耀眼的白光，刹那間已縱貫其臂，使蒼封神的右臂有如經歷過千錘百煉的兵刃。

這無疑是蒼封神賴以名動天下的「六道歸元」神功！

晏聰重心甫失，立知不妙，真力疾吐，手中之劍發出可怕的顫鳴聲，脫手疾射而出！長劍掠空之疾，猶自顫鳴不已，所掠過的路線，竟仿若爲無形之力驅使，萬變莫測，直取蒼封神！

「大易劍法」果然詭異至極，每一變化無不是超越常人所能想像的範疇。

蒼封神冷笑一聲，胸有成竹，舉臂便擋。

「噹……」長劍與其右臂接實，竟傳出猶如金鐵交擊的聲響。

悍然相撞之下，晏聰的劍竟未被震開，而是猶如毒蛇般附於其臂旋飛而進，挾帶一抹冷風，自下而上直切向蒼封神的頸部！縱是旁觀之戰傳說，亦不由爲這刁鑽得近乎邪異的劍法所震撼。

蒼封神的應變更是出人意料。

他左手疾出，第一時間拍於劍柄上。劍身一掄，「哧……」的一聲輕響，劍已刺入其右臂之中。戰傳說一愣。卻並未見有鮮血自傷口處流出！

「噹啷……」一聲，刺於蒼封神右臂的劍竟已斷成兩截！

蒼封神一字一字地道：「精氣爲物，遊魂爲變，六道歸元，無苦無厄——你，根本傷不了我！」

「我」字甫落，蒼封神驀然暴進，右手駢指如劍，徑取晏聰前胸，其勢之盛，凌然萬物。

晏聰失去兵器，頓處下風，勉力擋了數招，腳下所受的傷使之身手略顯滯緩。而蒼封神的「六道歸元」已臻巔峰之境，其右臂與一柄真正的兵器所產生的威力相比亦決不遜色。激拚之時，晏聰甚至感受到對方的右臂有如兵刃般的森寒之氣透出。

倏地，晏聰感到腹部奇痛徹骨，低吼一聲，整個人飛跌而出，已然受了頗重的傷。

蒼封神如影隨形而至，劍指疾戳，勁氣如割，欲給晏聰以最後一擊。正當此時，身側冷風倏現，來勢甚疾，蒼封神輕哼一聲，右臂仍是徑取晏聰，左手單臂圈送而出，封擋身側的襲擊。

襲擊者自是戰傳說，蒼封神雖爲晏聰的武功之卓絕而驚愕，但卻料定戰傳說的修爲與晏聰相比，必有不及，故並未太過在意。孰料他竟未能從容封阻戰傳說的攻勢，蒼封神招勢甫出，戰傳說腳下一錯，竟借鬼神莫測的步法閃身而過，右腿閃電般掃向蒼封神的胸前要害！

蒼封神又驚又怒，若不撤招，晏聰多半難逃此劫，但他自身亦將受傷不輕！此時，他自忖已穩操勝劵，又怎願冒此風險？

他的「六道歸元」武功已至巔峰之境，心念所至，聚於右臂的氣勁已在極短的瞬息間轉移至左臂，旋即疾斬戰傳說掃來之腿。

戰傳說唯一支撐身體分量的左腳突然毫無徵兆地一滑，整個身軀在將倒未倒之際，不可思議地貼地飄出數尺，蒼封神勢在必得的一擊竟堪堪落空。

戰傳說的武功修爲雖未臻絕世之境，但他的步法已妙至毫巔！

蒼封神驚怒之餘，一聲長嘯，身形如鷹隼般掠空而起，居高臨下，雙掌一陰一陽驀然交擊，六道真元輪迴再生，迸出奪目豪光，刹那間浩然氣勁洶湧如潮，以吞天滅地之勢向戰傳說席捲而出！如此氣勢，縱然戰傳說身負步法再如何神鬼莫測，亦難以全身而退。

避無可避，戰傳說唯有將自身真氣全力催發，正面迎向蒼封神的攻擊！

「轟……」雙方全力一拚之下，戰傳說慘呼一聲，如斷線風箏般飛跌而出，頓時口角溢血。

晏聰不顧一切地團身而起，擋在蒼封神身前，以防蒼封神再對戰傳說施以殺手。但數招之後，晏聰再中一拳，內家真力幾被擊得完全渙散，一時間再無力阻攔蒼封神。

戰傳說跌落地上，觸手處有冰涼之物，原來是晏聰已被折斷了的劍，他不假思索地一把抓起斷劍，咬牙躍起。蒼封神目睹此情形，不屑地冷笑一聲，毫無顧忌地長驅直入。

戰傳說以斷劍疾擋，其劍法似乎超然卓絕，讓人嘆爲觀止。晏聰、蒼封神目睹此劍法，皆不由暗自一凜，蒼封神尤是如此，頓時收起小視之心，謹慎應對。

數招之下，蒼封神已察覺戰傳說的劍法看似超凡入聖，但事實上卻總有所殘缺，猶如質地絕佳的美玉，卻有瑕疵一般，以至於使戰傳說的劍法威力大減。

也許，是因爲戰傳說未能盡得劍法神韻？

蒼封神將「六道歸元」之卓絕修爲融入「六道劍法」中，攻勢猶如滔滔海潮，綿綿不絕。戰傳說身陷重重劍網之中，仿若驚天海浪中的一葉孤舟，隨時都有可能被吞沒！他的形勢有如累卵，岌岌可危，僅憑頑強意志苦苦支撐著。

其實蒼封神心神感受亦頗爲複雜，雖然他處處占盡上風，但每到關鍵之時，對方總有玄奧卓絕的劍式倏然閃現，立時可予他心靈以極大的震撼，頓生無可抵禦之感。

但戰傳說卻並未能將劍法之精髓發揮得淋漓盡致，否則遭劫難的恐怕會是蒼封神而非戰傳說了。

蒼封神已不知幾次腋下生涼。這種感覺，對身爲六道門掌門的蒼封神而言，自然是頗爲罕見的。

正因爲如此，他對戰傳說更添忌恨之心，當下攻勢更爲狠辣，欲將戰傳說完全吞噬。

「哧……」數聲勁氣破空之聲響過，戰傳說如獸般低吼一聲，身形狂跌而出！電光石火的瞬息間，蒼封神已在他的身上留下四處傷口，頓時渾身浴血，猶如血人。

晏聰神色大變，堪堪強自掠起，蒼封神腳下一挑，數顆石子電射而出，直取晏聰！

受傷甚重的晏聰已如強弩之末，竟無法將之悉數避過，其中一顆石子竟洞穿了他的右腿！晏聰痛呼一聲，重重地跌落地上。

蒼封神猶如鬼魅般飄然而前。戰傳說未及站穩，便覺眼前一花，胸口承受力逾千鈞的重重一擊，立時鮮血狂噴，如敗草般孤弱無援地飛出二丈開外，跌入一叢灌木中。

戰傳說已近乎昏迷，他的神志有些模糊不清。跌落灌木叢中時，他的身上又因樹枝以及灌木中的亂石再添幾處傷口，但這些傷口的疼痛早已被原有的巨大傷痛所掩蓋了，根本覺察不出。

恍惚間，他感到自己的身子極沉，似乎重逾千斤，正在向著一個無邊無際的黑洞中不斷跌落，卻總沒有盡頭；轉而又感覺到自己的身子極輕極輕，輕如鴻毛，輕得已無法感覺到自己的存在，甚至連自己的意識也有如游絲，似乎隨時都會隨風飄散。

他感到自己胸腔內的氣息彷彿被完全抽乾了，枯燥而火辣辣的，心臟似在不斷脹大，隨時都有可能爆碎。他大口大口地吸著氣，感覺到吸入的氣息甜腥而青澀。

微甜的腥味使他有些清醒了，記起這微甜的腥味一定是因爲他已受了傷，而青澀氣息則是來自灌木叢。

「我敗了……徹底地敗了……隨後，便該是死亡吧……」戰傳說思緒時斷時續。

「我本不應敗的，父親的劍法遠比蒼封神高明……爲什麼……爲什麼我無法完全領悟父親的劍法？爲什麼?!」

「是了，那古廟中的怪人說我永遠也無法身負絕世武學，永遠也無法成爲家族中的佼佼者。爲什麼？難道這是命運使然，抑或是我太過愚鈍？」

這時，他的上方有「喀嚓……」聲響起，灌木紛紛折倒，並有腳步聲向這邊靠近。

那是蒼封神以「六道劍法」的無形劍氣在揮斬灌木，使戰傳說無隱身之地，從而消除戰傳說借地形之利作最後反擊的可能。

蒼封神的腳步因爲絕對的自信與胸有成竹而顯得極爲沉穩。

「沙沙沙……」腳步聲在這靜謐的夜中顯得十分清晰，仿若一記記重錘敲擊在戰傳說的心坎上。

「難道，上天注定我只能擁有平凡而短暫的十幾年生命，而最終將結束於蒼封神這樣陰詐者手中？」

「不！」戰傳說竟不由自主地低呼出聲，不知因何處生出的力量，使他以出人意料的速度一躍而起！

蒼封神一怔，惑然止步。

月光下，戰傳說的身軀挺得筆直，猶如一杆標槍，他的衣衫已襤褸不堪，破開處如亂蝶般在夜風中舞動。

在無限蒼茫暮色的映襯下，戰傳說的身影顯得那般蒼涼而倔傲，如同一尊不肯倒下的塑像。

那截斷劍竟仍握在他的手中！

劍斜斜地指向地面，似乎此時的戰傳說連劍的重量都已難以承受。

蒼封神本以為戰傳說應已命喪他的劍下，因為還從未有人在被他連擊數劍之後，還能保全性命。「六道劍法」一旦得手，便可借勢而作，將戰果迅速擴大至最高限度，這正是「六道劍法」最可怕之處。沒想到今日卻有了例外，戰傳說身中四劍，竟然仍倖存下來！

事實上，戰傳說之所以能在致命一擊中保全性命，是因為他的步法已完全超越常人所能想像的空間，玄奧詭異，在生死存亡的剎那間，正是他的步法使蒼封神未能如願取其性命。戰傳說身上的四處傷口雖然都極重，卻無一處是在致命要害處。

縱然如此，蒼封神仍斷定那一掌足以讓戰傳說再也無法起身應戰，沒想到事實再一次出乎他的意料。

但，無論如何，戰傳說的死亡只是時間問題而已。

無論是蒼封神、晏聰，甚至還包括戰傳說自己，都明白這一點。

秋夜清涼如水。

戰傳說亦感覺到自己的身軀漸漸地變涼，因爲血液的流失而變涼。周圍的一切聲音都顯得極爲遙遠而空洞，仿若來自另一個空間。

「你，根本不配用劍！」蒼封神冷漠而不屑的聲音傳入戰傳說的耳中，「你所習練的劍法決不尋常，可惜你並不能將它完全領悟，以至於暴殄天物！事實上，已並非你駕馭劍法，而是劍法駕馭了你，這便注定了你的平庸！」

戰傳說將每一個字都聽得清清楚楚，每一個字都如一把尖刀，深深地刺入了他的軀體中！

劍的光澤，劍的輕靈，劍的飄逸超然，劍的聲音……這一切對戰傳說而言，都有著無盡魅力，但他卻無法將自己的靈魂融入劍中。

他的身軀像怕冷似的開始戰慄，唯有握著斷劍的右手凝然不動，彷彿這隻手並不屬於他所有。

蒼封神雙目猶如寒星，直透人心，他一字一字地道：「如你這種劍之奴僕，只配死在劍下，而不配用劍！」

戰傳說的心在顫抖，靈魂在顫抖，他緩緩地閉上雙眼，心中一片悲涼：「難道，我真的僅算是劍之奴僕？爲什麼我會如此庸俗無能？爲什麼……」他的思緒再度變得縹緲而不可捉摸，他的雙手皆握在斷劍劍柄上，握得那麼用力，似乎要讓劍融入他的軀體中，融入他的生命裏！

恍惚間，他感到自己的氣息已成了可以觸及的實體，氣息如潮般起落皆清晰可感，清晰可辨。他已感受到氣息在不斷地減弱，而自己的身軀卻在無限制地膨脹！

勁氣破空之聲清晰入耳！定是蒼封神已出手了。

戰傳說竭力想睜開眼來，竟無法做到。

而他的雙手卻越握越緊，青筋暴突，關節「咯嚓……」作響，以至於最終虎口迸出鮮血。

勁氣破空之聲以極快的速度逼近。戰傳說的眼前卻是無邊無際的昏暗，只有隱隱如烏雲般的陰暗物質在以極爲複雜的方式湧動著。

戰傳說殘存的一點心念在思忖著：「難道，這就是死亡的感覺……？」

驀地，那無邊無際的昏暗中突然出現了一點極亮的光點，僅有綠豆般大小，似乎顯在遙遠的天際。亮點甫一出現，便以極快的速度擴大，猶如無數銀白色的線條在湧動翻騰，似將充斥於天地之間。

戰傳說爲這詭異的景致所深深震撼。莫非，這便是人死後將去的天國？

此刻的晏聰倒在地上，難以起身，他極度驚愕地望著眼前的情景：蒼封神劍指凌厲如驚電，直取戰傳說；而戰傳說卻猶如雕塑般一動不動地靜立著，似乎根本未曾意識到自己的生命即將亡於一瞬間！

極度的吃驚甚至使晏聰無法出聲提醒戰傳說。

此刻，戰傳說眼前突然有一道金光現出，並沖天而起，是一金色的矯龍，氣宇軒昂，聲勢懾人！戰傳說深深地陶醉其中，他感到一切的一切都已與自己的軀體相分離，他的整個世界只剩下這穿舞如龍之劍！

驀地，他的胸口一熱一痛，那是勁氣破體而入的感覺。

戰傳說的心神爲那舞動如矯龍的金色之劍所牽引，心中劍意已被撩撥得無以復加，但這劍意卻被一層無形的屏障所封擋，無從釋放！當蒼封神的右手劍指刺入他前胸的那一刹那，戰傳說心中的洶湧劍意突然有了宣洩的突破口！

他終於動了——在蒼封神的指劍刺入他肌膚的那一刹那！

斷劍揚起，砰！一團淒迷的血霧倏然飄散開來，並揚起一道淒迷的弧線，在月色的映襯下，顯得格外觸目驚心。

一聲極爲短促的悶哼後，一個身軀高高拋起，在空中劃過一道弧線，然後重重地跌落在躺著的晏聰身側數尺之外。

月色下，唯有晚風拂葉的輕微響聲，一個衣衫襤褸的年輕人依舊一動不動地佇立如雕塑。

跌落於晏聰身側的人赫然是蒼封神！他的胸口鮮血如噴泉般汩汩而出，很快，他的身軀已一片濕漉！雖未立時氣絕身亡，但他已無法作出更多反應，只是不時地抽搐一下，生命的感覺隨著鮮血的流逝而漸漸散失。

這一變故絕對令人難以置信，晏聰親眼目睹了戰傳說在生命即將消亡前倏然揮出的那一劍，但卻根本無法將之描述出來。他只知道這是充滿洞悉天地至理的一劍，這本不應是屬於世間所有的一劍！

晏聰自忖自己對劍法的領悟應屬不俗，但目睹戰傳說那一劍後，即使是經過深思熟慮之後，仍是無法想出破解之法。

縱是佔據絕對優勢時，仍是如此，無法抵擋那一劍的可怕！所有的優勢在那一劍面前，必然會變得極爲蒼白而薄弱，消失殆盡！

良久，晏聰仍無法作出任何反應，而是沉沉地沉浸在戰傳說那一劍之中，直至戰傳說低低地哼了一聲，直挺挺地向前倒去時，晏聰方如夢初醒，他就地一滾，並非滾向戰傳說那邊，而是向蒼封神這邊而來。

就在他即將接近蒼封神之際，倏聞「潑啦啦」之奇異破空聲響起，一道黑影若驚電般劃空而至。

晏聰一驚，未及有任何動作，只聽得「噗……」的一聲響，那道黑影已貫穿了蒼封神的身軀。是一杆旗，一杆黑色的大旗！鐵製的旗杆穿透蒼封神的身軀後，深深地插入土石中，大旗迎風招展，獵獵作響。

旗為黑色，中央繡有一柄金色的劍，赫然是不二法門的旗幟！

晏聰一怔，心中暗嘆一聲，他不曾料到不二法門的人會在此時此地出現。蒼封神顯然已必死無疑，晏聰心中一鬆弛，頓時癱軟在地。

蒼涼的夜色中，渾厚的聲音自二十餘丈外遙遙傳至。

「蒼封神覬覦他人劍法，勾結外人，殘害門中弟子，陰謀敗露便欲殺人滅口，罪不可恕！」其聲清晰如在近側，充滿了無限威儀。

「不二法門明辨是非，公正不二，果然如此！」晏聰心中暗忖道。

輕微至難以察覺的衣袂掠空聲響起，一個高大的身影飄然落於山崗之上，緊接著，又有四道黑色的身影如影隨形般悄然出現在他身後，肅然默立。

戰傳說低低地呻吟一聲，終於醒了過來。醒過來時，他第一眼便看到與之相距數尺而坐的晏聰。晏聰的眼神明亮，身上有幾處包紮得嚴嚴實實，這使得他端坐時的姿勢有些古怪。

此時已不再是黑夜，此地也不再是山崗之巔。

戰傳說發現自己正躺在一個似床非床的平臺上，周圍的空間並不寬敞，地面與四側皆為木板。完全清醒後，戰傳說驚訝地感覺到地面竟在微微晃動，他心頭微怔，凝神一聽，竟有「嘩嘩……」的水聲，聲音輕微而顯得很有節奏。

「也許，這是在一艘船上？」戰傳說自問道。

晏聰見戰傳說醒過來了，向他笑了笑，「你醒了？」

戰傳說微微點頭，支撐起身子，惑然道：「這是在何處？是……在船上嗎？」

晏聰依舊保持著原有的古怪姿勢端坐著，他搖了搖頭，道：「我們是在隱鳳谷中。」略作停頓後，又補充道，「你知不知道，你已昏迷了兩天兩夜？」

戰傳說卻並未因此而顯出多少驚訝之色，他心道：「若是有人與我一般，曾在昏迷後醒來已是四年之後，那麼對自己昏睡二天二夜，亦決不會有何驚訝的。」

此時，戰傳說已記起遭遇六道門的人之後的一幕幕。他對樂土諸多門派瞭解得並不甚多，當下努力在記憶中搜索與「隱鳳谷」有關的事宜，結果一無所獲，不由皺眉道：「隱鳳谷？」

晏聰略有些意外地看了戰傳說一眼，「隱鳳谷在武界中也算名聲赫赫了，尤其是隱鳳谷主尹歡，更是如此！」

「想必此人武功甚高？」戰傳說反問道。

晏聰搖頭道：「尹谷主武功如何，世人知之甚少。」說到這兒，他略略一頓，轉而道：「與他相見之後，你自會明白的。」

戰傳說亦不再追問此事，道：「蒼封神……是否真的已被我所殺？我隱約記得自己將他殺了，但同時又感到似乎是他殺了我……」

戰傳說有些迷茫地說完這一番話，那驚心動魄的一幕真的像是在夢中發生。

晏聰神情複雜地道：「蒼封神已死——你那一劍是我生平所見到的最絕妙的劍法，但我卻根本無法看出此劍法源自什麼門派！」說到此處，他似想起一事，問道：「尚不知陳兄大名？」

戰傳說一怔，先是不明他爲何稱自己爲「陳兄」，隨後記起自己在客棧中曾對六道門的人自言姓陳。在他的感覺中，自進入神秘莫測的荒漠至今，不過十數日，初入荒漠時，他僅不過十四歲的少年，在他的意識中，晏聰本決不應稱自己爲「兄」。

四年時光的莫名流逝使戰傳說在心理上尚未能適應自己年齡的改變，他遲疑了片刻，方道：「在下姓陳名籍。」

雖然晏聰與他攜手共對蒼封神，但他仍是不敢輕易自言是真正的「戰傳說」，從種種跡象看來，一旦他道明自己的真實身分，必然會平添無數枝節，甚至會處境危險。

如此半支著身子說了一陣話，戰傳說感到有些吃力，而身上幾處傷口也開始隱隱作痛，當下支起身子，挪到一旁靠著側壁，道：「你……真的並不姓丁，而是姓晏？」

晏聰頷首認同，未再多說什麼，他那清俊的臉上閃過一抹痛苦與陰鬱之色。過了少頃，他輕吁了一口氣，向戰傳說笑了笑，道：「你可知是誰將你救起，並送到隱鳳谷的嗎？」

未等戰傳說回答，他已接著道：「是不二法門四大使者之一的靈使！」

說此話時，他的神情看似平靜，但語氣中已有難以掩飾的激動。

對武界中人而言，能見到不二法門的四大使者，已是莫大的榮幸，更何況與之共處？

乍聽此言，戰傳說不由心中劇震，神色微變。因爲他想到不二法門四使在父親與千異一戰時，曾見過自己，雖然今日自己的容貌已與先前截然不同，但以不二法門四使的修爲，這一切是否能瞞過他們的目光？

晏聰見戰傳說神情有變，誤以爲他因自己是被武界共尊的不二法門四使所救而激動，當下又道：「靈使非但把你送至隱鳳谷，請隱鳳谷谷主出力相救，而且還留在隱鳳谷等你醒轉。靈使決意過問此次六道門的變故！」

戰傳說見晏聰眉目間似有喜色，不覺有些意外，心中忖道：「蒼封神乃六道門門主，你我將之擊殺，只怕會引來公憤。世人只知六道門乃正道門派，卻不知道其中另有糾葛，更不知蒼封神乃奸詐之人。如今蒼封神已死，諸事死無對證，不二法門又如何能得知真相？如此一來，你我處境豈非凶多吉少？」

旋而又想到蒼封神死後，在六道門看來，自己與晏聰二人便是其不共戴天之仇敵，這隱鳳谷谷主尹歡為何敢收留六道門的仇人，而甘願為兩個素不相識的人得罪六道門？一時疑雲重重，無以分解。

晏聰見戰傳說並無頹喪之色，不由感慨地道：「尹谷主的醫術果然神妙無雙，我身在六道門，自知『六道劍法』的威力，何況蒼封神身負的『六道劍法』修為已臻巔峰之境，一旦為他『六道劍法』所傷，對手必然會同時出現幾處傷口。據尹谷主所言，陳兄身上被蒼封神以一招『六道劍法』擊中所留下的傷口，卻只有四處，實是極為罕見。而尹谷主能讓陳兄傷處痊癒得如此快捷，亦是匪夷所思。」說完輕聲嘆了嘆，接道，「唉，此次若非陳兄出手相助，晏聰必已亡於蒼封神之手了。」

戰傳說心忖道：「你為何會隱姓埋名，進入六道門？這其中必有蹊蹺。」

雖然傷勢恢復奇快，但戰傳說身子畢竟因受傷而有些虛弱，言談一陣後，他漸感疲倦，便閉目養神，不再多言，不知不覺中竟睡著了。

當他再度睜開眼來時，已不見晏聰的身影。從唯一一扇窗子透入的光線來看，此時應是黃昏時分了。如金色輕紗般的夕陽斜斜照在地面上，與戰傳說相距不過數尺。戰傳說望著這輕柔的夕陽，不覺怔怔出神。

「撲撲……」戰傳說的心緒忽然被一陣急促的鳥兒振翅聲所打斷，一團陰影突然將那輕柔如紗的夕陽完全攪亂了。

戰傳說一怔，循聲望去，卻見一隻鳥兒在那窗子上撲騰了一陣子，然後一頭扎落，正好落在戰傳說腳側。鳥兒渾身羽毛潔白，以至於讓人感到牠通體晶瑩剔透。

牠的身子比鴿子略大，喙部呈可愛的粉黃色，落在戰傳說腳側後，牠的身子在微微戰慄，發出低低的哀鳴聲。戰傳說這才留意到牠的下腹部有少許血跡，想必是受了傷。

他不由起了惻隱之心，低聲道：「我受了傷，你也受了傷，你我可真是同病相憐。」說著，伸出手來。那鳥兒竟不閃避，任戰傳說用手撫摸著頸部。

戰傳說正待爲牠查看一下傷勢，忽聞「砰……」的一聲，木門突然被人推開，兩個高大精壯的漢子昂首而入。

「小姐，只剩這一間『水舍』未尋找。」兩人倒退幾步，分立於門的兩側，並未看戰傳說一眼。

戰傳說略有些不安，思忖間，忽覺有一股淡雅幽香撲鼻而至，沁人心脾，心中莫名一動之時，門口處已響起裙裾輕擦之「嘶嘶……」聲。戰傳說愕然相望，一絕色少女已出現於眼前。

此絕色女子年約十六七歲，身著鵝黃繡花羅裙，身材婀娜挺拔，曼妙至無可比擬，容顏俏俊，目若秋水，其鼻翼因格外高挺而顯出異乎尋常之美，讓人頓生不可侵犯之感。

戰傳說今日的體形、容貌皆已與成人無異，但他對男女之情仍是停留在十三四歲的少年時不諳風情之朦朧狀態，見此女子，他雖沒有非分之想，卻本能地爲其美麗所震撼。更因他未解風情，所以神情舉止之間不知掩飾，在他人看來，反而更顯急色之相，卻不知這其中另有原因。

那美少女妙目流轉，環視四下，便落在了戰傳說身上。奇怪的是，她竟沒有多少驚訝之色，而是嘴角輕撇，顯出不屑。

隨即她的目光掃過戰傳說腳側的白色鳥兒，目光一跳，神色一變，飛快地看了一眼戰傳說後，立即舉步上前，躬下身來，將那隻白鳥以雙手捧起，眼神中滿是憐愛之色。

她以食指輕輕叩擊著那白色鳥兒的小腦袋，低聲道：「花花，你去哪兒了？怎麼不先回家？姐姐可要生氣了……」說到這兒，她嘟起香唇，做生氣狀，模樣可笑可愛，讓人忍不住想笑。

戰傳說聽她自稱為鳥兒的「姐姐」，少年人的心性使他忍不住「哈哈……」笑出聲來。

那絕色女子瞪了他一眼，似要發作，忽然「啊……」的一聲尖叫，叫聲尖銳而突兀，充滿了驚愕、憤怒，乃至悲痛。

猝不及防之下，戰傳說被嚇了一大跳，不知發生了什麼事，竟讓這少女如此激動。

只聽少女傷心欲絕地道：「花花，你受傷了？是誰傷了你？」

白鳥在她的掌心低低地鳴叫了兩聲，少女神色間更是哀傷欲泣，神情楚楚。

戰傳說見她為一隻鳥兒的受傷如此激動，本是頗不以為然，但此時見她如此哀傷，心中不免生起了惻隱之心，恍惚間忖道：「她的心地未免太過善良了。」

思忖間，少女已站起身來。戰傳說好心勸道：「姑娘不必太過……」

「傷心」二字尚未說出，倏覺風起，未等他作出絲毫反應，只覺腹部傷處奇痛徹骨！痛呼一聲，戰傳說倒跌而出，重重地撞在木壁上，頓時有冷汗滲出。

戰傳說大口大口地吸著冷氣，勉強睜開眼來，只覺那絕色女子正神情平淡地望著他。若非戰傳說是親身承受了剛才那一擊，否則決不會相信方才是這美女在他腹部傷口處重重踢了一腳。他身上傷痕累累，卻以腹部這處傷口最爲嚴重。

少女身後的兩名精壯漢子虎視眈眈地望著戰傳說。

戰傳說又驚又怒地喘息道：「妳……爲何踢我？」

少女美眸一轉，以居高臨下的目光望著戰傳說，道：「你敢傷本小姐的花花，本小姐自然要好好懲治你！」

戰傳說怒道：「我何時傷了牠？即使我有此心，此刻身受重傷，亦難以做到！」

少女的嘴角處有笑意浮現，如此喜嗔不定，讓戰傳說瞠目結舌。

只見她嫣然一笑，甚爲愧歉地道：「原來如此，都怪我莽撞。」言語婉麗，聲如天籟，戰傳說心中怒焰頓時全消。

少女望著戰傳說身上包裹著的幾處傷口，咋舌道：「竟傷至如此？誰人好不心狠！」轉而對身後的精壯漢子吩咐道，「雷大，速去取我的天符聖丹。」

其中一額闊鼻隆的漢子恭聲應是，卻未立即動身。

戰傳說暗忖此女雖然性情古怪，但卻算不得乖戾。心知她命人取天符聖丹必是要爲自己療傷，忙道：「不必了……在下傷勢並無大礙。」

少女趨近少許，低聲道：「你定是恨我方才的舉止了。」其聲幽幽，甚爲自責。

戰傳說只聞幽香襲人，不由心慌意亂，尷尬強笑道：「姑娘不必介懷。」

「這傷口所敷的是什麼藥？我略懂醫術，讓我看看吧。」

戰傳說忙道：「不必了……」那絕色女子卻已用那纖美柔荑拉住了他受了傷的右手。肌膚相觸時，戰傳說只覺一片柔潤，不由大窘，急忙錯過目光，以免與她對視。

就在這時，他忽然發現立在門側的二人臉上隱隱有幸災樂禍的笑意。戰傳說心中一動，暗叫一聲：「不好！」正待抽回手臂，卻已遲了。

「喀嚓……」一聲輕響，戰傳說右腕突覺一緊，一隻構造精巧絕倫的鐵環突然自少女衣袖間閃出，一下子將戰傳說的右腕緊緊扣住！鐵環內側置有十二個鋒利的鐵齒，頓時深深地沒入了戰傳說的皮肉之中，血肉模糊。

那隻白色的鳥兒立即飛出，落在了雷大肩上，低聲鳴叫。

與此同時，那女子已如輕羽般反身倒掠而出。她的手中緊握一根細鏈，而細鏈的一端正是繫在戰傳說腕間的鐵環上。戰傳說爲免去斷腕之厄，只好順勢而動，同時雙腿閃電般踢出，但因爲受鐵環牽制，他的攻勢大打折扣。那女子一聲嬌笑，輕易避過，人已凌空側旋，右足順勢而出，所取角度、線路詭異至極，正好可將由鐵環而得的先機發揮得淋漓盡致。

戰傳說避無可避，後背中了重重一擊！這粉雕玉琢般的絕色女子的功力之高出人意料。

戰傳說受此一擊，頓感體內氣血攻心，劇痛如裂。驚怒之下，戰傳說駢指如劍，不顧傷勢未癒，將自身修爲發揮至極限，左掌如劍削出，用的是與對方兩敗俱傷的攻勢。

那女子見他的身法甚是不俗，微有詭異之色，雖然憑藉手中的鐵環可取戰傳說一臂，但她自身卻也可能因此而難以避過一擊，心中轉念如電，已一振玉腕，「鏘啷……」一聲，那鐵環竟自彈開。

與此同時，「哧哧……」破空聲中，無數烏光穿破窗口，如飛蝗般直撲戰傳說。無奈之下，他唯有強收攻勢，雙掌翻飛，氣旋如盾，烏光終被激得暴散。原來是細小的錐形暗器。

戰傳說傷勢未癒，強催真力之下，雖暫時化險爲夷，卻感喉頭一甜，忍不住噴出一口熱血，腳步頓時虛浮，踉蹌退出兩步方站定。他身上幾處舊傷口同時迸出鮮血。

那女子手中的鐵環已不知隱於何處，她雙手背負於身後，望著戰傳說淺淺而笑，眼中有得意之色。戰傳說暗自咬牙切齒。

只聽得那女子道：「沒想到你武功倒不錯，恐怕沒有料到會有被我二哥拋棄的一天吧？」

戰傳說愕然，不知她口中所謂的「二哥」是何人，當下吃力地道：「我只是因谷主尹歡為我療傷而在此處，與妳的二哥毫無關係……」

那女子咯咯而笑，笑得花枝亂顫，笑罷方道：「我二哥便是隱鳳谷谷主，誰不知隱鳳谷谷主有一位貌如天仙的胞妹尹恬兒？」

戰傳說呆了一呆，忽然「哈哈……」笑出聲來，「原來如此。」

那女子柳眉一豎，嗔道：「有何可笑？」

戰傳說並未作答，他想到晏聰曾說過，見了尹歡自然會知道其為何在武界中頗有名聲，當時不知就裏，現在見了眼前這女子，頓時恍然。忖道：「有其妹必有其兄，其妹已刁鑽古怪至此，其兄可想而知。」

尹恬兒見戰傳說不作聲，頓感被其輕慢，杏目一瞪，正待發作，忽然那隻白色的鳥兒一聲低鳴，竟如一顆石子般栽落地上，抽搐了幾下，便一動不動。

戰傳說、尹恬兒等四人皆吃了一驚，一時間誰也未出聲，眾人的呼吸聲都清晰可聞。

尹恬兒花容失色，嬌軀輕顫如風中秋葉。雷大及其同伴惶然不安，一副大難臨頭的神情，看來尹恬兒對這隻鳥兒的確極有感情，否則雷大二人不會如此驚慌。

少頃，雷大方如夢初醒般「啊……」了一聲。

就在這時，地上的「花花」忽然動了動。雷大大喜過望，高聲道：「小姐，牠還活著！」說著他已蹲下身子，試圖將「花花」捧起。

就在那一剎那，猝起變故！本已一動不動的「花花」突然自雷大掌心中一躍而起，雙足死死扣在雷大的肩上，向他臉部、頸部瘋狂啄去，雷大頓時慘叫不止，臉上、頸上血肉模糊。

劇痛之下，雷大一把抓住了「花花」。

尹恬兒急忙大叫：「別傷牠！」

雷大不知所措地站在那兒，「花花」在他手中瘋狂地掙扎，發出尖銳而可怖的叫聲，讓人不忍多聽。

戰傳說隱隱覺得事情有些蹊蹺，卻一時想不出蹊蹺在何處。

尹恬兒一邊飛快地低聲說著什麼，一邊欲從雷大手中接過「花花」。就在那一瞬間，戰傳說驀然發現雷大的眼中有一抹詭異而可怖之光芒閃過，心頭劇震，脫口呼道：「小心！」

話剛出口，倏聞雷大一聲淒厲長嘯，右手一緊，「噗……」的一聲，鮮血迸濺，尖銳的鳴叫戛然而止，「花花」竟被雷大生生捏成血肉模糊的一團，紅白相間，觸目驚心。

尹恬兒全身頓時僵住，臉上的神情亦在那一刻凝固了，她怔怔地望著雷大，難以相信眼前這一幕。

待她醒悟過來，怒極而喝道：「大膽奴才！」揮掌便向雷大摑去，驀覺腳下一緊，雙腿已被人抱住，一股力量拉得她失去重心，向一側倒去。同時，聽得戰傳說大喊道：「雷大有異……」

抱住尹恬兒將她拉倒的人正是戰傳說，原來戰傳說察覺雷大有異，尹恬兒也許會有危險，想到此女雖然可惡，但她的兄長尹谷主畢竟對自己有救命之恩，自己不能置其妹於危險而不顧。

他傷勢未癒，又因尹恬兒而添新傷，騰走挪掠已有些力不從心，情急之下，竟就地一滾，以此方式接近尹恬兒。尹恬兒因爲雷大殺了「花花」而激憤無比，心神劇震之下，對其他事情自然有所疏忽，竟未避開戰傳說的一抱一拉。

雷大撲了個空。

戰傳說的預感得到了印證，雷大低聲嘶吼，雙手箕張，直撲尹恬兒。恰好因爲戰傳說的緣故，使跟隨尹恬兒的另一名漢子乃雷大之弟雷二，他驚呼道：「大哥不可莽撞，大哥……」迅即將雷大緊緊抱住。

這時，一聲悶哼，卻是戰傳說發出的。原來尹恬兒一時並未領會他的好意，被一陌生年輕男子拉倒在地，她如何不怒火中燒？一怒之下，連踢帶打，戰傳說受傷勢所累，反應遲緩，連中數招，轉瞬間已被踢得貼地倒飛出丈許開外。

第五章　三皇邪咒

尹恬兒一躍而起，正待對戰傳說再下重手時，卻爲雷大、雷二的情形所驚呆了。

只見雷二雙臂死死圈住雷大，而雷大周身肌肉暴脹，青筋暴起，雙目赤紅如火，目光猙獰至極。他的雙手緊緊扣住雷二的雙臂，顯然正在竭力掙脫，眼看雷二將支撐不住——戰傳說咬牙急切地道：「點穴！」

一語驚醒夢中人。

尹恬兒、雷二因事發突然，而且又是針對他們平時極爲緊密的人，一時竟未想到這一點！經戰傳說提醒，尹恬兒恍然頓悟，閃身而進，出指如風，間不容髮間，已連點雷大身上幾處穴道，眾人這才鬆了一口氣。

雷大這才鬆開雙臂，雷二向尹恬兒請罪道：「雷二該死，讓小姐受驚了！」

這時，外面傳來了嘈雜人聲，多半是隱鳳谷其他人聽到這邊的異響，循聲趕來。

尹恬兒未及出聲，「噗噗……」數聲輕響，雷大衣衫如被勁風吹鼓，穴道盡數被衝開，一聲怪嘯，向背向自己的雷二揮拳猛擊。

尹恬兒心中極度震愕！雷大、雷二是她身邊的兩個僕人，對她一向忠心耿耿，不會冒犯她絲毫，孰料今日雷大竟一反常態，非但殘殺了她心愛的「花花」，更有不敬之舉。何況雷大、雷二雖然有點武功，但畢竟只是她的僕人，武功並不高明，尚遠在她之下，沒想到他竟能以自身功力衝開她所封住的穴道。

雷二見雷大形如瘋狂，不敢怠慢，揮拳便擋。

「喀嚓……」骨骼爆碎聲隨著雷二的一聲慘叫，雷二的右臂骨骼竟被擊得粉碎。他龐大的身軀更被擊得狂跌而出，「轟……」的一聲，將木壁撞了一個大大的窟窿。

雷大、雷二的武功本在伯仲之間，沒想到今日雷二竟根本無法擋住雷大一擊之力。

雷大擊退雷二後，轉而向尹恬兒悍然撲至，拳如迅雷。就在此時，雷大身後人影閃動，一個低沉的聲音道：「雷大，你太放肆了！」

一柄長達丈許的黑色軟鞭如一抹幽靈般捲向雷大，其速快逾驚電，卻悄無聲息，備顯神出鬼沒。

雷大絲毫沒有避讓的機會，立時被軟鞭捲住！

卻見雷大立時扣住軟鞭，用力一拉！尹恬兒無須細看，僅憑這軟鞭便知來者是二哥尹歡身邊十二鐵衛之一的令狐丘。十二鐵衛無一不是隱鳳谷一等一的好手，令狐丘在十二鐵衛中排名第五，其修爲實非雷大這等普通僕從可比。

令狐丘見雷大竟敢徒手扣住自己的成名兵器「纏綿鞭」，心中甚怒，正待給雷大一點苦頭吃吃，忽覺纏綿鞭一緊，一股空前強大的力道自纏綿鞭身洶湧而至，讓人頓生無可抗拒之感，虎口劇痛如裂，再也無法把持。

令狐丘的「纏綿鞭」握手處有挽手，雖無法把持，但他的右手仍爲挽手所牽繫，在一股空前強大的力道牽引下，令狐丘如鷂鷹般被纏綿鞭帶得飛起。

雷大那一扣一帶，其力道已比平時強逾十倍。雷大揮拳疾出，向凌空飛至的令狐丘襲去。其拳法並無精妙之處，但卻有開天闢地般的可怕聲勢。令狐丘不及回避，立即將自身修爲提至極限，向雷大狂拳迎去。

「轟……」雙方倏然相接之下，爆發出沉悶如雷之聲，狂烈氣勁四向橫溢，刹那間充斥了周圍的每一寸空間。被雷大稱做「水舍」的整座屋子轟然坍塌，最後的餘暉頓時毫無遮攔地照在每個人的身上。

令狐丘的武功本是雷大遠不能及的，但一拚之下，令狐丘胸口如被重錘悶擊，五內逆亂，內家真力立時被完全擊得潰散，微甜的鮮血狂噴而出。他的身軀在虛空中劃出一道弧線，重重跌落。

雷大衣衫爆碎，雙足深陷木板拼成的地面下。他右手拳面已血肉模糊，甚至露出了森森白骨，看來右手已廢了。在強大氣勁壓迫下，他的口鼻溢血，神情可怖至極。

這時，戰傳說才知自己所在「水舍」的真面目。四下遠眺，皆爲寬闊的湖面，方圓估摸有數百畝，湖面上是滿湖的睡蓮花，湖中築有三十餘座建築，除了朝向、顏色有異外，結構並無不同，中間爲方形密篷的屋子，四周環以迴廊。

最爲奇特的是這些建築似船非船，似屋非屋，竟是如船一般浮在湖面上。「水舍」之間則有浮橋相連，浮橋縱橫交錯，錯綜複雜。這時，浮橋上已出現了不少人影，自不同方向朝這邊而來，離得最近的人，已在十丈之內。

在這數百畝的湖面之外，兩列山脈南北延伸，將湖拱於其中。越往北向越見狹窄，且地勢漸升，兩側高山無不是高聳入雲。戰傳說此時方知日頭雖然已漸漸消失，其實時辰並不算太晚，只是因爲山峰的遮擋，日頭隱沒得格外早些罷了。

戰傳說正在思忖隱鳳谷要在湖面上建如此多如出一轍的「水舍」有何用意時，卻聽得雷二嘶吼道：「小姐快走，我大哥似已入邪！」

卻見雷二正不顧一切地擋在尹恬兒與雷大之間，戰傳說不由爲他之忠勇而感動。

雷大的肌肉膨脹至無以復加之境，他的軀體因此而顯得畸形，皮肉下似有鼠蛇在躥動，骨骼亦在「喀喀……」作響。

雷大的目光中已沒有絲毫人性的暖意，變得瘋狂而冷酷，一聲怪笑，已以殘存的左手毫不留情地向其二弟雷二爆轟而動。

雷二悲呼一聲：「大哥……」竟不閃避——也許，他已避無可避；也許，他是希望能以親情在最後的時刻喚醒雷大的本性。其聲淒厲無比，聞者莫不動容。

雷大卻渾如未聞，動作沒有絲毫滯納，一聲爆響，正中雷二的頭顱，雷二的頭顱立時被擊得粉碎，腦漿迸濺。

「哇……」尹恬兒忍不住大聲嘔吐，雖然她見慣了生死，但自己身邊之人如此慘烈的死狀，而且是被另一個爲自己熟悉的人所殺，她仍是無法接受這慘絕人寰的一幕。

雷二的屍體猶未倒下，雷大已直取他的另一個目標——尹恬兒！

就在此時，有輕柔之聲傳至：「妹妹受驚了。」

言語間顯得溫存至極，但在戰傳說聽來，卻有無可言喻的不適感，只是不知這不適感因何而起。

戰傳說未及循聲而望，驀然發現雷大突然僵立原處，以一種極爲古怪的姿勢站著。一怔之下，戰傳說赫然發現雷大的眉心處竟有一朵白色的蓮花深深地嵌入，那朵蓮花尚未完全開放，完整無缺地嵌入雷大眉間，彷彿這朵白蓮本就是從雷大的雙眉之間長出的一般。

雷大的喉中發出低低的「咕咕……」聲，便見有殷紅的鮮血自他的眉間滲出，很快將白蓮染紅了大半，使之顯得詭異淒厲。

雷大終於轟然倒下，倒下時，這間已破損大半的「水舍」一陣晃動，既而歸於平靜。

戰傳說竟未察覺白蓮是如何射中雷大的！

「谷主的『真如神功』一日千里，可喜可賀！」一個低啞而諂媚的聲音在戰傳說身後響起。

戰傳說這時已勉強起身，循聲回望，卻見通向自己所在的這間「水舍」的浮橋上，正有十幾人循跡而至，因爲浮橋只有七尺寬，至多僅容兩人並肩而行，故十餘人中爲首者已將踏足戰傳說所在的「水舍」，處於最末的人卻仍在與此毗鄰的另外一間水舍上。

戰傳說的目光落在了仍在浮橋上的一個衣飾極爲華貴的男子身上。此人身形修長，衣飾七彩，極盡奢靡；衣飾瀟灑，神態俊美，腰戴綴滿珠寶之玉帶。一柄長劍斜佩玉帶之上，劍鞘古幽。

此男子五官近乎完美無缺，肌膚之美不在妙齡女子之下。髮束金箍，雙眉斜挑入鬢，眼神顧盼風流，此時，他手中正持有一朵怒放的睡蓮花，神態中竟透有嬌媚之氣，且隱含從容驕矜之色，在眾人之間極爲醒目。

戰傳說只覺頭皮發麻，這才明白晏聰爲何說只要見了隱鳳谷谷主尹歡，便會知曉其在武界中頗具盛名的原因。他相信那衣飾華貴奢靡者必是尹歡。

這間「水舍」殘破不堪，已無法再容更多的人，於是施施然而來的一行人自動在浮橋上駐足止步。

那衣著鮮麗奢華的男子向尹恬兒道：「雷大大逆不道，我已替妳將他殺了。不過，我曾告訴過妳，一個女孩子家，還是少入這遺恨湖爲妙，否則若是三妹妳有什麼差錯，我可就無法向父親交代了。」言罷，他將手中睡蓮花湊近鼻前，輕輕一嗅，雙目微閉，似已陶醉於花香之中。

戰傳說忽然想起一事：今日既然已是八月，便是秋季了，睡蓮花本當在盛夏開放，爲何湖中卻有萬花齊放？一時百思不得其解。

尹恬兒竟冷哼一聲，「我的僕從，我自會管教，不必勞二哥分神！」

戰傳說不由一怔。

這時，身受重傷的令狐丘勉強起身，嘶啞著聲音道：「谷主……事有蹊蹺……雷大的武功比平時激增無數！」他不愧爲十二鐵衛中的佼佼者，傷至如此，仍竭力把每一個字都吐得清清楚楚。

尹歡修長的眉微微一挑，旋而再沒有發出聲音。靜立良久，方自花間緩緩抬起頭來，哧哧笑道：「難道，有人嫌我隱鳳谷太過平靜了嗎？」

餘音猶在繚繞，他的身形倏然如輕雲般悠然飄起，凌空掠向尹恬兒所在的「水舍」，身形飄逸從容，勝似閒庭信步，其速卻快得驚人，瞬息間已飄然落在水舍內。

一陣香風瀰漫開來。

此刻，四周水舍、浮橋上已佈滿了不下五十人的隱鳳谷弟子，更有尹歡的十二鐵衛中數人夾雜其間。

尹歡小心翼翼地走至戰傳說這邊，似是擔心地上的血跡玷污了他的衣衫，歉然一笑道：「驚擾陳公子。」眼波流轉，似有脈脈之情。

戰傳說心道：「無怪乎尹恬兒與他似有隔閡，男人的嬌嗲實是可怕！」當下他避過尹歡的目光，「當是在下謝過谷主相救之恩才是。」

尹歡「咯咯」一笑，「陳公子骨骼清奇，實是奇男子，亦不辜負了尹歡的祖傳良藥。」笑聲中似別有意味，戰傳說囁嚅不知言語。

尹歡這才微躬身子，將雷大的屍體察看一番。他的神情漸漸變得凝重陰鬱，手中睡蓮花在不知不覺中被他揉捏而碎。

良久，他終於直起身來，望著天邊最後一抹餘暉，喃喃道：「他終於來了……」

他的臉上浮現出似笑非笑的奇怪表情：「妖氣噬魂，遇血即作，竟至『驅禽役獸』之境！三皇咒果然可怕！」

令狐丘變色道：「是三皇咒?!」

尹歡緩緩點頭。

這一次，連尹恬兒亦神色立變。

尹歡負手踱了幾步，忽然一笑，「是三皇咒又如何？世事多寂寞，我也有些厭倦這種風平浪靜了。季真，這裏的後事便交給你了；闖冠子，你送小姐回疏雨樓吧。」

季真、闖冠子皆爲十二鐵衛之士，兩人本是追隨尹歡前後，此時仍滯留於浮橋上。季真在十二鐵衛中排名第三，個子不高，雙目時常微合，似對一切事宜皆漠不關心，粗糙的臉上有幾道醒目的劍傷，使其容貌顯得有些可怖。此人以一柄短而厚的刀做兵器，刀在鞘中，鞘外裹以黑綢。他的刀永遠橫握於左手手中，似乎隨時隨刻都已做好拔刀的準備。

闖冠子在十二鐵衛中排名第八，一身青衫一塵不染，恭謹儒雅，一見之下，便會讓人心生親近之感，他的身上未見有任何兵器。

二人聽得尹歡吩咐，齊聲應「是」。卻聽尹恬兒冷冷拒絕道：「我自會回疏雨樓，無須他人相送！」頓了一頓，又道，「既然雷大因爲三皇咒之故而冒犯我，我便不再怪罪於他。二哥，雷大、雷二一向忠心耿耿，當厚葬之。」

尹歡哈哈一笑，「三妹放心便是。」

尹恬兒道了一聲：「如此就多謝二哥了。」神情冷淡，看不出有何謝意，諸隱鳳谷弟子神情亦頗不自在。

尹恬兒此刻言行，與對戰傳說大打出手時簡直判若兩人，戰傳說心中暗嘆此女子性情多變，讓人不可捉摸。

尹恬兒在轉身離去時，目光掃過地上幾片沾了鮮血的鳥羽，她那冷漠的神情亦無法掩飾內心的哀傷。戰傳說似乎看到了她的眼中還有淚光閃爍，不由微覺詫異，不明白她對自己無故痛下毒手，卻對一隻鳥兒如此情深。未等他看真切，已只能望見尹恬兒美麗的背影。遺恨湖湖面上浮橋縱橫，通至這間「水舍」的浮橋就有兩座。尹恬兒所走的浮橋並非尹歡所經過的那一座。

戰傳說突然想起一事，向尹歡問道：「尹谷主，不知與在下同來的晏聰此時在何處？」

尹歡道：「六道門的人已將趕至隱鳳谷，不二法門四大使者之靈使欲在隱鳳谷十里之外的『求名台』將晏公子與蒼封神及六道門的恩怨作個了結。晏公子爲示坦誠，已先行趕往『求名台』等候六道門中人。陳公子與這場恩怨有所牽連，所以也需前往『求名台』一行。尹歡知道陳公子傷勢甚重，故向靈使求情，靈使特准陳公子可延遲十二個時辰。」

戰傳說聽罷，心中極不是滋味，忖道：「雖然晏聰說是靈使救了我的性命，但聽尹歡所言，倒好像武界中人受靈使支使差遣是理所當然的事，實是可笑。」

但他知道自己也許是唯一可以證明晏聰無辜的人，何況蒼封神是自己所殺，既然不二法門要將此事查明，自己自是不能置身事外。

當下他道：「拜谷主回春妙手所賜，在下傷勢已無大礙，即刻可動身前往『求名台』。」

尹歡一擺手，制止道：「既然靈使特准陳公子可延遲十二個時辰，陳公子不妨明日再起程，尹歡亦當同行。陳公子的傷本應是無大礙，但我三妹來此之後，只怕就非如此了。」言罷仰首大笑。

戰傳說忖道：「看來他對自己的胞妹頗爲瞭解，想必平時尹恬兒便刁蠻乖戾慣了，隱鳳谷中常有人吃她的苦頭。」

自隱鳳谷的遺恨湖起向北，群峰疊繞，地勢漸升，時而有危崖突兀，山谷林木茂盛。沿谷而上，一路可聞溪流「淙淙……」之聲，卻因林木阻擋，難以見其真面目，僅能聞其聲。

行約一里之外，忽響起「嘩嘩……」驚天水聲，眼前有絕崖高起二十餘丈，絕崖的南側有一寬不過三丈的瀑布。此瀑布甚爲獨特，並非位處一般瀉峽而下，而是自覆石之底瀉出，猶如一漏斗，加上兩側草木掩蓋，使人難窺瀑布，直至瀑布注入下方水潭中，方見銀珠飛濺，浪花洶湧。

攀上絕崖，兩側山勢更爲狹窄，但地勢卻平緩了不少，有樓閣庭院錯落其中。最前方的牌樓上高懸「隱鳳」二字，字如龍飛鳳舞。

尹恬兒並未直接返回她的閨居「疏雨樓」，而是向最北端的一間石殿行去。此石殿依絕壁而建，顯得雄偉粗獷，與谷中其他樓殿的奢麗截然相反。殿前一棵龍瓜槐粗大無比，枝節盤虬，有一主枝已被雷電劈斷，倍顯蒼勁。

石殿內竟是戒備森嚴，門戶重疊處，不時有身著黑色勁裝者閃現，見是尹恬兒方退開去。

尹恬兒曲曲折折地走了好一陣子，方在一扇厚厚的石門前駐足。此時，她正處在一間密室中，密室中除了一側的牆上雕刻了四幅畫外，空蕩蕩的再無一物。而四幅石雕畫則是線條玄奧不可捉摸，讓人根本無法分辨石畫所繪的內容。

當尹恬兒立足於石門前時，她的身後響起一個蒼老而沙啞的聲音：「孩子，妳要進去？」語氣顯得甚爲緩慢，在空蕩蕩的偏殿中響著。

尹恬兒並無吃驚之色，她緩緩轉身。出現在她跟前的，是一位鬚髮皆白、身子佝僂的老者，他身上所穿的過於寬大的衣袍使其本就瘦小的身子顯得更爲瘦小，讓人感到不是衣袍依附於他，而是他依附於衣袍。他的臉上佈滿了皺紋，如同一粒乾癟了的棗子，誰也不知他是如何出現的。

尹恬兒道：「石爺爺，十幾天不見，你的黑髮恐怕已只剩不到十根了。」

石爺爺嘿嘿一笑，笑聲乾澀，似乎也已風乾了，笑罷他道：「洞內奇寒，切莫久留，以免有傷身體。」

尹恬兒俏皮地皺了皺鼻子，「以我現在的功力，就是在裏面逗留半日，也不會有事，石爺爺還把我當做小丫頭嗎？」

石爺爺慈和地笑道：「我真是老糊塗了，忘了隱鳳谷的三小姐是大姑娘了。」

尹恬兒做了個鬼臉，這才以食指按在石門右側一個雞蛋大的凹陷處，只聽得低沉的轟鳴聲響起，石門緩緩開啓。

石門開啓之後，一陣徹骨冷風自裏面撲面而來，此冷風足以讓人誤以爲時節已易，秋去冬至。

尹恬兒默立於門前少頃，方舉步向裏面走去。門內赫然是向下延伸的地道，地道內甚是森寒，但尹恬兒對此似乎並不在意。

下了一級石階，她身後的石門合上了，但地道中卻並未因此而變得一片昏暗。在地道兩側石壁上，每隔一段距離就有一顆碩大的夜明珠，發出柔和的光芒。

地道不斷地延伸，尹恬兒的腳步聲在地道中迴響著，似乎地道會一直延伸下去，沒有盡頭，或者盡頭處就是另一個完全不同的世界。

越往前走，寒意越甚，到後來已如置身於冰天雪地之中。誰會料到，在隱鳳谷中，竟有如此詭異之境？

戰傳說若是置身此地道中，再想到在隱鳳谷谷口遺恨湖中又有睡蓮怒放，只怕會心神茫然，無所適從。

走了足足有一刻鐘，地道豁然開朗，眼前出現了一個巨大的洞穴，洞穴之中赫然有無數巨大的冰柱、冰岩！夜明珠珠光在堅冰的交輝映射下顯得格外晶瑩璀璨，恍惚似若進入另一個銀色的世界，初次步入此地者，難免會目眩神迷。

尹恬兒逕自走至一座冰台前，跪伏地上，面向冰台，忽然開口道：「爹，恬兒有話要告訴爹爹。」

「恬兒，妳身上爲何會有血跡？」竟有一個粗獷渾厚的聲音自堅厚的冰台中傳出，與尹恬兒的聲音相呼相應。

透過厚厚的冰台，赫然可見冰台中竟有一人盤膝而坐，四周皆爲厚厚的堅冰完全密封！因爲冰層極厚，所以只能看見冰台中的模糊姿勢形體，卻無法看清此人的容貌身材如何。

除他之外，四周再無他人，與尹恬兒對話者，自是此人無疑，亦即尹恬兒之父。但尹恬兒之父既然是隱鳳谷谷主之父，又怎會困於這奇寒之冰台中?!

尹恬兒這才留意到自己裙裾下襬有數點血跡，便道：「遺恨湖中發生變故，恬兒身上的血跡便是那時沾上的。」

當下，她將在遺恨湖發生的一切敘說了一遍，當她說到「三皇兕」時，冰台中的尹恬兒之父將她的話打斷道：「妳二哥真能斷定那雷大之死，是因為三皇咒之故？」

未等尹恬兒回答，他已接著道：「不錯，唯有驚怖流之三皇咒，方具憑妖戾之氣噬魂，遇血而作之能！」

「驚怖流豈非在三十年前就已銷聲匿跡？」尹恬兒的語氣並不十分肯定，雖然是跪伏於堅冰之前與難睹神容的父親交談，但她對此已習以為常。因為，自她出生之日起，其父就在這冰殿之中。此事在他人眼中或許不可思議，但對她而言，卻是再正常不過。

幼時為進入冰殿探望父親，她需得以皮衣裘帽包裹得嚴嚴實實，方能進入冰殿，而且在冰殿中所能逗留的時間亦極為短暫。直至她八歲時，其父開始向她口授調動內息的秘訣，尹恬兒常練不懈，竟漸有禦寒之能，且與日俱增。如今，出入冰殿，對她而言，已是輕鬆自如，再也不懼刺骨之寒。

幼時，她多半是由其大哥尹縞領入冰殿，大哥尹縞比她年長十四歲，對她疼愛有加，但在她九歲那年，尹縞突然暴病而亡，而她對二哥尹歡一向不喜。至於她的生母，更是自她懂事之日起，就不曾見過，從此尹恬兒來與父親相見，多半是獨自一人前來。

尹恬兒之父嘿嘿一笑，笑聲自堅冰中傳出，顯得極為沉悶，似乎連笑聲也在這酷寒的冰殿中被凍住。

笑罷，尹恬兒之父道：「驚怖流猶如虛空之塵埃，無處不在，無處不有，卻又難分難辨，難以捉摸。驚怖流之神秘，堪與異域廢墟相提並論！武界各派多半是將驚怖流視作最可怕的殺手組織，卻不知驚怖流的可怕，遠非尋常意義上的殺人所能比擬！當年驚怖流的所作所爲，引起武界公憤，更重要的是，驚怖流與異域廢墟一樣，從不願追隨不二法門！環視整個天下，能與不二法門分庭抗禮者猶如鳳毛麟角。正因爲如此，驚怖流方難有立足之地，在武界中再難尋其蹤跡。而異域廢墟之所以未與不二法門正面衝突，只是因爲異域廢墟偏於一隅，除非有人主動滋犯，否則異域廢墟決不插手其他門派之事，不二法門方容它存在。至於驚怖流，本是蹤跡神秘，從無人知曉其總壇所在。驚怖流的門徒忽聚忽散，聚則成百成千，散則如泥牛入海，銷聲匿跡。若說真正地將驚怖流滅絕，又談何容易？這一次三皇咒再現隱鳳谷，就是明證！」

「二哥總算比我見多識廣，若是換了我，只怕就無法看出雷大神情大變、功力暴增是因爲驚怖流的三皇咒所致。」尹恬兒道，「但不知驚怖流此舉有何目的？我隱鳳谷又該如何應付？」

言罷，她凝視著冰台中的父親，靜候他的回答。雖然她從未與父親真正地相處，在她父女之間，有著冰冷的堅冰相隔，雖然她未曾享受到常人所能享受的父親的關愛，但她仍是深愛著父親。

冰殿內一時極靜。柔和的珠光在寒冰的反射下，映在尹恬兒那絕世容顏上，顯得十分恬靜幽美。

隱鳳谷中人皆知三小姐尹恬兒性情古怪刁蠻，誰又會料想她竟也有如此嫻靜之時？又有誰會知道，哪一種性情，才是她的真實？

不知爲何，尹恬兒之父竟久久無言。

尹恬兒手撫那光滑而寒冷的堅冰，心中思緒湧動。恍惚間，她的腦海中浮現出幼時的一幕，在通往冰殿的長長地道中，高大而俊朗的尹縞牽著齊他腿高的尹恬兒向冰殿走來。尹縞的五官如同岩石雕就般稜角分明，充滿了力感。他那挺拔的鼻翼與自信的眼神，使其顯得異常堅毅，尹恬兒仰首望著尹縞，感到他就是一座高高的山，可以爲她遮風擋雨。

尹恬兒全身穿著厚厚的衣裳，包裹得嚴嚴實實，頭上也戴了狐皮帽，全身上下，幾乎只有一雙亮如星辰的雙眼與已凍得通紅的鼻子露在外面，她的脖子上繫著圍巾，捂住了她的口。

尹恬兒將一隻手縮入衣袖中，將另一隻手放入尹縞寬大的手掌中，讓尹縞緊緊握著。尹縞就如同今日的尹恬兒一般不懼酷寒，身上只穿了一件單衣。尹恬兒感到暖意源源不絕地自尹縞手心傳到自己的小手中，這暖意甚至溫暖了她整個身子。

「冷嗎？」尹縞關切地問道，他的聲音低沉而渾厚，讓人感到這不是從嗓子裏發出，而是從胸腔內直接發出。

尹恬兒飛快地搖了搖頭。忽然似想起了什麼，又問道：「大哥，爹爹冷嗎？」

尹縞沉默了片刻，方緩緩地道：「爹爹不怕冷。」言罷，他眉宇微糾，若有所思。

「爹爹爲什麼不出來，與恬兒在一起？」

「因爲爹爹患了一種可怕的病，唯有將全身閉守於玄冰內方不會發作。」

「那，有什麼辦法能將爹爹的病治好？」

「爹說能治他的病的人，早已去世。」

「難道，爹爹要永遠留在冰中嗎？」

「不，爹說隱鳳谷既是神之福地，又是魔之地獄，終有一天神魔交戰，那時，也許就是爹重見天日之時。」

尹恬兒正自沉思，忽被其父的言語聲驚醒過來：「恬兒，妳可查清水舍中受傷者真實的身分？此事至關重要，因爲妳初見受了傷的鳥兒時，鳥兒是與他同在一處。三皇咒其實是一種妖玄內家心法，一旦它加諸某人身上時，此人便可在極短的時間內功力倍增無數，性情變得瘋狂嗜殺，再無是非善惡之念。除了一死，根本無其他方法可以解脫，最爲可怕的是，三皇咒可以遇血而作，一旦被三皇咒這一妖玄心法加諸其身後再傷及他人，則後者亦會性情大變，功力暴增！爲父推測，雷大並非直接爲三皇咒所毒害，而是由妳所飼養的鳥兒傳與他身上的。」

「二哥亦是如此認爲。」尹恬兒道。

堅冰中傳來一聲輕嘆：「爲父自建立隱鳳谷基業後，因爲隱鳳谷暗藏玄機，故武界中對隱鳳谷窺視者甚多。數十年來，隱鳳谷時有異變。這一次，驚怖流竟也覬覦隱鳳谷！驚怖流要對付的決不是雷大，為父相信他們真正的目標是妳！因為按常理論之，妳所飼養的鳥兒回到隱鳳谷，最先必然應是回到妳身邊，若是如此，一旦鳥兒身中的三皇咒發作，毫無防備的妳，必會為之所傷，這才是驚怖流所要達到的真正目的！」

聽到這兒，尹恬兒不由凜然一驚，跪直了身子。

尹老谷主繼續道：「能設下如此周密計謀，說明驚怖流對我隱鳳谷已頗為瞭解！」

尹恬兒謹慎地道：「當時那年輕人傷勢很重，這是我後來才看出來的。在來冰殿之前，恬兒曾向谷中弟子問過此人身分，才知他並非我隱鳳谷的人，而是二哥救起的兩位傷者之一，當時他是在水舍中養傷。二哥救了兩個人的事，恬兒早在兩天前就聽說過，但恬兒以為這又是……又是二哥的障眼法，假借替他人療傷，另有……另有古怪，所以見到此人時，一時倒忘了此事。」

不知為何，說到尹歡替他人療傷之事時，她竟顯得極不自在，甚是尷尬。

尹老谷主「哼」了一聲，「孽子！」顯得甚為氣惱，停了片刻，方接著道：「這不肖之子，他自幼便容貌俊美，喜著明鮮衣飾，沒想到如今竟愈演愈烈……」

尹恬兒極不自在，雙手撫弄著自己的衣角。

尹老谷主沉聲道：「為父已吩咐你們兄妹二人，江湖險惡，不可輕信他人。我隱鳳谷之醫術冠絕天下，既然此人妳識之不得，妳二哥為何要將此人留在谷中養傷？莫非眼中早已沒有為父，可以對為父之言充耳不聞？」

其聲低沉有力，到最後有若猛獅怒嚎低吼，雖是相隔堅厚寒冰，但猶可感受到難以言喻之震撼。

尹恬兒雖從未見過父親之面，而且父親待她，多是言語溫和，但她對父親仍是敬畏交加。她感到，即使是玄寒之堅冰，以及二十餘載光陰，卻仍是無法掩蓋父親驚天撼地的氣概。

尹恬兒惶然道：「爹爹息怒，二哥這麼做應是事出有因。被救二人中，一人是六道門弟子，另一人雖是無名，卻殺了蒼封神……」

語至此處，立被尹老谷主打斷：「蒼封神？六道門門主?!」

「正是，此人是在與那六道門弟子攜手對付蒼封神時，將蒼封神殺了的，但他們自己也受了傷，正好被不二法門靈使救起，送至隱鳳谷……」

「哈哈哈，哈哈哈……」尹老谷主忽然縱聲長笑，笑聲穿透冰層後，竟仍是極具震撼，整個冰殿都爲之輕顫。

尹恬兒一驚之下，赫然發現十幾年來一直完整無缺的冰台，此刻竟以父親所在的部位爲中心，向四周延伸出無數如閃電狀的裂隙。

這一幕對尹恬兒的心靈震撼極大，無可名狀的感覺緊緊抓住了她的心，她的臉色變得有些蒼白了。

只聽得尹老谷主道：「能殺了蒼封神，又爲不二法門靈使救起的人，必定十分有趣！恬兒，妳一定要設法留住此人！」

日暮西沉，秋風正緊。

「求名台」乃一天生石台，前臨一條寬闊的大河，後倚猙獰危岩。石台方圓達十餘畝，平坦如人工鑿就，堪謂天造地設、鬼斧神工。

晏聰立於「求名台」兩側，面向最後一抹血色夕陽，神情凝重。

通向「求名台」有一座石拱橋，石橋橫躍大河，可四馬並馳。此刻，橋上有四名不二法門的黑衣騎士默然肅立，不二法門的旗幟迎風飛揚，獵獵作響。

無論在何處，只要有不二法門繡有「獨語劍」的旌旗出現，任何人都會收斂輕視之心，因爲它所代表的，就是最高權勢！

不二法門之喜憎，已儼然成爲天下人的喜憎，沒有人能違背不二法門的旨意。

事實上，亦沒有人會違背不二法門的旨意。法門元尊明察秋毫，洞悉萬里，但凡不二法門介入的武界公案，沒有任何冤屈不公之處。只是，不二法門並非對武界中的每一件爭奪都介入其中。武界自有武界的規律，生死血腥本就是武道存在的外在形式，消除了生死血腥，武道無異於不復存在。

便如潮漲潮落，自來有之，誰也無法消除，不二法門所做的，便是讓這潮起潮落不會成為洶湧海嘯！

晏聰實應稱幸才是，但凡有不二法門過問插手的事，向無冤屈。

但，晏聰的心情依舊沉重。有關蒼封神的秘密，也許唯有他自己方知，雖然蒼封神生前曾承認自己與當年六道門四旗旗主晉連之妻晏搖紅之死有關，但此刻蒼封神已死，死無對證，僅憑晏聰、戰傳說所言，又怎能讓他人信服？無論何人，都會想到他們如此說定是為自己開脫罪責。

那麼，不二法門這次是否能如以往一樣，讓真相大白於天下，讓六道門心服口服嗎？

不二法門四大使者之靈使並未現身此地，但晏聰知道靈使必會在應該出現的時候出現。仿若天下諸般事宜，皆在不二法門掌握之中——這，本就是武界中人共有的感覺。

心神不定間，晏聰想到靈使斃殺蒼封神時所說的話，心中稍定，同時暗忖道：「靈使如何知道蒼封神勾結外人，殘殺六道門中人？其實即使是我自己，先前也是略有猜疑而已，直到兩天前蒼封神自以為穩操勝券，親口承認方能確定這是事實。而靈使何以如此神通廣大？」

正自思忖間，東面傳來急驟的馬蹄聲，由遠而近，踏碎了黃昏的寂寥。

回首望去，只見三匹快馬如飛馳來。暮色沉沉，三騎便如同在夜色中滑翔而至，如此快疾行進，猶隱約可聞鞭擊虛空之聲偶爾響起，顯然可見騎者心急如焚。

晏聰輕吸一口氣，憑三騎來勢判斷，他相信必然是接到自己傳訊趕來的六道門中人。

他不由向石橋那邊掃了一眼，靈使尚未出現。

僅在短短的瞬息間，三匹快馬已如飛而至，馬嘶聲中，馬上騎者飄然掠下，馬兒猶自在躁亂不安地踩著步子，鐵蹄踏於石臺上，發出清脆的「嗒嗒……」之聲。三匹坐騎皆在大口大口地噴著熱氣，光亮的皮毛上滲出點點汗珠。

石橋上四名不二法門武士對此視若未睹，沒有任何舉措。

晏聰快步上前相迎，雖是在暮色中，但既爲同門，晏聰仍是一眼便認出三人。當他辨清三人中年齡最大的老者時，微微吃了一驚，因爲此人論輩分比蒼封神仍要高，乃蒼封神的師叔景睢，亦是六道門他這一輩人中碩果僅存的一人！當年武界群豪與邪道九極神教大戰時，六道門出力甚多，正因爲如此，六道門方被世人視爲名門正派，但爲此，六道門亦付出了極大的代價，傷亡大半。

六道門與九極神數度血戰後，景睢被斬斷一腿一臂，僅能以假肢代步。他的六位師兄中有五人遇難，唯有掌門師兄文過非雖受致命重傷，卻暫保性命。其時蒼封神剛拜文過非爲師，文過非在重傷將亡之前，將蒼封神託付給景睢，並把「六道歸元」傳與了他。

景睢不負文過非所託，對蒼封神勤加點撥，因眷顧師兄弟之情義，景睢待蒼封神之恩義甚至在其嫡傳弟子之上。蒼封神亦不枉景睢一番心血，無論武學智謀，都爲同輩的佼佼者。最終，景睢將掌門之位傳與了蒼封神，而非自己的一干弟子。

之後，因爲手足有疾，行動不便，加上年歲已高，景睢便將六道門全權交與蒼封神主持，從此門內之事他極少過問。

晏聰僅是六道門普通門徒，進入六道門兩年，亦只見過這位老門主三次。此次連景睢亦不辭辛勞策馬而至，晏聰心中更爲忐忑不安。

與老門主景睢同來的另外兩人的身分亦不尋常，其中一人赫然是四旗主晉連，亦即當年被殺的晏搖紅之夫！晉連面容消瘦，目光沉晦，在晏聰的印象中，晉連是六道門諸旗主中最沉默寡言者。

對晉連的出現，晏聰並不驚訝，因爲他向六道門傳訊時，聲明有與蒼封神有關的事要告之同門中人，讓門中委派人員與他在此「求名台」相見，並要求晉連晉旗主應在其中。同時，晏聰已預先告之六道門，因爲事關重大，不二法門靈使已過問此事，將與眾人一道追查諸事的是非曲直。

也許因爲一則與蒼封神有關，二則提及不二法門靈使，景睢三人才毫不猶豫地趕至這邊。蒼封神讓晏聰追殺戰傳說，之後蒼封神又自己追殺晏聰，這一切六道門其他人一無所知，所以對蒼封神離開客棧後的去向，眾皆不知。六道門一度陷入混亂中，直到得到與蒼封神一道失蹤的晏聰的音訊。

晏聰本是六道門的一名普通弟子，這一次卻指明要與晉連約見，顯然此事極不尋常。景睢雖是蒼封神的師叔，但對蒼封神的情義卻決不亞於自己的嫡傳弟子。蒼封神失蹤之後，最爲焦慮不安的也許就是老門主景睢，他不顧晚輩勸阻，執意要趕赴「求名台」。

晏聰見景睢白髮蒼蒼，一臉風塵，不由心生不安，忖道：「不知得知真相後，他將會有何反應？」

赴約三人中最爲年輕者年約二十六七歲，無論容貌、體形皆與蒼封神驚人神似，此人正是蒼封神唯一的兒子蒼黍。不知爲何，蒼封神雖身爲六道門門主，卻未親授其子蒼黍武學，而是讓蒼黍拜九歌城城主蕭九歌爲師。蒼黍有其父之風，沉穩持重，內斂卻又智謀不凡，甚得九歌城城主蕭九歌器重，並將其長女許配給蒼黍。沒想到平時身在九歌城的蒼黍，今日會同景睢、晉連同赴「求名台」！

蒼黍的出現，無疑已予晏聰以更大的壓力！

晏聰上前相見，神情恭敬卻不卑謙，更無惶然不安之色。

景睢緩緩踱前幾步，他的步伐顯得僵硬而古怪，右臂蕩然無存，空蕩蕩的袖管在迎風拂動。

「丁兄弟，我父親何在？爲何只有你一人在此？」蒼黍道。說話時，他的目光掃過晏聰身上幾處包紮好的傷口。

晏聰並不回避蒼黍的目光，他略略沉默後，沉聲道：「他——已死了！」

他的聲音雖輕，卻不啻於驚雷炸響，蒼黍愕然而立！

晉連的身子微微一震！

景睢眼中精光暴閃，猶如穿破重重雲層之驚電！他顯得極爲吃力地向晏聰走近兩步，一字一字地道：「此言當真？」

晏聰平靜地道：「弟子所言字字屬實！」

「是誰殺了我父親？你的武功遠不及我父親，爲何你反而安然無事？」蒼黍一把揪住晏聰的衣襟，高聲喝問，他的雙目似欲噴火，狀如瘋狂。

晉連暗自皺眉，心忖一向沉穩內斂的蒼黍此刻卻是有些不夠穩重了。

晏聰退後數步，道：「待不二法門靈使來後，自可知真相！」

「難道有老夫在此，你仍不能坦言一切？」景睢的言語中已隱隱含有森寒之氣。

晉連道：「丁聰，有老門主在此，你不必有顧慮。門主被殺，是六道門一等大事，怎可有絲毫懈怠拖延？你是否知道是何人毒害門主？」

晏聰緩緩點頭。

蒼黍立時逼進一步，沉聲道：「爲何不將真相說出？我父親的……遺骸又在何處？」

「遺骸」二字吐得很艱難，顯然他並不願相信父親蒼封神已被殺。

未等晏聰回答，只聽得有沉厚的聲音傳來：「靈使即刻將至，蒼公子要知道真相，亦不必急在一時。」說話者赫然是石橋上不二法門四黑衣騎士之一。

蒼黍神色一變，寒意籠罩其臉上。他的雙眼漸漸瞇起，腰間所配長劍錚然顫鳴。

氣氛頓時顯得極爲緊張。四黑衣騎士神態自若。

蒼黍神色再變，終於漸漸鬆弛下來。他甚至哈哈一笑，道：「久聞不二法門明察秋毫，今日我蒼黍與六道門三百弟子倒要見識見識！」

不二法門四黑衣騎士沉默不語。

卻聽晏聰道：「靈使未至，老門主、晉旗主、蒼公子，三位可願聽丁聰說一段舊事？」

景睢與晉連相視一眼，皆有愕然之色，心知丁聰此言必有深意，當下微微頷首。

晏聰的目光投向蒼茫夜色，緩緩地道：「世人一向皆推認『大易劍法』與『不堪七式』爲最詭異奇玄的武學。『不堪七式』自是千里宮宮主公孫斷橋的絕學，而『大易劍法』卻是歸屬於本無什麼名聲的晏家。五十年前，晏家晏道幾奇蹟般自異域廢墟脫身而出後，創悟出了『大易劍法』，天下震動。但晏道幾卻在不久後便無故暴亡，『大易劍法』從此被晏家視作不祥之物，家族子弟一概不許問津此劍法……」

對於這段往事，景睢身爲前輩高人，自然略有所聞，他喟嘆一聲，道：「當年確有此事，實是世事禍福難測。據說晏道幾亡後，晏家從此家道敗落……」

晏聰聲音沉緩地道：「不錯，晏家本算不得豪門世家，所以除了晏道幾之外，晏家再無其他武功修爲較高者。晏道幾創悟『大易劍法』後，武界爲之震動，樹大招風，江湖中人爭勇好勝，晏道幾難免因『大易劍法』結下不少仇家，只是『大易劍法』冠絕江湖，仇家懾於晏道幾劍法如神，自不會輕舉妄動……」

蒼黍冷笑一聲，道：「丁兄弟身爲六道門中人，爲何如此推崇他人劍法？莫非六道門根本不入你之眼？」略略一頓，接著又道，「對我父親之事，你閃爍其詞，反而大談『大易劍法』，究竟是何居心？」

晏聰道：「只因門主之死，與此事有著莫大的關係！」

蒼黍一怔。

「晏道幾去逝後，晏家便猶如風中之燭，隨時都有可能因爲仇家前來挑釁而遭遇滅頂之災。權衡之下，晏家終作出決定，只留小部分人在晏家祖宅看守家業，其餘家人皆在深夜連夜遷徙至異地，分作幾處隱居，只求武界淡忘晏家時再重返故居。晏家的擔憂很快成了現實，就在他們連夜遷離後不過兩個月，留守在故居的二十餘人竟齊齊神秘失蹤。遷徙至異地的晏道幾的二子一女自然知道這蹊蹺的事定是仇家所爲，可憐晏家二子一女擔心被仇家知曉行蹤，竟不敢將此事報官——何況，武界恩怨，官府即使過問，又有何用？」

說到此處，晏聰似乎心神激動，停了良久，方接著道：

「禍不單行，此後十年時間內，分居三地的晏道幾二子一女中，長子與次女竟再度相繼遇害，其家人亦遭不幸！但此時的晏家在武界中已是默默無聞，加上為免除災禍，他們皆隱名易姓，他人又怎會對此事留意太多？唯一倖存的三子晏文在晏道幾去逝後，尚未滿周歲，隱居異地時，一直與其母形影不離。在晏文之兄姐相繼被害時，他亦年僅十四歲。晏文已成晏家唯一血脈，其母為求避禍，攜晏文退隱至東海之濱。晏母本是富貴門第出身，何嘗料到會困窘至此？所幸他們母子二人尚有一些祖傳珍物，可補家用。

待到晏文年長，晏母便替他結了一門親事，晏文之妻產下一子一女後，晏文既喜且憂，想到多年來東奔西走亡命天涯，深感蒼涼，今後一子一女是否又將重蹈此路，不得安生呢？思忖之餘，他忽然想到當年父親在世之時，雖亦有仇家，卻不曾有任何危難降臨於晏家身上！究其原因，無非因為其父之劍法足以讓他人望而卻步。既然東奔西走亦永無寧日，何不讓自己之子習練武學，一旦有所成，也許從此便無須東躲西藏。心意一決，晏文便將其子送上求武之路。此後晏家倒平靜了一些日子，直到十年前晏文女兒晏搖紅在海邊救起一人後，晏家再度捲入了是非恩怨中！」

聽到此處，晉連的眼中閃過複雜之色。

晏聽看了晉連一眼，接道：「旗主是否覺得奇怪，為何我所說的事，與旗主十年前的遭遇如此相似？旗主也是十年前在東海之濱被救起，將旗主救起的亦是一少女，名為搖紅，只是救起旗主的少女搖紅是姓溫，而不是姓晏，是也不是？」

晉連的臉色忽然變得慘白如紙！

六道門老門主景睢若有所思地捋著長鬚，神情深晦莫測。

晏聰輕輕地嘆了一口氣，「旗主，你是否知道當年救起的女子其實不姓溫，而是姓晏？」

未等晉連回答，晏聰已接著道：「你當然不知道了。事實上六道門中知曉此事的唯有三人，一人是晏搖紅自己，另一人是在下，還有一人，則是門主蒼封神！」

他忽然直呼蒼封神之名，景睢吃驚不小，蒼黍勃然大怒道：「你怎敢直呼我父之名?!」

晏聰一聲冷笑，自顧道：「晉旗主當年依門主吩咐，前去與雄霸海上的聖水教交涉一事，孰料中途卻遭遇來歷不明的高手伏擊，重傷暈死，正好被晏搖紅遇見救起，正因爲此事，方有晉旗主娶晏搖紅爲妻之事，是也不是？」

晉連神情恍惚，對晏聰所言竟恍若未聞。

「晉旗主恐怕不知當年襲擊你的神秘高手，卻是六道門門主的安排！」說話者竟不是晏聰！此聲渾厚，聽似從容道來，卻有發聾振饋之效。眾皆一驚，連晏聰亦神色微變。循聲望去，卻見河面上不知何時已有船隻逆流而上，未見艄公，只有一人立於船頭，竹笠低垂，青衣飄揚，雖僅是負手而立，超凡氣度卻顯露無遺。

待過了石橋，船隻悄無聲息地滑出數丈，竟自行穩穩停於河中，任憑水擁浪逐而沉穩異常。

景睢乃六道門昔日門主，自有卓絕修為，見多識廣，目睹此情景，仍不由倒吸了一口冷氣。

但見以那船隻為中心，四周的水浪蕩開了一個一個大大小小的漣漪，在湧動的河水中仍清晰可辨，仿若無數盛開的鮮花，讓人嘆為觀止。

晉連雖深為船上青衣人的氣度風範所折服，但仍高聲道：「閣下何人？為何中傷我六道門門主？」

事實上，無論是晉連、蒼黍，還是景睢、晏聰，皆已猜知此人的身分。

果然，只聽得那青衣人道：「老夫便是不二法門元尊麾下四使之靈使！」

蒼黍身軀劇震！

不二法門所言從無偏差，不二法門所定決計，從無人能更改，這是武界共知之事。靈使在不二法門中地位尊崇，沒想到他竟直言蒼封神是襲擊晉連的主謀人！此說法委實讓人無法置信。

晉連道：「門主對在下恩重如山，又怎會襲擊在下？請靈使明察！」此言甚為客氣。

靈使喟嘆一聲，緩緩搖首，「晉旗主不妨先聽完丁聰所言。」

晉連與蒼黍相視一眼，方無奈地道：「也好。」

晏聰道：「六道門門主蒼封神襲擊晉旗主使晉旗主暈死之後，有意將晉旗主置於晏文父女平時經常經過的途中，從而使晏搖紅順理成章地救下了晉旗主。晉旗主傷癒返回六道門後，將此事告之門主，蒼封神便借機親自前往晏文家中道謝。六道門乃世所公認的正道門派，與晏家又向無瓜葛，晏文雖然一向對武界中人有所戒備，但對蒼封神卻並無提防之心……」

晏聽左一個「蒼封神」，右一個「六道門門主」，似乎已不再將自己視作是六道門弟子，對蒼封神更是甚爲不敬，景睢心中極爲惱怒，蒼黍更是怒火中燒，一直強自按捺。聽到這兒，卻再也無法忍耐，只覺一股熱血疾湧而上，沉喝一聲：「丁聰，你目無尊長，辱沒我父，太過放肆！」

「鏘……」之聲清越驚神，蒼黍赫然已拔劍在手。

但未等他有所舉動，右臂倏然一麻，幾乎無法把持手中之劍，耳邊傳來法門靈使之聲：「蒼公子少安毋躁！」

聲音平和卻自在有威嚴，蒼黍又驚又怒！他明白方才定是靈使遙遙出手，於鬼神不知之際給予自己警告，而自己根本不知靈使是如何出手的！他心中掠過陣陣涼意，躊躇片刻後，終冷哼一聲，還劍入鞘，臉色鐵青。

景睢心中暗嘆一聲，隱隱感到有些不安，他向靈使道：「蒼封神身爲六道門門主，包括老朽在內，所有六道門中人自是對他的安危十分牽掛，驚聞他遇害，我等意欲知道殺害他的兇手是何人，於情於理，皆是理所當然！想必靈使對此事亦有所知，若不吝賜教，老朽不勝感激。」

靈使字字清晰地道：「蒼封神欲殺丁小兄弟及另一個年輕人陳籍時，被陳籍重創，最後死於本使手下！」

此言一出，天地一片死寂。唯有「嘩嘩……」水聲在不間歇地沖擊著眾人的聽覺，沖擊著眾人的靈魂。

晏聰亦深為此言所震撼，雖然蒼封神最後的確亡於靈使手中，但即使靈使不出手，蒼封神也已性命難保，沒想到靈使竟不顧可能與六道門結下血仇，將此事大部分攬於自己身上。

心神激蕩之際，晏聰倏聞景睢厲聲長笑，笑聲破開重重夜幕，傳出極遠！

笑聲倏止，景睢嘶聲道：「靈使好氣魄，想必是自忖即使以六道門所有弟子之力，也無法奈靈使何了！」言語間，景睢鬚髮微顫，右臂空蕩蕩的袖管舞動更疾，顯然悲憤至無以復加。

「景兄言重了！其時若景兄身處彼時彼刻，亦會殺了蒼封神！」靈使平靜地道。

蒼黍厲吼道：「殺父之仇，不共戴天！」厲喝聲中，他整個人已如怒箭般標射而出，身形凌空之時，揚劍出鞘，遙遙直取靈使而去。

靈使一聲輕嘆，嘆息聲中，船頭水面突然「啪……」的一聲脆響，一道水鏈標射而起，以神鬼莫測之速破空而出，迎向蒼黍。

蒼黍之劍甫一出鞘，倏覺一股奇大的力道向手中之劍悍然衝擊而至，劍身頓時猶如注入了強大的生命力，無可把持。

蒼黍連人帶劍順勢倒飄，試圖化去那可怕的衝擊力。

但讓蒼黍驚駭欲絕的是縱然如此，他的劍所承受的壓力，竟沒有絲毫減輕，反而順勢而進，對他形成更大的壓迫力，刹那間，蒼黍的凌厲一擊竟被不可思議地瓦解。

蒼黍落地之時，只覺心中真氣逆亂，極爲不適，一時間竟不能有任何舉措，無形氣勢久久揮之不去，使蒼黍幾乎無法站立，一口熱血亦欲噴湧而出。

所幸此時景睢已將左手扶於他的肩上，沉聲道：「黍兒不可衝動！」看似安撫蒼黍，其實卻是在暗中以真力助蒼黍化去靈使的真力，蒼黍胸口之不適這才消退。

此刻，他才發覺自己赫然是立於原先所立的地方，彷彿方才他並無任何移動。

蒼黍頓覺冷汗涔涔，心中銳氣大減。此時他才明白，縱然他的武學劍法在武界年輕一輩高手已是出類拔萃，但與靈使卻有天壤之別。

景睢將方才一幕看得清清楚楚，靈使僅憑一注水鏈射於蒼黍的劍上，便如同一隻有千鈞之力的無形之手強力下壓。景睢心知以水鏈凌空射斷他人兵器已極爲不易，更遑論如靈使這般將一抹水位的威力發揮至毫巔之境。

靈使沉聲道：「本使知道若無足夠證據，六道門決不會相信本使所言！但有一人所言，諸位必會相信！」言罷，他已向岸邊漂來，若有無形繩索牽引，那船隱隱靠岸後，靈使竟向著他身後的船艙道：「今日你可以讓真相大白天下了！」

「唉……」一聲嘆息，自船艙中傳出，聲音幽緩，竟是一女子的聲音。

晏聰諸人皆為之一震。

淡淡月色下，一女子出現在船艙外，隨即舉步上岸，向「求名台」緩緩走來，邊走邊道：「景師祖、蒼兄弟別來無恙。晉連，你不會料到兩年後的今天，你我還會見面吧？」

聲音幽緩而低訴。景睢、蒼黍卻如聞驚雷，晉連更是神色劇變。因為，他們赫然發現這竟是晉連之妻的聲音！對於她的聲音，他們都熟悉至極！但，她豈非早在兩年前就已被害？

極度的驚愕之下，三人定神凝望，但見月色下的女子年約三旬，清麗楚楚，雖未能看得十分清晰，卻仍能感覺到她的憂傷與幽怨。

景睢等三人無一不認定向這邊走來之人，的確是本應於兩年前就已死去的晉連之妻！

「晉連，搖紅無論如何也不明白，你為何要加害於我？竟親手把劍刺向你的妻兒！」那女子越走越近。

突如其來的變故使晏聰目瞪口呆。

晉連嘶聲道：「妳究竟是什麼人？為何假冒我亡妻？」

不知爲何，他的聲音竟有些顫抖。

「咯咯咯……咯咯咯……」那女子忽然仰天淒聲而笑，笑聲中隱有無限悲恨，讓人不忍多聽。

笑聲漸止，那女子冷聲道：「你還有何臉面稱我爲妻？兩年前，因爲蒼封神答應會設法將本是傳給賀易風的掌門之位傳與你，你便依他吩咐，在離開六道門後，又暗中返回，在深夜以蒙面人的身分出現於我房中，挾制我兒，要我說出『大易劍法』的劍訣在何處。我擔心我兒性命，便將隱藏『大易劍法』的地方說出，你正待離去時，卻無意中被小師弟蔡列撞見，他攔截之時，你蒙巾失落於地，從而真面目暴露無遺！爲殺人滅口，你竟趁蔡列驚愕失神之際將他殺了！這時，年僅兩歲的橋兒大哭，你喪心病狂，竟將自己的親生之子橋兒也一併殺了，最後向我刺了一劍，見我倒地之後，你這才逃走！誰知天網恢恢，疏而不漏，你卻不知那一劍並未能取我性命，我之所以暈死過去，更多的是因爲太過悲恨！」

說到這兒，她的聲音變得更爲尖銳：「晉連，你好歹毒，竟連自己妻兒也能下此毒手！」

她忽「哧……」的一聲拉開自己的衣襟，厲聲接道：「你睜眼看明白了，這就是你在我胸口所刺的那一劍！」

晉連循聲望去，赫然看到她的胸前鮮血噴湧，已將衣衫染紅大半。

晉連腳下一軟，幾乎跪倒。

只聽森冷的聲音清晰無比地傳入他耳中：「橋兒才剛滿兩歲，你竟將他一劍刺死，可憐橋兒臨死時還望著你喊著爹爹……」

「撲通！」晉連突然跪倒在地，顫聲道：「我只殺了蔡列，橋兒之死與我無關……」月色下，他的臉色呈青白之色，臉上淚如泉出，身子似若怕冷般顫抖不已。

「唉……」只聽得景睢悲愴一嘆，道：「老朽久聞靈使之『破靈訣』能使真假虛實互易，察人心靈猶如洞燭，今日一見，老朽嘆服。可笑我六道門出此逆徒，猶自不知！」

「哧……」石橋上有四支碩大的火把同時亮起，將「求名台」的情景照得清清楚楚。石橋上，除了高擎火把的四名不二法門黑衣武士外，尚還有一輛馬車，馬車旁立著兩人，卻是戰傳說與尹歡。

聽得「破靈訣」三字，晉連激靈靈地打了個冷戰，心中猛然清醒過來，赫然發現眼前女子遠比亡妻年輕，而且容貌亦不相同！那女子衣襟撕開處，另有內衫，根本沒有方才所見到的淋漓鮮血。

晉連如墜冰窖！他已明白方才究竟發生了什麼事。

不二法門四大使者之靈使的武功已臻化境，其絕學「破靈訣」更是玄奧至極。靈使憑藉其強大的內力真元，對他人意志形成空前強大的壓迫力，為「破靈訣」之氣機所牽引。在其言語的誘導下，對方心靈之中便會幻現靈使在不知不覺中暗示存在之物，且逼真至極。

晉連便是在「破靈訣」之下幻象重生，誤以爲真是被自己親手殺死的妻子重生，失魂落魄之下，將自己的罪惡暴露無遺。

事實上，受「破靈訣」牽制的不僅是晉連一人，景睢、蒼黍、晏聰在此女子初出現時，所「看」到的女子，皆是晏搖紅！因爲他們都已在「破靈訣」浩然氣場的籠罩下，而且他們三人皆認識晏搖紅。

也正因爲他們三人有如此反應，才使晉連更不易察覺到自己已爲「破靈訣」所控制。戰傳說、尹歡便是這時同乘一車到達的，但此刻景睢、晏聰、蒼黍心神皆沉浸於幻象中，沒有人察覺到戰傳說二人的出現。

直到後來那年輕女子說晉連殺了自己的妻、子及師弟蔡列，並撕開自己的衣襟，晏聰三人方猛然醒悟過來。他們三人皆不知有此事，便不易爲「破靈訣」所牽制，眼前幻象頓消。

所以，當晉連被年輕女子胸前鮮血所驚懾時，他們三人卻並未「看到」這一幕。但三人亦已看出晉連神情古怪，甚爲蹊蹺，三人皆未出言提醒，直到晉連自己承認殺了蔡列、晏搖紅。

晉連猛然醒悟後，立知大勢已去，極度絕望之下，他驀然反向掠起，身形甫起，已有兩道冷風同時襲至，景睢、晏聰同時出手攔截。

晉連早已心神大亂，而景睢是他師祖，他如何能脫身？只覺腹部一痛，頹然墜地。未等他再有動作，已有無形氣勁淩空射至，晉連雙膝一麻，跪倒在地，再也無法起身。

出手者是靈使。

蒼黍神色陰晴不定。

景睢鬚髮皆顫，目眥欲裂，痛心疾首地道：「逆徒，速將所有罪孽一一說明，我可讓你痛快了結！」

晉連面如死灰，良久方道：「我一時糊塗鑄成終身悔恨，其實也已是生不如死！這兩年來，每天夜裏，只要一閉眼，我就會想到橋兒在臨死前呼我爹爹的情景，夜夜都會從噩夢中驚醒！我本以為『大易劍法』對晏家已無太多用處，既然以此劍法可換來六道門掌門人之位，那麼我依門主之計而行，又有何不可？沒想到，最後卻連累了三條性命……」

蒼黍將他的話冷冷打斷：「你口口聲聲說受我父親指使，但我父親的『六道歸元』神功名聲赫然，又何必為一套劍法費心勞思？」

晉連道：「時至今日，我又何必再說假話？一切皆如丁聽所言，當年我被晏搖紅救起，的確是門主的安排，不過，我亦是在兩年前那場變故之後才想到的。門主假借向晏家致謝之機，常去晏家，漸漸與晏文結下交情。後來門主提議要收晏搖紅為徒，晏文也同意了。在六道門中，搖紅與騰易浪情投意合乃眾人共知之事，但門主卻有意讓她與我成親，師命難違，搖紅從命了。成親之後，我與她相處並不和睦，這其中就有騰易浪的緣故。現在我才明白，這本就是門主要達到的效果，唯有我們夫婦不和，我才有可能依他之計而行，否則若是換了騰易浪，恐怕決不會聽從門主之言……」

聽到此處，老門主景睢只覺胸中憂悶難抒，怒火中燒。當年為對付九極神教，六道門傷亡慘重，他歷盡千辛萬苦，方使六道門中興，孰料自己一向信任有加的蒼封神，竟會做出此等事來。

心神激蕩之下，老門主老淚縱橫。

蒼黍神情陰鬱至極，他冷笑一聲道：「那麼，戰傳說親口承認殺了你妻兒及蔡列的人是他自己，此事又當如何解釋？」

「此人是與我一同做下此事的人，我按門主吩咐，與他在離六道門三里外的地方會合時，他已是蒙了面。後來，他挾制著橋兒向外退時，遇到了蔡列，我心知一旦讓同門知道此事，無論是門主還是其他人都會殺了我，門主殺我為滅口，他人殺我為除逆！加上蔡列與賀易風一樣，與我有隙，我便一狠心殺了他。這時，那人將橋兒扔與我說：你的兒子交給你吧。我趕忙接住，但觸手處卻一片溫熱，他……他竟在橋兒腹部刺了一刀……」

老門主景睢只覺眼前一黑，身子晃了晃，幾乎倒下。勉強站住後，他咬牙切齒地道：「不殺你，難泄我……心頭之恨！」

晉連古怪一笑，驀然拔劍，反手便將劍深深地刺入了自己的軀體中。

眾人目瞪口呆！

晉連吃力地道：「殺……殺我這種人，會髒了師……師祖的手，我本無傷害妻兒之心，以為……以為依計而行，不動刀劍，便可……成功。事……實上，卻傷了三條……性命，而門……主也並未在搖紅所說的地方……找到……劍訣。」說完，輕輕地搖了搖頭，接著道：「可笑……可憐，門主與戰傳說本是相互勾結的，六道門即使追蹤之術……舉世無雙，也不可能……追殺成功。如今賀……賀易風死了，門主……死了，我……也該死了，可恨戰傳說卻……卻還活著！」

他的身子一陣抽搐後，終於無力地向前撲倒。

晏聰望著晉連的屍體，緩聲道：「不知你在九泉之下，可有顏面見我姐姐？」

景睢的聲音顯得異常蒼老，曾經經歷那麼多風風雨雨，卻都沒有此次對這位老門主打擊更大！他長嘆道：「如此說來，你真實的姓名應是晏聰而非丁聰，你以丁聰之名進入六道門的目的，其實是為了查明你姐姐被殺的真相？」

老門主說這番話時，並無責備的語氣。

晏聰恭恭敬敬地道：「正是。」

老門主景睢道：「老朽曾聽說令尊晏文幼子在五歲時便遭了不測，現在看來，想必是令尊為避災禍有意佈下的假象。」

晏聰緩聲道：「不錯，家父在我五歲時便將我秘密送出拜師學藝，同時假意傳言我遭了不測，家父甚至爲我立了一座空墳，所以晏家所在的溫村皆以爲我已不在人世，由此亦瞞過了對我晏家的諸多仇家。兩年前，就在我姐姐遭遇不幸的同時，有武界人物在武陵晏家祖居出沒，因此顯然可知我姐姐之死，與『大易劍法』有關。因爲晏家早已約定，若是有人被脅迫說出『大易劍法』劍訣的下落，就說是在武陵故居地下埋藏著。同時在武陵故居附近有晏家的老家人看守，一旦發現有武界中人在故居出現，便及時向其他晏家人傳訊，早作防備。想必晉連、蒼封神曾前往我晏家故居找尋劍訣。」

景睢心中極不是滋味，晉連、蒼封神的所作所爲，可謂是六道門的奇恥大辱！

晏聰接著道：「我祖父當年創悟『大易劍法』後，的確曾將劍訣刻於晏家密室的石壁上，但九式劍法卻只刻了六式劍訣，尚缺三式，即使習成，也並無大用。所以兩年前我決定設法進入六道門查明我姐姐的真實死因時，將那六式劍訣也毀去了。也許，它真是不祥之物，我祖父、姐姐是因它而死，我雙親亦因我姐姐不幸遇害後過於悲傷，鬱鬱而終！家仇深重，不能不報，晏聰在六道門中曾深受同門眷顧，將永銘於心，但今日之事發生後，我將再難與同門共事，亦不能報答景老前輩對我之教誨，請景老前輩代六道門同道受我一禮！」

言罷，晏聰竟自跪倒於地，恭恭敬敬地向景睢施了大禮，觀者無不動容。

景睢攔阻不止，心中思緒萬千，忙將他扶起道：「其實本是我六道門愧對晏家，老朽豈敢受此大禮？」說完長嘆一聲，接道，「六道門亦無顏挽留你了，老朽唯有一言，但凡有老朽在世一日，六道門就決不會與你有一日為難。」

這時，那年輕女子已回到船上，靈使道：「至此一切皆已真相大白，蒼封神身為六道門門主，卻勾結他人，殘害門人，窺視晏家劍法，死有餘辜。晉連之死，亦是罪有應得。晏聰為家人報仇，雖然有欺瞞之舉，卻並不悖於情理。依我法門元尊所列武界『不二公法』……」

略略一頓之時，景睢、晏聰、蒼黍、尹歡無不恭然肅立，「法門元尊」四字對武界中人而言，便是無上尊嚴，僅憑這四字，就足以讓眾人心生敬仰之意！而靈使從容不迫之間，已使如此棘手懸案昭然洞揭，足以讓人深深為之折服，何況是不二法門四大使者共事的法門元尊？

靈使掃了眾人一眼後，接著道：「……蒼封神與晏家恩怨就此了結，蒼封神後人不得向晏家滋事尋仇，晏聰亦不必再入六道門。元尊聖明，洞察萬機，委派本使處理此事，本使依元尊佈置，終使此事有了一個了結，蒼封神亦是亡於本使之手，更是亡於天道——不知諸位對此事可有異議？」

眾皆無語，由此足見不二法門在武界中的威望如日中天。

蒼黍與晏聰相視一眼，表情皆有些複雜。蒼黍是蒼封神唯一後人，晏聰更是晏家唯一倖存者，靈使方才所言，其實便是針對他們二人。

靈使對身側的年輕女子道：「此事已了，我們便回去向元尊覆命吧……」

話音未落，忽然一人道：「靈使前輩請暫且留步。」

晏聰一怔，他已聽出說話者竟是戰傳說。

戰傳說本以為晏聰的處境必定十分不妙，所以在聽罷尹歡的話後，他立即決定趕至「求名台」，至少可以為晏聰做個佐證。尹歡勸阻不了，也許是擔心戰傳說的傷勢，便與之同赴「求名台」。沒想到當他們匆匆趕至時，卻見靈使已將此事從容解決。

靈使所顯露的驚世武學修為、絕世智謀以及他從容若定的氣度，皆讓戰傳說深深為之震撼，沒想到如此曠世人物提及法門元尊時，竟是恭敬得近乎頂禮膜拜，不由大為驚訝！他與晏聰、蒼黍等久聞法門元尊通神修為的同輩人並不相同，晏聰絲毫不以靈使對法門元尊的仰戴為忤，而戰傳說卻頗為詫異。

他忖道：「雖然此事處理得穩妥合理，但此事與法門的元尊又有什麼關係？」想到這一點，他忍不住脫口請靈使留步。

靈使的視線遮於竹笠之後，無法看出他此時的表情。只聽他以平靜的聲音道：「小兄弟，你是欲問本使戰傳說的事該當如何處置，是也不是？」

戰傳說一怔，他所問的，正是有關假冒自己的白衣劍客的事，沒想到靈使竟能一語點破，此事實是戰傳說心中揮之不去的鬱結。

當下他以實相告道：「正是。」

景睢對戰傳說、尹歡的出現本感有些蹊蹺，此時聽他插問此事，更是暗自揣度他們的來歷。

靈使哈哈一笑，道：「十日之內，不二法門必使此人授首！」言語間氣勢千雲，其絕對的自信讓別人無法對他所言產生絲毫懷疑。

晏聰、景睢皆面露喜色。

戰傳說卻微微一震。

雖然那白衣劍客假借他之名爲害江湖，使他不得不以假名「陳籍」示人，但若即刻取了那人的性命，戰傳說亦難以接受。他欲查出此人的真正用意所在，並將此事揭示天下！否則，他將永遠難以以自己真實的身分在樂土立足。一旦那年輕的白衣劍客被殺，此事豈非成了一個永遠的不解之謎？

雖然有如此擔憂，但戰傳說卻苦於根本無法將心中所想說出口。

靈使打了一個手勢，石橋上四名不二法門的黑衣武士心領神會，飄然掠上那艘船。船隻在眾人的目光中順流漂下，船上的火把照得水面上出現道道舞動的金蛇。

自始至終，靈使皆未認出與晏聰一道被救起的人，就是當年龍城龍靈關一役出現的少年，是真正的戰傳說，亦未告訴眾人重創蒼封神的人就是他。

對於這一切，戰傳說不知是喜是憂。

船隻越行越遠，「求名台」漸漸地重新陷於朦朧月色中。

不知爲何，眾人良久無言。

還是晏聰首先打破了沉默，他對景睢道：「景老前輩，在下有一事要提醒你。據我所知，蒼封神已將六道歸元武學傳與了戰傳說，賀旗主就是亡於六道歸元武學之下。蒼封神亦是因爲在下看出這一點，才要設法除去我的。在下擔心此人再以六道歸元之武學傷及無辜，使他人對六道門起疑，請景老前輩對此要多加留意。」

景睢見晏聰不計前嫌，仍對六道門事務善意提醒，心中頗爲愧疚，長嘆一聲道：「老朽代六道門多謝……晏公子了。」

蒼黍心中只覺鬱悶至極，父親終是父親，即使有百般不足之處，這也是不變的事實。但殺父之人卻是不二法門的靈使，絕無向其尋仇的可能！甚至連近在咫尺的晏聰，他也無法尋仇洩恨。他咬咬牙，「我父親葬於何處？」

問此話時，他並未正視晏聰。

晏聰並未動怒，而是平靜地道：「由此向西北方向前行十里左右，有一座廢棄的山神廟，便可在此山神廟後的空地上尋到。」

對於此事，戰傳說並不知曉，想必蒼封神下葬時他已暈死過去。當時晏聰受傷亦極重，多半是不二法門的黑衣武士所為。

蒼黍冷哼一聲，轉向景睢道：「師叔公，我離開九歌城已多日，需得儘早返回，容我先行一步，拜祭過先父後便回九歌城！」

景睢輕嘆一聲，道：「人死萬事休，你父有負天下，卻終對你有養育之恩——你去吧。」

蒼黍深施一禮後，翻身上馬，疾馳離去。

景睢心中無限蒼涼，喟嘆一聲，竟棄坐騎不用，孤身離去。腳步踉蹌，空蕩蕩的袖管在風中拂舞，備覺滄桑。

無人約束的兩匹馬在不安地踏著蹄子，發出雜亂無章的聲音。

尹歡一直未出一言，此時清咳一聲，打破沉默，對晏聰道：「晏兄弟，陳兄弟，你們的傷都沒有痊癒，請隨我返回隱鳳谷吧。」

晏聰道：「多謝尹谷主，只是我師父早已吩咐，一旦查明殺我姐姐的真凶，復仇之後，便需立即去見他。師命不可違，請尹谷主見諒。」

尹歡略一轉念，道：「既然如此，我亦不多加挽留了。」說到這兒，他自懷中掏出一個小瓷瓶，向晏聰走去，邊走邊道，「隱鳳谷的醫術在樂土也薄有名聲，此藥請晏兄弟隨身攜帶，內服外敷皆可，對傷處頗有益處。」

晏聰將瓷瓶接過，道：「尹谷主盛恩，晏聰必銘記於心！」

尹歡哈哈一笑，道：「尹某相信陳兄弟與晏兄弟日後必是非凡人物，能結識二位，實是尹某之幸，區區小事，何足掛齒？」

晏聰向戰傳說、尹歡揖手作別，亦逕自離去了。

待到晏聰的身形完全消失之後，尹歡在晉連身側來回踱了幾步，忽然喚了一聲：「可憐，可憐……」隨後便返回石橋上。

戰傳說忍不住道：「尹谷主所謂的『可憐』是指什麼？」

尹歡一笑，道：「生時是糊塗人，死後是糊塗鬼，豈不可憐？」他伸手把住戰傳說之臂，接道，「此事已了，不必再多加理會，陳兄弟只管好好養傷。」

戰傳說聞得尹歡身上有陣陣香風，後背頓時冷汗涔涔，陣陣發麻。

與「求名台」相去半里外的一座土丘上，晏聰正遙望著「求名台」這邊，借著月色，隱約可見隱鳳谷的馬車駕向隱鳳谷的方向而去。

他自懷中掏出尹歡給他的盛藥瓷瓶，在手中把玩了一陣，忽然自言自語道：「如果我真的用了這藥，只怕從此我所有的行蹤都在你的掌握之中了。你卻忘了我曾在最擅追蹤之術的六道門中待了兩年之久！」言罷，將手中的瓷瓶掂了掂，輕蔑一笑，揚手將之扔入了土丘前一道長滿了荒草的溝壑中，隨即揚長而去。

第六章　異訣破靈

車輪轆轆，迴響於空闊的原野之中。

戰傳說與尹歡各據車廂兩側，車夫駕車的技藝甚佳，月夜行車亦無太多顛簸。兩人的身形都籠罩於黑暗中。

尹歡道：「陳兄弟的朋友晏聰實是頗具智勇，他的處境本是十分不利，竟敢主動約見六道門的人，最終化險爲夷，殊不簡單。」

戰傳說嘆道：「此事可謂一波三折，蒼封神與晉連妻兒之事有關，本就有些出人意料，沒想到晉連自身亦是罪魁禍首！」

尹歡道：「陳兄弟是否看出此事大有蹊蹺之處？」

戰傳說不知尹歡問此言用意何在，沉默片刻後方道：「在下寡於見識，直到此刻，仍是想不明白不二法門靈使何以對此事能瞭若指掌。事實上，晏聰在六道門潛伏兩年，亦只是大致看出蒼封神與晉連妻兒之死有關，而未看出晉連與此事的干係，靈使卻做到了。

靈使輕聲笑道：「與蒼封神之死脫了干係，豈不更好？何況據我所知，陳兄弟於六道門只有恩而無仇，蒼封神恩將仇報欲加害於你，所以才會為陳兄弟所傷，這是他咎由自取，難道六道門還能因此而記恨於你？依我之見，明白真相後，六道門不會再繼續追究此事，因為這實是六道門不光彩之處。也許，唯有蒼封神之子蒼黍是個例外。」

戰傳說愕然道：「難道，他還會向晏聰尋仇？」

尹歡道：「據我所知，蒼黍是個沉穩內斂、少動聲色的人，但今夜所見，與傳聞卻大不相同。若不是傳聞有誤，那麼就是蒼黍欲以此假象使晏聰對他少了防備之心！」

戰傳說心忖：「若真如此，那麼真可謂是江湖險惡了！」想到晏家與六道門之間的種種莫測詭辯，又何嘗不是正好印證了此言？心中頗有感慨，一時反而無言了。

隱鳳谷。

外界通往遺恨湖的唯一通道中，依兩側山勢建有一座石樓，兩側有高達六丈、厚逾二丈的石牆，如石樓兩翼般向兩側延伸，直抵兩側山梁。石樓有人日夜值守，樓臺上高懸一隻巨大的燈籠，入夜便燃起，一旦有外敵入犯，值守者便立即熄滅燈籠，遺恨湖內的隱鳳谷弟子就可早作防備。

今夜在石樓上値守的共有十四人，爲首者是十二鐵衛中排名第十的古惑。

古惑身高不過五尺，形近侏儒，卻腰圓膀粗，性情暴躁，他所用的兵器偏偏是一杆比他身軀長出一倍的長槍，若是在山中行走，定然是只見長槍移動而不見人影。此刻他立於石樓上，其身材之低矮倒不會太過明顯。

相距半里的遺恨湖內，一如既往地亮著點點燈光，燈光與湖水相映，頗有綺目炫迷之色，讓人恍惚間以爲這不是一大武界門派，而以爲是聲色犬馬的場所。如此景致，倒與隱鳳谷谷主性情頗爲相符。

一隻夜鳥從石樓上檐飛過，發出陰鷙的叫聲。一隱鳳谷弟子向他的同伴說笑道：「若是這隻鳥亦中了什麼三皇咒，在你身上啄上幾口，莫不是你會連我也要殺了？」

那人道：「你又白又胖，那鳥兒要啄也會先向你下口。」

其他人亦是百無聊賴，當下紛紛插嘴，猛聽得一聲低吼：「閉嘴！」怒吼之人正是古惑。

古惑沉聲道：「谷主早已吩咐今夜他離開隱鳳谷後，我等應多加小心！」

「是！」幾人立時閉口不言了，心中皆暗忖道：「已過三更了，谷主亦應回來了吧？谷主此次未免也太過大意，十二鐵衛竟無一人跟隨於他身邊。」

正思忖間，忽聞馬蹄聲與車轅轆轆聲傳來，眾皆為之一振，循聲望去，只見前方有一輛馬車向這邊疾馳而來，正是隱鳳谷谷主所乘坐的馬車。即使是在月夜中，仍能讓人感覺到那馬車極度的奢華，與尋常馬車大不相同。

古惑一揮手，示意打開石樓之門，迎接谷主。

石樓下厚重的鐵門很快開啓，馬車亦越駛越近，接近石樓時，馬車的速度亦減緩了。

古惑與七名隱鳳谷弟子下樓相迎，石樓上僅留六人。

古惑等人剛下了樓臺，馬車已至石樓前。

這時，樓臺上留守的六人幾乎同時聽到夜空中響起輕微的振翅之聲，未等他們醒過神來，眼前倏然出現數道黑色弧線，以極快的速度射至！

已在咫尺之間，六人方看出那黑色的弧線是一隻隻疾飛而來的黑色鳥兒！他們腦中同時閃過一個念頭：三皇咒！

當六人不約而同摸向兵器時，卻已遲了，他們裸露於衣衫外的肌膚幾乎不分先後地被小鳥利爪所啄。

淒厲的鳴叫聲中，那些鳥兒在六名隱鳳谷弟子驚駭的目光中已振翅飛起，六人這才醒過神來。

難道，方才的戲言已成了事實？六人同時為三皇咒所襲擊？

想到雷大死前的情形，六人皆不寒而慄。其中一人忽然閃過一念，揮刀便向自己被啄了一口的左臂斬去。刀未及身，他的眼前突然一黑，全身力道在一瞬間消失得無影無蹤。

哼都未哼出一聲，他整個人已如朽木般轟然倒下，手中的刀重重跌落地上，火星四濺。

倒下的不僅只有他一人！與之一起留在樓臺上的另外五人亦不分先後地倒下，立時斃命！六人的性命就此消亡，卻連哼也沒來得及哼出一聲。

但拔刀之聲，以及人體倒地聲、兵器與樓臺地面的撞擊聲卻已驚動了古惑等人，古惑不由自主地轉首向上望去。

這時，馬車已穿過門洞，到達了古惑身邊。

冷風倏起！一團淒迷至極的冷光突然自馬車上閃現，並瀰漫於古惑身側。古惑臉上倏然一熱，是熱熱的鮮血！

血腥之氣突然將古惑完全籠罩其中，他未及伸手抹去噴濺於臉上的鮮血，便赫然發現身側的七名隱鳳谷弟子已悉數倒下，胸前都中了一劍。

一劍斃命！

奪去七人性命的是那團淒迷的冷芒！那團冷芒來自一把形狀奇特的劍，劍身有尋常之劍兩倍厚，兩側劍面則呈現出如水浪般的曲線。

此劍握於一個絕色女子手中！

古惑僅看了她一眼，便心神劇震，思緒亦出現刹那間的中斷。縱然是身處絕境，他一時亦忘了作出任何反應。

因爲他不曾想到在同一個人身上，竟會同時擁有驚世的容顏與驚人的冷漠！

她那剛健婀娜的胴體隱於一黑色緊身勁甲中，非但不會掩去其風姿，反而讓人不由自主會想像那黑色勁甲內是一副怎樣充滿青春活力的嬌軀。

她的長髮披散著，夜風拂動下，一張豔麗照人的臉龐時隱時現，她鼻樑高而略呈鉤曲，這使人感到她的堅強與冷漠。

更冷的是她的雙眼！

她的雙眼美麗而冷漠，就如同遠離人世間清冷的星辰，任憑世間冷暖更迭，亦於它無絲毫影響。

一個極冷、極美的女人，瞬息間已斃殺七人！這一切融合於同一個女人身上，給古惑一種極爲複雜、莫名的震撼。

那形狀奇異的劍再度揚起。

劍勢甫起，立時予古惑以極大的壓力，刹那間，他周身已完全在對方的劍勢籠罩下。

冷芒懾人！絕色女子的眼神更冷！

古惑只覺一種無可抵禦的壓迫使他如負千斤重荷，無論思緒、動作皆滯緩無比。

但他終是隱鳳谷身經百戰的十二鐵衛之一，與其朝夕相伴三十餘載的鐵槍倏然暴起，甫一出手，便已豁盡畢生最高修為。

那團冷芒卻更為炫亮！

古惑只覺手中鐵槍猶如驚濤駭浪中的一葉小舟般身不由己，莫可名狀的牽引力使古惑蓄勢一槍的驚人力道化為烏有。

幾聲輕微猶如微風拂動風鈴般「噹噹……」聲響後，一道勁風飛速切向古惑持槍的雙手。

古惑性情暴烈，悍不畏死，但此刻，他的悍勇之氣竟再也無從萌生。谷主的馬車內突然殺出這樣一位絕色女子，此事非同小可！古惑心知自身已難以倖免，但求能在被殺之前向遺恨谷內的人傳警！

但已遲了，一道涼意劃過他的喉間，旋即傳至全身，他的呼聲頓時被封於喉底，鮮血如箭般自他嘴中標射而出，古惑無聲立著。

「撲撲撲……」振翅聲中，九隻黑色的小鳥相繼落在了馬車的車頂。

小鳥的爪子上，赫然有極為精巧的錐形金屬套子套著，表面泛著幽幽藍光，顯然淬有劇毒。

取樓臺上六名隱鳳谷弟子性命的，正是鳥爪上的劇毒！

那絕色女子再未看古惑一眼，轉身回到馬車中。車前的車夫長鞭虛擊，馬車再度啓動。車夫的臉隱於一頂笠帽下，無法看清其面目。

馬車已去，古惑這才轟然倒下。

自始至終，不過只有短短片刻，十四條人命已悄然而亡！

樓臺上的大紅燈籠依然亮著，與樓臺上暗紅色的血光相輝相映。

戰傳說正在閉目養神，忽感車身一震，在車軸、車轅的摩擦聲中，馬車驟停，隨即聽得車前車夫道：「谷主，已到隱鳳谷石樓前。」

語音未落，便聽得有人高聲道：「來車可是谷主的車？」

車夫應道：「正是！快快將門打開！」

讓他大感意外的是，對方竟接著回話道：「煩請谷主親口吩咐，我等才會開門！」

戰傳說聽得尹歡淡淡地道：「是闕寇子，此人辦事向來小心謹慎。」由他話中，也聽不出是否有怒意。

隨即聽得尹歡沉聲道：「闕寇子，古惑何在？今夜在此值守的本當是他才對！」

闕寇子並未立即回話，只聽得他大聲吩咐道：「是谷主的車，速開樓門！」吩咐之後，方道：

「稟谷主，古兄弟已被殺！」

尹歡震怒之下，掀簾下車，便見恭謹儒雅的關寇子領著數名隱鳳谷弟子趨步迎上。遠遠望見尹歡，關寇子竟立即跪倒，嘶聲道：「谷主，半個時辰前，有人僞作谷主駕車混入隱鳳谷，已殺害四十餘名弟子！」

仍在馬車上的戰傳說乍聞此言，心頭劇震！

亡於石樓的十四人尚未來得及妥善處理，皆暫時並躺於石樓下。其中六具死屍全身浮腫糜爛，呈烏青之色，顯然是身中劇毒而亡，而剩下的古惑等八人則是亡於劍下。除古惑外，那七人的臉上所凝固的最後一抹表情都顯得很平靜，並無痛苦之狀，這說明死亡降臨的時間極爲短暫，他們來不及作出更多的反應，便已命喪劍下！

尹歡細細察看十四具屍體，心中暗道：「好可怕的劍法！」

關寇子語氣沉重地道：「犯我隱鳳谷者是一年輕女子，此人在谷主離開後，駕著一輛與谷主所乘完全相同的馬車進入隱鳳谷，想必古惑諸人是在毫無防備之時被殺，以至於未向其他兄弟傳警。此人得以長驅而入，屬下雖聞聲而動，竟仍未能截下此人，反而又折損了不少兄弟……」

「傷者又有幾人？」尹歡打斷關寇子的話道。

「唯有死者，而無一名傷者。」關寇子道。

戰傳說在一旁聽得此言，不由倒吸了一口冷氣。

好辛辣歹毒的劍法，竟唯有死者而無傷者！

這時，尹歡忽然緊走幾步，在一堆亂石後停下，蹲下身來，似有所發現。眾人循其目光望去，卻見他的腳邊有兩隻已死去的黑色鳥兒，鳥兒的軀體並不甚大，僅與喜鵲相仿，在兩隻小鳥的爪上，皆套有鋒利的以金屬打製的套子，表層泛著幽幽藍光。

這時，關寇子身側一隱鳳谷弟子道：「遺恨湖有幾位兄弟就是被這種鳥襲擊後中毒而亡的，沒想到牠們亦已送了性命！」聲音激動而不安。

尹歡站起身來，看了他一眼，冷聲道：「難道隱鳳谷的人竟連小小鳥雀也無法對付？簡直一派胡言！」

那人急忙解釋道：「屬下所言句句屬實！這種鳥絕非尋常鳥雀可比，其速之快，駭人聽聞，更異乎尋常的是，牠竟無鳥雀常有的畏怯！」

尹歡神色重現和緩，他微微點頭道：「襲擊我隱鳳谷者既然攜牠們而來，必然有其用意。本谷主相信這些黑鳥已被邪門手法作用，使牠們的生命力在短暫的時間內發揮至前所未有的極限，之後很快因耗盡生命力而亡。所以，在這些黑鳥的死屍上，都沒有傷痕！」

略略一頓，又接著道：「如果本谷主沒有猜錯的話，此事亦當是驚怖流所為！」

「襲擊隱鳳谷的女子臨去之時留下一言，稱此次只是……警告。三日之後，她將前來索取鎮谷寶物。若是……若是隱鳳谷有所不從，她將血洗隱鳳谷！」關寇子神情不安地向尹歡稟報道。

戰傳說心道：「不知隱鳳谷鎮谷之寶又是什麼？」

尹歡俊逸柔美的臉上竟笑意從容，他輕哼一聲道：「雕蟲小技，又如何瞞得了本谷主？依她僞作本谷主的馬車混入隱鳳谷的手段而論，此人多半不會再使詭詐之計。她說是三日後再來隱鳳谷，定是虛幻之言，意圖在隱鳳谷全力防備三日之後的襲擊時，她卻提早進襲，便可讓隱鳳谷措手不及——可惜這卻是枉費了心機。」

言罷，他負手徐徐踱了幾步，喃喃自語般道：「竟殺我四十餘人……」忽而停步，轉向戰傳說道：「陳兄弟可有應敵良策？」

戰傳說對武界門派之間的爭戰知之甚少，本待搖頭，忽轉而一想，道：「敵暗我明，對隱鳳谷不利，而且對方隨時可以出擊，隱鳳谷卻只能被動防守，亦是不利之局。若是隱鳳谷能主動出擊，也許更爲有利。」

尹歡緩緩點頭，卻道：「只是對方若真的是驚怖流的人，主動出擊的設想根本無從實現。因爲驚怖流猶如風中塵埃，分明清晰可見，卻飄忽不定，不可捉摸——關寇子！」

「谷主有何吩咐？」

「那女子闖入谷中之後，所取方向、目標是什麼？」尹歡道。

「因為樓臺這邊未曾傳警，所以讓她得以長驅而入，直至到達遺恨湖畔再次開始大肆殺戮時，方全谷驚動。我等謹記谷主吩咐，立即調集人手，守衛於遺恨湖之上。」

尹歡聽到此處，陷入了沉思之中，倏地眉頭微蹙，似有所悟地道：「人馬集結遺恨湖之後，對方是否便開始設法抽身而退？」

闕寇子有些驚訝，有些佩服地望著尹歡，道：「正如谷主所言！」

一直從容鎮定的尹歡，此時的神情忽然備顯凝重！

松柏蒼勁，紅楓勝火，莽莽叢林，無窮無際。

莽莽叢林中有一處絕崖，絕崖前是一個僅有二三畝大小的水潭，潭水清冽卻無法看見潭底情形，顯然此潭甚深。

水潭另一側是平緩的坡地，長有膝高的雜草密集叢生。坡地四周則是高大的叢林，秋風掃落的黃葉落在草叢上、水潭中，點綴著一片秋意。

草叢中，竟有一人盤膝而坐。此人身著一襲罕見的黃褐色衣衫，這本是一種流俗之色，但著於此人身上，竟有著別樣的氣度！他雖是坐著，卻仍給人一種偉岸如山的感覺，顯然此人甚為高大。

他的長髮披散於寬闊的雙肩上，將整張臉孔遮去了大半。身下左近數尺內的雜草皆無，想必他在此盤坐已時日非短。

他的左手握著的赫然是一把刀鞘，刀鞘橫擱於膝上。刀卻在他身前五尺之外，深深地插入堅石之中！刀身一片玄黑色，顯得幽幽發亮，黑得懾人心魄，彷彿此刀並非人世間所有，而是來自於一個神秘的空間。

天色昏沉，烏雲倏聚倏分，變幻莫測。

忽有風起！地面上的落葉隨風舞動，看似雜亂無章，卻是不約而同地向那玄黑色的刀飛旋而去，且越聚越多。但在靠近刀身半尺之距時，卻又如受驚之蝶般向外飛散，情形奇異。

落葉飄舞更疾，連黑色之刀周圍的草亦「沙沙……」而響。

就在此時，有「嗡嗡」刀的顫鳴之聲忽然響起！

顫鳴聲甫起，飛舞不止的落葉驀然破碎得四分五裂。一股更爲迅疾之風萌生後，席捲了更大的範圍，一時間十數丈內，草木翻湧，如海浪般起伏不息。

褐衣人的衣衫在風中飛揚，他的散髮亦不時被風吹得揚起，使其容貌得以乍現。這是一張極爲冷酷的臉，臉上的每一根線條都似若用刀刻出！剛硬的稜角讓人感到充盈了可怕的力量。

這種力量感與他臉上的滄桑揉合作一處，讓人難以準確判斷出他的年齡！那縱橫交錯的皺紋顯示出他年齡應在五六旬之間，但那似若隨時會迸發的力量感，卻又讓人不由會堅信他僅在三旬開外。

他低垂著雙目，神情沉寂如千年雕像。

刀的顫鳴聲越發驚心，猶如龍吟海嘯！一股強大的氣流透刀身而發，引動天地間自然之風，四周林木在風中搖擺不定。

褐衣人雙目倏睜，如同奪目的陽光破開重重雲霧乍現那般懾人心魄！

同一時間，那玄黑之刀的顫鳴聲亦驀然提升至無以復加之境，穿雲破日，高亢無比！

「轟……」一聲巨響，刀下岩石倏然爆開，碎石迸飛。

刀卻已沖天射出，快捷無匹，直入雲霄，無數草木碎石在刀勢的牽引下，亦拔地而起，循著刀勢的去向飛旋而起！潭中的積水驀然有一道巨大的水柱沖天而起，仿若整個水潭已在那一剎那盡數傾覆。

一時間，天地變色！視線所及，皆被半空中的水浪、草木所阻，只有那玄黑之刀竟仍清晰可見。

嘯聲倏起！褐衣人如巨鵬般掠空而起，其速之快，已至無形，空間的跨越竟只在一念之間，而不再受時間的涵蓋。

瞬息間，褐衣人已在驚人虛空中高擎玄黑之刀！

借著玄黑之刀那洞穿天地的氣勢，褐衣人自上而下，凌空劈出驚天地、泣鬼神的一刀！

刀破虛空，其軌跡飽含了天地至理，讓人頓生頂禮膜拜之心！通體玄黑之刀所過之處，竟有奪目光芒閃現，如同綴於刀身光芒四射的絲帶，極為壯觀。

氣勢迫人，吞天滅地的一刀電劈而下，刀勢在短暫的時間內越蓄越強，直至驀然爆發。

「轟……」當玄黑的刀身迸射出奪目豪光的那一剎那間，其空前強大的氣機竟牽引了在烏雲中蓄積的悶雷霹靂爆響！驚天動地的轟鳴聲中，一道奪目而淒厲的閃電劃空乍現，將天地間照得一片慘白。

驚雷響過，烏雲翻捲，狂風乍起，在山林中呼嘯而行。

在那片慘白光芒中，那蓄積了驚世駭俗力量的一刀，正以一往無回之勢劈向那道絕崖！

「轟……」的一聲巨響，其聲竟蓋過了雷鳴之聲！刀勢所及，絕崖自上而下出現了一道長達十餘丈的刀痕，碎石如雨飛濺，聲勢駭人。

褐衣人如天神一般飄然落下，擎刀而立！

「嘩……」暴雨以鋪天蓋地之勢傾灑直下，轉瞬間天地昏暗如夜，天地萬物皆融於重重雨幕之中。

暴雨在狂風的捲裹下，化作白色的氣霧，籠罩在萬物之上。

褐衣人一刀之下，竟憑空前強大的氣機，引來了風雷！

暴雨肆虐，褐衣人巍然不動，不世氣概顯露無遺。

但，縱然有引動風雷的刀道修為，他的眉宇竟仍是深深糾葛，任憑雨水不斷沖洗著他的臉，卻無法洗滌他心中的憂憤！

「沙沙……」他的身後有腳步聲響起，夾雜著草被拂過的聲音。

褐衣人目光一跳，隨即恢復了平靜。雨，順著他的刀身滑下、滴落，玄黑之刀此時彷彿經歷了一場洗禮，更顯幽亮。

「弟子晏聰向師父問安！」腳步聲停下時，響起一個年輕的聲音。

褐衣人眼中閃過一絲喜悅之色，迅速恢復了平靜。他緩緩轉身，只見身後有一年輕人恭然而跪，雨水早已將他的衣衫淋得透濕。他神容清俊，渾身透發著一股靈性之氣，正是剛與六道門分道揚鑣的晏聰！

褐衣人還刀入鞘，「在風雨之中還施什麼禮？我最恨繁文縟節，想必離開我兩年，你早已將我說的忘得一乾二淨了。」

晏聰道：「弟子豈敢？」這才站起身來，道：「弟子方才見師父竟已可憑刀氣引動風雷，暗忖環視當今武界，刀道修為，應是師父獨領風騷了。」

褐衣人聞得此言，竟神色一肅，沉聲道：「若為師的刀道修為真的可以獨步武界，就不必再居於這荒野之中了。」

晏聰對其師既敬且畏，見師父略有不忿之色，他再也不敢多說什麼了。

一間草廬，幾株疏梅，再加上廬中一些簡單用具，草廬外的一張石桌，這幾乎就是褐衣人生活的全部，一切都是那麼的不起眼，唯有他的人，他的刀，才是平凡、平淡之中唯一的亮點。

晏聰對在此生活了十一年的一切都很熟悉，但他心中又隱隱有絲陌生感，也許，是他的心境變化了的緣故吧。

晏聰爲師父備了幾個菜，又溫了一大壺酒，菜多是野味。褐衣人自斟自飲，晏聰亦倒了滿滿一碗酒陪著。

已是黃昏，風雨初歇，天空如洗，空靈清澈。鳥鳴蟲啾之聲時遠時近，若有若無。

晏聰道：「弟子歷時兩年，終於查明我姐姐被殺的真相。」

褐衣人微微頷首，卻未言語。

晏聰將事情的來龍去脈說了一遍，末了道：「與我姐姐之死有關的三人中，除戰傳說外，其餘二人皆已遭到了報應。」

褐衣人古怪地笑了笑，道：「你能確定此事真的與戰傳說有關？」

晏聰不解地道：「蒼封神與晉連尙難確認，至於戰傳說，卻是他親口承認的，難道還有可疑之處？」

褐衣人搖頭反問道：「親口承認的事就一定是真的嗎？」說到這兒，他端起酒一飲而盡後，望著晏聰接道：「你自從五歲起便跟隨著我，但我卻一直未將真實身分告訴你，現在，我便要將真相告訴你。」

略略停頓後，他聲音低沉地道：「你在六道門的兩年時間中，可聽說過『顧浪子』此名？」

晏聰點頭道：「傳說此人年輕時武學修爲出類拔萃，卻放蕩不羈，犯下了不少武界公案，最後被大俠梅一笑所殺。至於其中詳情，弟子卻並不知曉。」

褐衣人哈哈一笑，笑聲中有種說不盡的蒼涼！笑罷，他忽出驚人之語：「其實，顧浪子並未被梅一笑所殺，他仍活在世間，只是此事鮮有人知而已。」

晏聰失聲道：「怎會如此?!」

褐衣人道：「正是如此。因爲，爲師便是顧浪子，放蕩無羈，犯下了不少武界公案的顧浪子！」

晏聰不啻於乍聞晴天霹靂，怔愕之餘，他惶然立起，道：「弟子出言不遜……」

話未說完，已被顧浪子截住話頭：「爲師若會因此事責怪於你，那麼就不是顧浪子了。何況你尙年輕，當年的事，你也只能由他人口中得知。舉世之間，也許唯有梅一笑方真正瞭解我，可惜他卻力戰千異而亡了。」

顧浪子神色間有無限緬懷之情，世人皆道顧浪子是被梅一笑所殺，誰又曾料到顧浪子非但活著，而且他最爲掛懷的人就是梅一笑？

他長嘆一聲，接道：「轉眼已十九年光陰流逝！如此漫長的歲月，萬事更易，本就撲朔迷離的江湖恩怨必然更難捉摸，一切的真相都會被掩得嚴嚴實實，何況梅一笑曾親口承認是他殺了我，那世人就更難知真相了。」

晏聰忍不住道：「梅前輩爲什麼要那麼做……」後面似還有言語，卻在略一遲疑後打住了。

顧浪子望著他，道：「梅一笑之所以這麼做，是爲了救爲師。」

晏聰大爲錯愕，但很快便醒悟過來，若有所思地道：「不錯，我明白了。如果一個人置身於極度危險中，要救他的最好辦法就是讓世人相信此人已死亡，因爲世人決不會對一個死亡的人再多加留意──我爹爲了使我不重蹈家人覆轍，就是這麼做的。」

「正是如此！梅一笑願意幫我，實是冒了極大的風險，因爲當時欲取我性命之人，是在武界中有至高無上聲望的不二法門！」

對於這一點，晏聰早已有所耳聞，倒並無驚訝之色。

顧浪子接著道：「梅一笑爲了救我，得罪了我們顧家。可陰差陽錯的是，爲師的一個姐姐與梅一笑在一次偶然的機會中相遇，從而雙方都萌發了情愫。這樁親事，顧家自然不會答應。而我還活在世上這一事實，則是連家人也不宜告知的，否則難免走漏風聲。在家人眼中，我是一個敗壞家風、爲世人所不齒的人，但要讓我姐姐與殺我的仇人結合，他們也是萬萬不會應允的！梅一笑乃絕世高手，他的一舉一動無不備受世人關注，此事自然也是萬眾矚目。梅一笑見顧家執意不應允，只好借機將我姐姐帶走，欲退隱江湖。」

說到這兒，他將晏聰爲他添滿的一大碗酒一飲而盡，略略提高了聲音道：「爲師一生中，最敬佩的人就是梅一笑！爲師敬佩他，不是因爲他的劍道修爲已臻化境，甚至亦不完全是因爲他願救我，更多的是因爲他可以爲了我姐而拋棄他的『大俠』名聲！在世人看來，梅一笑爲我姐之故與顧家結怨，後來不二法門插手過問此事，理所當然又與不二法門結怨，這番作爲，最多只能算是個風流浪子，何堪『大俠』二字？卻不知至情至性才是『俠』之根本！照我看來，世間多的是媚諂之徒，虛妄之人，他們總是在世人的眼光中戰戰兢兢地活著。被世人視作大聖大俠者，其實都與傀儡無異，日日做著違心之舉，試問有幾人能如梅一笑這般置千萬人的目光於不顧，做自己願意做的事？」

心神激動之下，「砰……」的一聲，指間無意識中用力過大，酒碗頓時裂了。

晏聰追隨顧浪子十數年，只知其師一向沉默少言，從未如今日這般健談。

晏聰常常暗自揣度師父的真實身分，推測他是哪位隱世高人，卻從未想到自己的恩師會是顧浪子。與師父共處十數年，晏聰憑直覺相信世人對師父的評價有失偏頗，但爲何舉世皆對師父有所非議呢？不二法門又是出於什麼原因要取師父性命？

自從因蒼封神之死見到不二法門靈使之後，晏聰對不二法門的信任與尊崇已備深。僅是法門元尊麾下的靈使，便已有萬眾懾服之氣概，那法門元尊又將是怎樣一個如神般的人物？

沒想到此刻對他有十數年養育教誨之恩的師父卻是不二法門要對付的人，那恩師與不二法門之間，究竟孰是孰非？

對晏聰而言，兩者本都不應該存在絲毫疑慮之心！他的心中不由一陣茫然。

顧浪子神色漸漸平靜了一些，他道：「爲師將這些事告之於你，就是要讓你明白，親口承認的事未必一定就是真的，包括親口承認自己殺了人！」

晏聰恭然道：「但此事又有些不同，除了戰傳說自己親口承認外，蒼封神及晉連都指出戰傳說與我姐的被殺有關。」

「爲師明白你的意思，其實爲師所懷疑的是另一件事，那便是自稱戰傳說的人，並非真正的戰傳說！」

晏聰怔住了，半晌過後方道：「若是如此，那麼真正的戰傳說爲何不現身揭破這一謊言，說明真相？而假稱自己是戰傳說的人，其用意又何在？」

晏聰並無詰問恩師之意，他所說的，的確是其心中的難解疑團。最讓他吃驚的是，師父爲何會對「戰傳說」身分的真假起疑！

顧浪子沉思了片刻，「你可記得四年前，爲師曾獨自外出達一月之久？」

晏聰點了點頭。

顧浪子道：「爲師離開此地時，正是刀客千異挑戰樂土武界之時。我之所以關注此事，是因爲千異的刀道修爲震撼樂土，連九歌城蕭九歌亦敗於他手。身爲刀道中人，我不能對此置若惘聞，錯過見識絕世刀法的機會。當我趕至龍靈關時，正是梅一笑出戰千異之時。梅一笑的『龍翔九式』傲視武界，與我相比，只高不低，既然他已出戰，我出不出戰已不重要，沒想到最終梅一笑也敗亡於千異刀下！」

說到此處，他眼中閃過難以掩飾的痛苦之色，聲音低沉地繼續道：「雖然明知梅一笑也不敵千異，我即使出戰也絕對占不到任何便宜，但我心中已決定必要與千異一戰！因爲我不能置梅一笑被殺於不顧！正當我作出這一決定時，卻有兩個人出現了……」

「是——戰曲父子？」晏聰低聲道。

「正是。戰曲、戰傳說出現後，我深深地感受到了來自戰曲身上那凌駕於芸芸眾生之上的不世氣勢。那種氣勢並非咄咄逼人，卻讓人自然萌生仰視之感，讓人感到他是不敗之神！我相信他是爲千異而來，更相信樂土若只有一人能勝千異，那麼必是眼前此人！此人正是後來讓整個樂土震撼的戰曲！在見了戰曲後，我決定不出手挑戰千異。我是親眼目睹殺了梅一笑的千異被戰曲擊敗，退出樂土。沒想到最終不二法門雖判戰曲獲勝，但他們二人卻同時消失無蹤！

戰曲雖消失無蹤，但他的兒子戰傳說仍在。與樂土所有人一樣，我對戰曲、戰傳說產生了極大的興趣，而且因為梅一笑的緣故，我對戰曲父子自然更為關切。龍靈關一役後，照例是不二法門將獲勝一方送到獲勝者願去的地方，以免敗者伺機報復。只是這一次情況特殊，戰曲雖勝卻了無蹤跡，所以不二法門所送之人不是戰曲，而是戰曲之子戰傳說。

但我懷疑這僅是不二法門的一個藉口，其真正目的，是要借此機會查明戰曲父子的來歷。畢竟戰曲的武學修為幾乎是除法門元尊外的第一人，在此之前，世人對戰曲卻一無所知，這其中也許會隱有某種不為人知的秘密，不二法門對此事不能置之不理。

誰也不會想到，戰傳說所要去的地方竟是西部荒漠！不二法門當然不會因此而推卻，我亦在暗中悄悄跟隨他們一行人……」

聽到此處，晏聰心中思忖道：「師父為何要暗中追蹤他們？追蹤的目的，是為了戰傳說，還是為了不二法門？」

顧浪子並未留意到晏聰的神情，他接著道：「進入荒漠後，詭異莫測的事便接連發生了。先是不二法門的六名黑衣騎士遭到襲擊，當時正值荒漠狂風暴雨大作，我亦不能看清襲擊者的身分。最後，戰曲之子戰傳說及唯一倖存的一名不二法門黑衣騎士僥倖逃脫。當時他們的情形無疑極為危險，我正待現身勸他們折回樂土時，忽然與他們幾乎是在同一時間發現自己竟在不知不覺中到達了異域廢墟的邊緣！」

聽到「異域廢墟」四字，晏聰的臉上有了複雜駭異之色。也許，他記起了祖父晏道幾正是誤入了異域廢墟之後，才創悟出「大易劍法」，從而使晏家遭遇了一連串的災禍。異域廢墟對晏家而言，就如同一個揮散不去的噩夢。

「在異域廢墟邊緣，戰傳說二人再度遭到攻擊，這一次，我出手救了戰傳說，而那名不二法門的唯一倖存者卻沒有倖免遇難。救出戰傳說後，我本欲護送他返回中原，但戰傳說卻執意要前往荒漠中的一座古廟，我沒有料到他幾次遭遇襲殺，竟仍不肯退縮，於是我就答應了他。其實，與他分手後，我並未離開，而是繼續追蹤他的行蹤。戰曲擊敗了千異，而千異殺了梅一笑——這正是我甘願遠涉萬里進入荒漠暗中保護戰傳說的原因，而他的百折不撓更讓我堅定了保護他的決心！最終，他果然找到了一座廟，一座極為神秘的古廟……」

說到這兒，顧浪子的臉上忽然有了古怪之色，他的聲音變得緩慢而低沉，似乎是怕驚醒了什麼。

「這是一座石砌的廟，事實上，若非知情者，沒有人能看出這是一座廟。因為它與樂土的任何廟宇都不相同。戰傳說進入這座神秘的廟宇之後，就再也沒有出來。」

「師父等了他很久？」晏聰低聲問道。

此時，夕陽已隱於山後，暮色漸升，虛空中浮動著如霧一般的東西，那並非塵埃，也並非水流，也許只是晨昏中光線的一種存在形式。它使得顧浪子、晏聰的身影都有些模糊不清，聲音亦如這流質般在虛空中飄浮不定。

顧浪子長長地吁了一口氣，半晌方道：「不是很久，而是整整十天！」

「十天？」晏聰失聲驚呼，「難道，十天之後，師父仍未見戰傳說離開那座廟宇？」

顧浪子沉聲道：「爲師非但未能看到戰傳說離開古廟，而且親眼目睹了古廟的憑空消失。」

「啪啪……」一聲脆響，晏聰手中的竹筷失手落地。

晏聰絕非沉不住氣的人，但當他聽其師說到古廟憑空消失時，仍是大驚失色，以至有些失態了。

僅僅只是聽師父顧浪子轉述，晏聰心中的驚愕已難以言喻。他無法想像，若是自己親身經歷目睹了那一幕，將是一種怎樣的震撼？

兩人皆久久無語。

良久，顧浪子方喟然一嘆，道：「其實，爲師之所以能在古廟附近暗自觀察那邊的情景，實屬機緣巧合，否則爲師的行蹤只怕早已被發現，多半會遭遇不測。」

晏聰大惑不解，忖道：「以師父的武功，即使被人察覺行蹤，至少也能全身而退，武界中又有幾人的武功能凌駕於師父之上？」

顧浪子已猜知他的心思，道：「你定是覺得為師誇大其詞。唉，先前我對自己的武功也極為自信，但自從進入荒漠後，我忽然發現事實並非如此。就在我追蹤戰傳說在古廟附近潛伏後不久，便聽得數十丈外響起了金鐵交鳴的廝殺聲，隨即便有五六個正在混戰中的身影出現於我的視線範圍之內。其中一方僅有一人，此人的修為，也許比我高明許多。」

晏聰心中之震駭可想而知，他知道以師父的武學修為，即使與梅一笑、蕭九歌這等武界絕世高手相比，亦不遑多讓。那麼，比師父的武功高明甚多之人，又會是何人？其武功又達到了一種如何可怕的境界？

「圍攻此人的人修為絕對不俗，足以躋身絕頂高手之列！後來我才知他們是在古廟周圍警戒的人，連比我武功高明甚多之人都未能躲過他們的視線，何況是我？只是那慘烈的一役後，這些負責警戒的人雖然擊退了那武功奇高者，但他們亦一無例外地受了重傷。正因為這一原因，他們退回古廟時，因功力打了折扣，所以才沒有發現我。他們一行人退回古廟後不久，便見有一團淡黃色的霧氣漸漸瀰漫於古廟四周，並且越來越濃，我正暗感蹊蹺時，那濃霧卻又慢慢地消散了。但是，濃霧消散之後，古廟已憑空消失得無影無蹤，不留一點痕跡！」

晏聰忍不住激靈靈地打了一個冷戰，若說戰傳說進入古廟後憑空消失尚且有可解釋的可能，那麼整座古廟憑空消失，卻讓人絕難置信。

但師父所言又豈會有假？晏聰茫然無所適從。

顧浪子站起身來，遙望綿延不絕的群山，緩緩踱步道：「我一生中經歷的奇事可謂不少，卻從未有一事能讓我吃驚至此。為了查個水落石出，同時也是為戰傳說的安危考慮，我在那附近一帶又整整守候了十天十夜！當年為躲避不二法門的追蹤，我已習慣了在極度困難的條件下生存下來，所以潛伏十日十夜對我來說，也並非不能做到。但是最終，我再也未見到消失的古廟重現，戰傳說自然也不知所蹤了。」

「莫非，那古廟與異域廢墟有關？」晏聰疑惑地道，異域廢墟本就是一個極為神秘的地方，晏聰作此推測，自在情理之中。

顧浪子道：「若古廟與異域廢墟有關，那麼便等於說戰曲父子與異域廢墟有某種關聯。但從戰傳說的出現，直到進入古廟時的表情言行來看，他與異域廢墟應無甚關係。」頓了一頓，略略提高了聲音道：「無論此事的真相如何，至少憑直覺，我相信戰傳說決不應是濫殺無辜的人。更重要的是，戰曲的武功雖然已臻驚世駭俗之境，但不知何故，戰傳說的武功卻並不甚高明。對於這一點，也許知情者除我之外並無幾人，因為護送他進入荒漠的六名不二法門黑衣騎士皆已身亡。但據後來樂土的種種傳言來看，當我尙守候在古廟四周時，戰傳說的身影卻已出現在與此相距千里之外的禪都左近，這已是不可思議，更不可思議的是，戰傳說的武功劍法極爲高明，四年前便擊敗過『十日門』的副門主！在世人看來，既然是戰曲之子，戰傳說有高明的劍道修爲是再正常不過的事，但事實上，這恰恰是一個很大的疑點！」

晏聰忽然察覺到一點，那便是師父顧浪子對戰傳說的關注程度，遠在他的想像之外。

「戰曲身懷絕世劍道修爲，難道會不曾傳授其子戰傳說？這於情理不合。『大易劍法』固然詭異玄奇，但未必比戰曲的劍法更爲高明，戰傳說又何必捨近求遠，爲『大易劍法』而殺六道門的人？既然是蒼封神與戰傳說勾結，那麼蒼封神要掩蓋戰傳說是真凶這一事是輕而易舉的，一旦做到了這一點，便等於保全了他自身，即使你對你姐姐被殺之事起疑，恐怕也難以查明真相。」

晏聰的心有所觸動，沉吟道：「蒼封神、戰傳說並未得到大易劍法，但戰傳說卻已能夠輕易對付六道門賀旗主等三人的圍攻，這其中亦有古怪。」

顧浪子道：「所以爲師推測，如今自稱『戰傳說』的人並非真正的戰傳說。真正的戰傳說在進入古廟後，也許失蹤了，也許他已——被殺！」

「弟子不明白的是，即使一切如師父所推測，那冒充戰傳說身分之人的目的又何在？」晏聰惑然道。

顧浪子神色凝重地道：「雖然我已有所猜測，但尚不能確定自己的猜測是否正確。其實，要看清一件事情的目的何在，只需看它所達到的結果便可推測。」

晏聰似乎突然記起一事，道：「不二法門靈使已決定在十日之內取戰傳說的性命——自然是指尚未能確定真假的戰傳說。」

顧浪子本是負手背向晏聰，聽得此言，他的身軀微微一震，緩緩轉過身來，望著晏聰道：「此言當真？」

晏聰點了點頭。

顧浪子緩緩踱開了步子，陷入了沉思之中。

一輪弦月悄然將銀色的光輝灑向人間，白天顯得高峻聳然的群峰，在月光的映襯下，也變得曲線柔和了許多。

萬籟俱寂！望著四周熟悉的景致，晏聰忽然心生無限感慨。

因「大易劍法」之故，晏家家破人亡，晏聰因此而在這崇山叢林中度過了他的童年、少年，而因「大易劍法」而引起的風風雨雨，似乎還未能結束……

他的思緒很快被顧浪子的話打斷了：「依你看來，戰曲父子二人最能引起世人興趣的是什麼？」

晏聰不假思索地道：「應是戰曲的曠世劍法！」

「不錯，但若是戰曲早已名揚樂土，而不是在四年前龍靈關一役突然橫空出世，那麼他的劍法會讓世人如此震驚嗎？決不會！其實樂土武界最感不可思議的是，戰曲既然有淩駕於劍道之巔的劍法，何以在此之前一直默默無聞？他的劍法究竟由何而來？在他的身後，是否還有如他一般不爲世人所知，卻身懷曠世修爲的絕頂高手？確切地說，世人最關注的其實是戰曲父子的身世來歷！」

晏聰心中豁然一亮，脫口道：「弟子明白了，如果自稱戰傳說之人有詐，那麼其用意便在於引出戰曲、戰傳說父子二人身後的人，以查明他們的身世！」

顧浪子很肯定地道：「想必在這十日之內，戰曲父子二人身後的人將會在樂土出現，也許戰傳說的身世可借此機會解開。不二法門靈使揚言在十日內要取戰傳說性命，無疑能促使戰曲、戰傳說所在的門派、家族採取一定的對策，而不會坐視不理。」他話鋒一轉，又道：「也許，我們這一番推測全都毫無意義，那自稱戰傳說的人或許就是真正的戰傳說。」

「四年前戰曲前輩與千異一戰時，不二法門四大使者皆在旁觀戰，當時戰傳說亦在場，以四大使者的修爲，戰傳說是真是假，他們當能一眼識破。」

顧浪子只是隨意地點了點頭，轉而道：「在六道門的兩年中，你可使用過我的刀法？」

晏聰道：「弟子一直不敢忘記師父的叮囑，即使與蒼封神作戰時，弟子也沒有用師父所授的刀法！」

顧浪子道：「我之所以不讓你顯露我的刀法，倒並非僅僅擔心我還活在世上的事被人察覺，更是不願讓你被我的刀法所牽累。一旦六道門中人看出你所習練的武功是我傳授，那麼你根本無法在六道門中繼續容身，當然更不能查明殺你姐姐的真凶了。」

他再度在石桌旁坐下，自酌自飲。

顧浪子出身樂土豪門天闕山莊，天闕山莊富甲南方，錦衣玉食，寶馬香車，顧浪子自幼便司空見慣。天闕山莊之豪闊天下盡知，莊內幾乎日日高朋滿座，顧浪子身爲獨子，自小便備受呵護，其父顧滿庭對愛子寄予了厚望，希望他能支撐天闕山莊的大業。

不料顧浪子年少時便性情不羈，武學天分甚高，短短數年間，便盡得天闕山莊刀法精髓，但他在酒館、賭場中的名聲卻遠逾他刀道修爲爲他帶來的名聲。其巔峰之舉，便是與十二名酒事豪客車輪大戰，飲盡一家酒館所有藏酒，復入賭坊中酣戰一夜，輸盡十萬白銀。從此，「浪子」之名不脛而走，世人只知「顧浪子」之名，而忘了他真正的稱謂。

天闕山莊大業在顧浪子眼中，尚不如一杯美酒、一位佳人重要，所以，縱然他的刀法日進千里，但在同道眼中，仍不過只是一介不羈浪子。青樓夢好，深情款款，二十四橋仍在，波心蕩，冷月無聲，富貴佳人皆已成雲煙，雖然猶可長醉，但今日醉意，可如當初？

對顧浪子而言，他本決不會收留弟子，只是晏聰之父晏文迫於無奈，在晏聰僅五歲時，便爲其子修建假墳墓以避過災禍，這使顧浪子想到了自己亦是迫於無奈，在梅一笑的相助下，借「死」隱身。相似的際遇使顧浪子對晏聰起了惻隱之心，才會接受晏聰為自己的弟子。

在淡淡的酒意中，顧浪子心中閃過了一幕幕往事。當他從沉思中回過神來時，不由感慨萬千地嘆了一口氣，道：「自從四年前龍靈關一役後，為師感觸良多。在那一役之前，我本自信普天之下，能超越我的人僅寥寥幾人，沒想到不僅梅一笑的修為決不遜色於我，更有戰曲、千異的武功逾越於我之上。而後西入荒漠，又屢遇強手，那時方知從前的自信自負實是可笑。以我當時的刀道修為，尚未是重現武界的最佳時機，於是這四年來，我再度苦悟刀道，終將天闕刀法演化為更具威力的『無缺六式』。他日一旦你對我的『無缺六式』有所成後，我便再無後顧之憂，可現身江湖，將與不二法門之間的恩怨作一個了斷。」

晏聰心中忖道：「不知師父與不二法門之間究竟有著什麼樣的不解之仇？為何江湖傳言此事與一個女子有關？」

在不知師父就是顧浪子之前，晏聰對這種傳言倒有些信了。但知道師父的身分後，他卻寧可相信這是謠言，師父決不會僅僅為兒女之情而有違武道。

晏聰有心相問，但對師父素有的敬畏使他終是未能啓齒。

隱鳳谷遺恨湖。

戰傳說萬萬沒有想到，遺恨湖湖面的三十六間外觀相同的水舍，其內部區別竟如此之大。此時他所在的水舍佈置得極為精緻，與先前他所在的水舍的簡陋有著天壤之別。

尹歡似乎看出了戰傳說的心思，他道：「其實遺恨湖中的三十六間水舍是依照一陣法佈置的，各水舍在陣法中所起的作用不同，內部結構自然也有所不同。」話止於此，便不再深說，忽話鋒一轉，道：「尹某有一事欲與陳兄弟商議，卻不知陳兄弟能否答應？」

戰傳說懇切地道：「我的性命都是尹谷主救下的，谷主但說無妨。」

尹歡道：「尹某就以實相告吧。此次偷襲本谷的神秘女劍客，十有八九是驚怖流的人。驚怖流之可怕，世所盡知，加上此次他們已借我離開隱鳳谷之機乘隙而入，窺破隱鳳谷虛實，想必不日即將來犯。實不相瞞，以我隱鳳谷的力量，最終定然抵擋不了驚怖流，既然如此，尹某欲早作安置。陳兄弟挫敗蒼封神，其劍法之卓絕可見一斑，可惜今日卻傷勢未癒。與驚怖流一戰，必是一場死戰，尹某身為谷主，斷無退卻之理，但尹某卻欲讓我胞妹與陳兄弟一道先行離開隱鳳谷，舍妹醫術不在我之下，可照料陳兄弟傷勢。至於讓舍妹先行離開的原因……唉，傾巢之下，必無完卵，讓舍妹先行離去，無非是想保住尹家一脈，此事我已作了妥善安排，必不會有何差錯。」

戰傳說一時倒不知如何回答是好，若是尹歡僅是讓他一人先行離去，那倒無為難之處。時至今日，他仍不明白自己何以能擊敗蒼封神，對自己的武學修爲，戰傳說心中自知，尚算不得「卓絕」，何況如今又傷勢未癒，留在隱鳳谷，對隱鳳谷亦無絲毫作用，也許反而會牽累隱鳳谷。但尹歡卻提出讓他與尹恬兒同行，這便讓戰傳說有些不知所措了，心忖自己亦是猶如漂萍，無立錐之地，又如何能照應他人？

正自躊躇間，忽聞有人道：「多謝二哥一番美意，只是二哥平時一向自視甚高，何以今日驚怖流尚未大舉進犯，便已作了敗退的打算？」

竟是尹恬兒的聲音！

戰傳說聽得她的聲音，心中頓時一寬，他已聽出尹恬兒顯然並不同意尹歡的安排。

尹恬兒娉婷而入，如星月般的美眸先是深深地望了戰傳說一眼，眼神複雜莫測，與第一次見到戰傳說時的不屑輕蔑已決不相同。隨後她的目光才轉向尹歡，語氣平淡而堅決地道：

「驚怖流縱然可怕，但我尚不致聞風而退。隱鳳谷巍然不動數十年，何以經不起風吹草動？恬兒不知二哥作此打算是否另有深意？」

尹歡哈哈一笑，道：「二哥只是擔心妳有個什麼三長兩短，無法對父親交代而已，何嘗又有什麼深意？」

戰傳說見他們兄妹二人一直貌合神離，暗自驚訝不解。

尹恬兒淡然道：「既然如此，那麼二哥便無須再爲我勞心費神了。因爲爹已吩咐下來，讓我等必須與隱鳳谷共存亡！」

第七章　傳說一戰

尹恬兒語氣平淡，尹歡卻神色一變，輕哼一聲。半晌方道：「若不是他始終不信任我，隱鳳谷又何嘗會陷入今日這般被動局面？」

尹歡口中的「他」自是指其父，戰傳說見尹歡似乎對其父甚有怨言，不由暗自納悶，「原來他們的父親尚健在，卻不知為何早早地就將谷主之位傳與尹歡？」

尹恬兒幾乎是針鋒相對地道：「二哥何以如此肯定隱鳳谷已陷入被動狀態？」

尹歡不悅地道：「對方一人獨闖隱鳳谷，便已殺我四十餘人，難道這還不是被動？況且受敵衝擊時，我方眾人立即對遺恨湖重加防守，卻不知這是對方投石問路之計，一舉便窺破我隱鳳谷最重要的事物必在遺恨湖中，這何嘗不是一種被動？」

尹恬兒忽然狡黠一笑，「二哥的性情恬兒多少有些瞭解，若是局面真的如此不堪，二哥也不會安坐於此了。」

尹歡無可奈何地苦笑一聲，似無意再與尹恬兒爭辯。

尹恬兒轉向戰傳說道：「昨日恬兒有所誤會陳大哥，請陳大哥見諒！」言罷竟深施一禮，算是賠罪。

戰傳說竟「啊……」了一聲，他是因對方稱他爲「陳大哥」而驚詫，隨即方回過神來，意識到自己已非四年前的少年，論年紀，或許真的比尹恬兒略爲年長。

戰傳說對四年時光莫名流逝尚極不適應，他在心中苦笑一聲，口中道：「既然是誤會，姑娘又何必掛懷？」

尹恬兒展顏笑道：「多謝陳大哥見諒。我爹聽說我得罪了陳大哥，而陳大哥反在危難關頭出手救我，爹爹很是感激，他想當面向陳大哥致謝，卻苦於行走不便。不知陳大哥能否隨我移駕一行，也好讓爹爹心安？」

她的話鋒輾轉得很是突然，卻又並不太過突兀，且顯得甚爲客氣，讓人無法拒絕。

戰傳說恍然忖道：「原來她父親行走不便，才早早地將谷主之位傳於尹歡。前輩的邀請，自己焉能不從？」當下不假思索地道：「在下蒙隱鳳谷相救盛恩，當拜謝前輩！」

剛說完這一番話，他無意中發現尹歡神色凝重，似有所疑惑，心中不覺有些奇怪，卻已無暇思忖太多。

戰傳說與尹恬兒一同離去之後，尹歡獨自一人靜坐於水舍中。

他的面部表情不斷變化著，初時顯得疑慮、不安乃至憤怒，而後終於漸漸釋然，神色緩和了許多。

尹歡輕擊雙掌，很快便有一名精悍的隱鳳谷弟子入內，恭聲道：「請谷主吩咐！」

「讓離漆詠題來見我。」

那人應聲退下。

離漆詠題乃隱鳳谷十二鐵衛中排名第十一的高手，但他的追蹤襲殺之術，十二鐵衛中無人能及。

少頃，一個比尹歡矮半個頭的男子進入水舍中，此人便是離漆詠題。他的身軀並不健碩，卻極爲勻稱，讓人感覺到只要他願意，就可以靈活自如地做出任何動作。乍看他的五官，顯得很是平凡，唯有雙目卻是精悍如鷹隼，加上雙肩始終是向前微微聳著，讓人感到他就是一隻隨時會振翅撲出的鷹。

而此時在離漆詠題的肩上正蹲著一隻灰鷹，這隻灰鷹是離漆詠題實行追蹤的重要保證。此刻灰鷹的喙鼻部尚蒙著一個用青布特製的小小布袋，這並非爲了防止灰鷹傷人，而是爲了保護灰鷹敏銳無比的嗅覺不會被太富刺激的氣味所破壞。

離漆詠題恭敬地施過禮後，便立於一側，靜候尹歡吩咐。

他的言語似乎都用來與他的灰鷹交流了，與人相處時，卻沉默寡言，惜言如金。

尹歡亦直截了當地道：「我讓你來，是要你追蹤一個人。」

「是襲擊隱鳳谷的女子？」離漆詠題道，事實上他早已有所準備。谷主尹歡要查出那女子的身分下落，就必須依仗他。雖然那美豔的狠辣女子來去如風，但無論是誰，殺了四十多人之後，不可能不留下一絲一毫的痕跡，蛛絲馬跡對他人而言也許毫無用處，但對離漆詠題來說，卻已足夠。在此之前，他已找到一絲線索，只要尹歡吩咐下來，他自信憑藉這些線索，必能有所收穫。

沒想到尹歡卻輕輕地搖了搖頭。離漆詠題吃驚非小！

這時，尹歡已自懷中取出一隻瓷瓶，交與離漆詠題。離漆詠題雙手接過後，尹歡道：「瓷瓶中藥物的配方十分獨特，在這世間也一定只有兩瓶。一瓶在你手中，另一瓶則在我要你追查的人手中。」

「查什麼？」離漆詠題問道。

「他的一切來龍去脈，包括師門、身世、武功！」

離漆詠題沉聲道：「屬下明白了。」

尹歡滿意地點了點頭，道了一聲：「你去吧。」

離漆詠題倒退而出。

絕色女子武功高深莫測，來歷神秘，隱鳳谷禍難當頭，但尹歡要查的事竟與此無關，這無疑會讓任何人都大吃一驚。

而雕漆詠題的過人之處就在於即使他心中極度吃驚，面對谷主尹歡的吩咐，他也能心無旁騖，不折不扣地執行命令。

雕漆詠題退出之後，尹歡行至水舍兩側的窗前，向外望去。

湖面風景依舊，不起一絲漣漪，與隱鳳谷風雨莫測的局勢恰好形成了一個鮮明的對比。

在這如鏡一般的遺恨湖中，究竟隱藏有什麼樣的秘密？隱鳳谷又有什麼樣的秘密？

尹歡望著遺恨湖，臉上竟難以看出任何表情。

良久，他才離開窗前，緩步走至水舍一角的一個櫃子前站定。他伸手輕輕地拉開櫃子最大的一個抽屜，從裏面取出一物。竟是一面錚亮的銅鏡！

尹歡手捧銅鏡，照著自己的臉。鏡中映出一張俊美得無可挑剔，同時也俊美得近乎邪異的臉，即使在不經意間，也隱隱有如女性般的嫵媚顯現。尹歡臉上掠過難言之痛苦神情。

這種痛苦神情在他臉上顯現出來時，竟是一臉幽怨！尹歡神色劇變，變得蒼白如紙。

他突然如獸般低聲嘶吼一聲：「不！」「啪……」一聲脆響，銅鏡已被他重重地摔在地上，四分五裂。

兩名守候在水舍外的隱鳳谷弟子聞聲趕至，當他們衝入水舍中時，卻見尹歡正背向他們，靜靜地立著，除了地上有無數破碎的鏡片外，並無其他異常之處。

兩人惶然相視一眼，不安地齊聲道：「谷主……」

尹歡緩緩轉過身來，當他面對兩名隱鳳谷弟子時，竟已是一臉的平靜。

尹歡淡淡地道：「將石老請到『驚』字水舍，我要在那兒與他相見。」

兩人雖不知方才水舍中的異響是何緣故，但仍領命退了出去。

戰傳說隨尹恬兒進入了隱鳳谷北端的石殿中。

當戰傳說進入石殿後，他感到石殿的氛圍氣息與隱鳳谷竟是迥然有異，讓人難以相信這雄偉粗獷的石殿是屬於隱鳳谷之內。

石殿是隱鳳谷極爲隱秘之地，除了守於此處的人之外，唯有尹歡、尹恬兒兄妹二人可以自由出入，戰傳說作爲一個外人能進入石殿，自是顯得頗不尋常。

戰傳說隨尹恬兒在石殿重疊門戶中曲折穿行，一路上，尹恬兒皆是沉默少言。戰傳說深感她性情變化無常，不可捉摸。

石殿內的光線較爲昏暗，加上寂寥無聲，更罕見有人走動，備顯氣象森嚴。想到尹歡的奢靡華麗，戰傳說暗自納悶，心忖此石殿中的情景與尹歡的脾性可謂格格不入。

當尹恬兒在一扇石門前駐足時，戰傳說不由一怔。似乎這已是大殿的盡頭。但戰傳說並未見到尹恬兒的父親。

尹恬兒轉身正面對著戰傳說道：「陳大哥，我爹因爲身染頑疾，數十年未能治癒，需得終日居於地下深處。所以今日還需煩勞陳大哥再走一陣地下通道。」

戰傳說深感意外，但事已至此，只要尹恬兒不是讓他上刀山下火海，似乎他都沒有拒絕的理由，當下便道：「理當理當。」

尹恬兒微微一笑，道：「地下寒氣太重，陳大哥是否添點衣裳？」

戰傳說忙道：「習武之人尙有些筋骨，區區寒氣，諒也不足爲患。」說這番話時，他心中卻暗忖道：「地氣再如何陰寒，諒他也不過爾爾。」

尹恬兒神秘一笑，也不勉強，伸手啓動石門。

在尹恬兒伸手啓動石門之時，戰傳說下意識地向這間密室四周掃視了一眼，當他的眼光掃過一側石牆上雕刻的四幅畫時，不由一怔。但見四幅畫雕刻而成的線條複雜玄奧，不可捉摸，讓人根本無法分辨石畫所繪的內容。

但奇怪的是，戰傳說看到這四幅畫時，竟有種似曾相識之感。

這種感覺，讓他莫名心震，但一時之間，卻又根本無法想出自己何時曾見過與此相同或有關的情形，石刻之畫的線條顯得雜亂無章，無跡可尋。戰傳說心頭一陣迷茫。

這時，尹恬兒已將地下通道的石門開啓，一陣冷風自地下通道中撲面而來，拂掠過尹恬兒與戰傳說的身軀。戰傳說激靈靈地打了一個冷戰，猛然醒過神來。

他異樣的神情皆被尹恬兒留意到了。

戰傳說感覺到了自己的失態，便自嘲地笑了笑，岔過話題道：「地下陰寒之氣果然很重。」

尹恬兒顯得很是客氣地道：「陳大哥請隨我來。」

言罷，她已先行進入了地下通道中。

這異乎尋常的寒氣讓戰傳說隱隱感到有些蹊蹺，心道：「即使是地下陰寒之氣，也不應如此強烈。」無暇多想，他亦進入了地下通道中，耳邊只聞「隆隆……」低沉而有力的響聲，石門在他的身後緩緩閉合了。

戰傳說驚訝地望著通道兩側壁上的夜明珠，忖道：「這隱鳳谷倒是處處透著古怪，此季已是秋至，遺恨湖中卻有滿湖睡蓮，看來那三十六座水舍也是頗不尋常。想那尹歡、尹恬兒之父長年累月居住在這地下，行動不便，倒也可憐。」

思忖間，忽然發現尹恬兒已走前許多，急忙快步跟上。

走了一陣子，戰傳說漸感不妥，通道一直向下延伸，而通道中越來越冷，戰傳說的手腳已不知不覺中變得一片冰涼了。

若說這是地下陰寒之氣使然，又怎會有如此可怕的陰寒之氣？

戰傳說幾次欲開口詢問尹恬兒，但見尹恬兒神色自若，似乎這寒氣對她絲毫沒有影響。想到自己終是堂堂男兒，於是把到嘴邊的話又咽了回去，咬牙繼續堅持。

又堅持了一陣子，戰傳說雙手雙腳變得僵硬了，裸露在空氣中的肌膚如被薄薄的刀片割開了般隱隱作痛，身上的薄衫此時如同已蕩然無存，不能爲他帶來一絲一毫的暖意。恍惚間，戰傳說甚至懷疑自己是否行走在與現實世界完全不同的另一個空間中。

他已不敢大口呼吸，因爲他感到每呼出一口熱氣，身軀就冷卻幾分，這種感覺讓他暗忖會不會在呼出一口氣後，生命突然中止！

他的動作笨拙得有些可笑了。

可讓他驚駭欲絕的是尹恬兒的神情、步伐仍是那麼從容。難道，是因爲自己受了傷，內息體能都急劇下降之故嗎？

茫然之中，忽見尹恬兒止步轉身，似笑非笑地望著他，「陳大哥，你是否有些支持不住了？」

「無……無妨。」

為了證明這一點，他加大了步子，沒想到他的身軀已有些不聽使喚，一不留神，竟一個踉蹌，向前衝跌而去。

戰傳說及時穩定身體，默默地以自身內力修為與這酷寒相抗衡，內家真力在他體內流竄奔湧，刻骨寒意漸漸退去。

這種酷寒卻是時時刻刻地存在著，以內家真力與之抗衡，一時半刻倒也無妨，但時間久了，卻極耗功力。況且戰傳說重傷之後，經尹歡施救，雖無大礙，但身體卻頗顯虛弱，難以持久，不由暗忖這地下通道何時方能到頭。內家真力的損耗使戰傳說的思緒有些模糊，懵然間，只聽得尹恬兒道：「到了。」

戰傳說一震止步，這才看清眼前的情形。

只見眼前出現了一個巨大的冰殿，因為冰殿中有無數巨大的冰柱、冰岩，光線在堅冰中經歷了複雜莫測的折射，使冰殿猶如一座迷宮，人的視線根本無法穿越整個冰殿，所以也難以知道這冰殿寬廣究竟如何。

冰殿中有幾顆碩大的夜明珠，或懸或嵌，在寒冰的交相輝映下，顯得格外晶瑩璀璨，令人目眩神迷。

戰傳說怔怔立著，目瞪口呆，渾然忘卻了寒意。

除了知情者，誰會料到在隱鳳谷地下有如此恢弘寬廣的冰殿？

究竟是什麼原因使這只會在極北玄寒之地才會出現的情景，卻在中原地帶出現，而且時至倘是秋日？

戰傳說茫然四顧，似欲看出其中端倪，但如此不可思議的情景，即使他想破腦袋，也是難有收穫。

「年輕人，你終於來了。」

一個仿若來自地底的聲音傳入戰傳說的耳中，聲音低沉渾厚，讓人感到其中蘊藏著驚世力量。突如其來的聲音使戰傳說嚇了一跳，目光迅即掃視四周，想要探尋這聲音的來源，但在這偌大的冰殿中，除了自己與尹恬兒之外，只有冷冰冰的堅冰。

他暗一咬牙，試探著道：「尊駕可是與我說話？」

「正是，恕老夫行動不便，不能在外與你相見。」那低沉渾厚的聲音道。

這一次，戰傳說早已有所準備，迅速而準確地判斷出聲音的來源。他循聲望去，赫然發現聲音竟是由冰殿中一塊高達六七丈的巨大冰台中傳出。

戰傳說強壓心中的驚愕，定了定神，這才發現在那巨大的冰台中竟有一個隱約可見、盤膝而坐的身影！再看那冰台，除了數道如閃電狀的裂痕之外，其餘之處堅固密封如磐石。

對眼前這一幕，戰傳說幾乎無法相信自己的眼睛！

遺恨湖三十六座水舍中的「驚」字號水舍。

「驚」字號水舍中，此時尹歡正與一鬚髮皆白、身形佝僂的老者隔席對坐。那老者面目蒼老，身形瘦小，正是被尹恬兒稱做「石爺爺」的老者。

他的身分地位在隱鳳谷顯然不低，否則不會連尹歡這一谷之主也與他對席而坐。

老者瘦小的身軀幾乎完全埋入了他那寬大的袍子中，讓人感到只要有略為猛烈的風，就可以將他連人帶袍席捲而去。

一向自負的尹歡在這老者面前卻一反常態，顯得甚為謙和，他親自為老者斟酒夾菜，老者亦無不安之色。

三杯酒過後，老者道：「谷主怎有……空閒陪老朽飲酒？」

尹歡道：「石老是我前輩，平時便理應多陪石老，只是石老不肯輕易離開石殿。今日將石老請來，是有幾件事欲向石老請教。」

老者手扶杯盞，道：「老朽自是會言無不盡，但老朽與隱鳳谷之間的約定，谷主應記得吧？」

尹歡神色鄭重地點了點頭，道：「石老與我父親約定一生之中只為我父辦三件事，這一點我當然知曉。同時，我也不願看到石老與隱鳳谷的緣分這麼快便斷了，自不會請石老辦什麼事，而僅僅是向石老打聽一些陳年舊事而已。」

老者微微頷首。尹歡的話勾起了他對往事的回憶，神色間有了感慨之情。

尹歡身子前趨，更顯恭敬地道：「我父困於冰殿中已有整整十九年，以我之能耐，與我父相比，可謂相去萬里，隱鳳谷的重擔壓於我身上，我實是僅能勉力爲之，難以勝任。我父曾說有三種方式可助他冰殿脫困，重見天日，但卻從不肯將這三種方式告之於我們兄妹二人，石老與隱鳳谷素有淵源，對此必有所知，不知能否相告？」

老者不以爲然地一笑，道：「你父親不願將它告訴於你，必有原因。既然如此，即使老朽知曉此事，也不能向你透露了。」

尹歡的回話可謂滴水不漏：「我猜測多半是因爲以這三種方式助我父脫困，都需冒很大的風險，爲我兄妹二人著想，他才不肯說出。但我身爲人子，又怎能眼睜睜看著自己的父親受此困厄之苦？望石老成全我一番孝心！」

老者道：「其實谷主大可不必爲你父親擔心。他的智慧謀略，普天之下幾無人能及，雖然意外厄難使他不得不自困於冰殿中，但對於這一切，他必早已作了周密安排。老朽受他之託，爲他辦的第一件事，就是要保隱鳳谷二十年平安。他之所以說是二十年，必有其道理，如果老朽沒有猜錯的話，他定是預知在這二十年間，必能等到脫困的契機！谷主不必操之過急。」

尹歡追問道：「石老能斷定我父親對自冰殿中脫困一事是成竹在胸？」

老者道：「十有八九是如此。」

尹歡皺眉沉吟半晌，長嘆一聲道：「縱然能如石老所言又如何？眼下隱鳳谷劫難迫在眉睫，雖然石老有不世修爲，但獨木不成林，若是我與石老攜手應戰，方有退敵把握……」

老者倏然仰首長笑，笑聲中充滿無限豪邁！他那瘦削的身軀因爲這豪邁之不世氣概，頓時讓人心生高山仰止之感。氣吞山嶽的氣勢此刻在這老者身上顯露無遺。

守候於遺恨湖上的隱鳳谷弟子乍聞此聲，莫不駭然大驚。尹歡亦爲之變色。

笑聲漸止，老者沉聲道：「雖然世人談及驚怖流猶如談虎色變，但僅憑驚怖流，在老朽面前，他們亦難有作爲！老朽守護隱鳳谷已有十九年，難道會在最後時刻功虧一簣？」

尹歡見老者始終不曾說出可使父親從冰殿中脫困而出的辦法，暗自焦慮不已，卻也無可奈何，他只得轉換話題，旁敲側擊，以圖有所收穫。當下他道：

「自從我父親困於冰殿後，除我兄妹三人外，再無外人進入冰殿中。今日我父親卻破例邀在隱鳳谷養傷的陳籍進入冰殿，石老對此事有何看法？」

老者淡然道：「些許小事，谷主何必思慮重重？」略作停頓後，又頗有深意地繼續道：「只要谷主真心為隱鳳谷三百餘弟子著想，其他的一切，都不重要。」

尹歡心頭劇震。但他的神情卻無太多的變化，而是道：「多謝石老指點。」

隱鳳谷中，人人皆知「石老」身分特殊。他雖是在隱鳳谷中，但對隱鳳谷中平時發生的諸多事宜，幾乎從不過問，尹歡身為谷主，對他仍是恭謙有加。但尹歡與「石老」之間，卻又絕對稱不上融洽無間。他們兩人雖是同在隱鳳谷中，彼此間卻顯得很是疏遠，甚至有時會顯得過於冷漠。

唯一與「石老」親近些的只有尹恬兒。

在隱鳳谷中，除了尹歡及其父親之外，再無他人知道「石老」與隱鳳谷之間有著怎樣獨特的淵源——連尹恬兒亦是不知。

更極少有人知道「石老」的身分來歷。

這一點，甚至連尹歡也僅是略知一二。

也許，這秘密唯有長困於冰殿中的老谷主才知真相。

戰傳說見如此巨大的堅冰中竟困有一人，自然驚愕無比。

這時，尹恬兒在一側道：「我爹身染頑疾，需長年自困於堅冰之中，方可免去頑疾發作的危險。」

戰傳說縱然吃驚非小，此時仍已強自定神，他面向那巨大的冰台深施一禮，道：「晚輩見過尹前輩。」

老谷主「呵呵」一笑，道：「老夫雖是尹歡、恬兒之父，但他們並非隨老夫姓氏，而是隨母姓。其實老夫之名爲歌舒長空！」

在此之前，尹恬兒亦自知是隨母姓，但父親一直不許他們兄妹及隱鳳谷知情弟子向外透露這一點。今日父親與戰傳說初次見面，便將此事透露出來，這使尹恬兒略覺意外。

戰傳說乍聽「歌舒長空」一名，隱隱覺得此名似頗爲熟悉，但一時卻也捉摸不定。

歌舒長空的聲音透過厚厚冰層，顯得甚是奇特：「老夫自困於這堅冰中已近二十年，除老夫子女之外，你是唯一進入冰殿中的人，也算是你我此生有緣了。」

戰傳說驚愕莫名，心道在這奇寒之地待上半日，我便難以支撐，何況他在冰中一待就是近二十年，此事的確有些匪夷所思。

他強忍刺骨寒意，儘量將話說得平緩清晰，以免失禮：「在下受傷後蒙令郎相救，不勝感激。前輩約在下在此相見，不知有何吩咐？」

歌舒長空語氣關切地道：「這座冰殿奇寒無比，初入此地者未必能持久，不知此時你感覺如何？」

戰傳說坦言相告：「恐怕最多只能再支持一刻鐘。」

「既然如此，便讓老夫助你一臂之力！」

尹恬兒、戰傳說齊齊一怔之際，倏見一直盤膝而坐於堅冰內的人影長身而立。二人隱約看見堅冰中的歌舒長空雙掌平推而出！

戰傳說尚未回過神來，只見本是晶瑩透明的冰台突然變得一片模糊不清，似乎有霧氣在堅冰中瀰漫開來，只一瞬間，便見一團淡白色的氣霧向戰傳說迎面撲至。

戰傳說突遇此變，不明內情，剛萌退意，倏覺身上有幾處穴位同時一涼一痛，全身竟再也無法動彈。

淡白色的霧氣迅即消去，戰傳說的身上卻出現了幾處凝結著的冰箔。

尹恬兒見狀大驚，駭然失聲驚呼！

戰傳說亦吃驚非小，他失聲道：「前輩此舉何意？」

「我欲將禦寒心訣傳之於你，此心訣非一朝一夕可成，本應循序漸進，但今日情況特殊，所以老夫先封了你幾處穴道，以防你在習練此心訣時走火入魔。此數處穴道與世人所知的穴道全然不同，世人所知穴道其實只是人體『精、氣、神』三大類別穴道中的『精、氣』兩種，卻罕有人知道除此之外尚有『神』脈二十四穴。『精、氣』兩類穴道可用實體之物撞擊後藉以封閉，而神脈穴道卻必須以虛無之氣方能準確封閉。小兄弟不必驚慌。」

尹恬兒恍然道：「爹是想在短時間內把曾傳與我的禦寒心訣悉數傳給陳大哥？」

「正是。」歌舒長空道。

戰傳說略略心定，同時想起一事，不由有些慚愧地道：「前輩美意心領了，可惜在下……天資愚鈍，即使是家父當初悉心傳授劍法，我也是難以有所成就。今日若讓我在短時間內習成禦寒心訣，恐怕定會辜負前輩的好意了。」

歌舒長空的聲音自堅冰中傳出：「小兄弟不必過謙，你如此年少，便能擊敗六道門主，又豈會是愚鈍之人？」

戰傳說苦笑一聲，道：「在下擊敗六道門門主之事，實是有些蹊蹺。實不相瞞，時至今日，在下尚不明白何以能擊敗他……」

尹恬兒暗自好笑，忖道：「換作其他人，能在如此年少之時便能擊敗六道門門主，定會視為莫大榮耀，又豈會如你這般多作解釋？何況武功高至蒼封神這一境界，與之相戰，失之毫釐謬以千里，怎麼可能僅憑運氣取巧得勝？」

想到此處時，便聽得其父歌舒長空道：「恬兒，妳將為父自幼傳授給妳的禦寒心訣告之於陳少俠吧。」

此時，戰傳說身軀一動也不能動，他試著以自身功力衝開被封的穴道，卻無絲毫作用，心中暗忖道：「父親的武學修爲足以傲視整個武界，卻未曾聽他提及過人體穴道除『精、氣』兩類外，尚有『神』脈穴道。照此看來，此人所學甚爲廣博，尤爲難得的是，他被封於堅冰中已有近二十年，竟能力透堅冰，隔空準確無誤地封我穴道，即使我是因傷勢未癒，又因抵禦寒氣耗去不少功力，但要做到這一點亦決不容易。此人堪謂是驚世奇人，也許他的武功修爲竟可與我父一較高下！」

真力因穴道被封而滯納，戰傳說已感覺到自己被封住的地方與自己所知的穴道部位果然全不相同，竟超出世人共知的一百零八處穴道範圍之外。真氣滯納，僅憑一襲單衣何以與逆寒冷氣相抗衡？很快他便痛苦難當。所幸此時尹恬兒依照其父所言，開始將禦寒心訣傳給他。

戰傳說忖道：「我只不過是隱鳳谷一過客而已，他們又何必費盡心思要我學成禦寒之術？難道從此之後，我還會長在此冰殿不成？」但隱鳳谷對他有救命之恩，而歌舒長空此舉又無甚惡意，戰傳說雖覺他們父女二人可笑，卻也不便推辭。

尹恬兒聲如鶯語：「陳大哥聽清了。東方青色，入通於肝，開竅於目，化形爲脈……南方赤色，入通於心，開竅於舌，化形爲血……」

此時，她的神情柔和，與戰傳說初在水舍時與她相遇時大不相同。戰傳說因感慨於尹恬兒前後變化之大，一時走了神，很快便收斂心神，仔細聆聽尹恬兒所授的禦寒心訣。

一時間，冰殿中只聞尹恬兒的聲音，字字如珠，僅聞其聲，便可感受到無限動人魅力。

就在此時，戰傳說忽聞有「咯咯……」之聲響起，心中暗自奇怪，但因擔心漏聽了尹恬兒所傳的禦寒心訣，也不敢過於分神。

驀地，他突然感到一股強大得無以復加的徹骨寒意迅速自他的腳下滲入他的軀體之中，其寒如刀。

戰傳說根本無法抵擋這刻骨銘心的寒意，刹那間，他感到體內的血液甚至靈魂都在這一刻完全凍僵。他已無法感覺到自己生命的存在，只是感到自己的每一寸肌膚、每一塊骨骼、每一滴血液都已化成冰！

無可名狀的驚懼使戰傳說急欲大呼！

但他已發不出任何聲音！似乎連他的聲音也已被空氣冰凍。但他仍能看清眼前的情景，仍能聽到尹恬兒的聲音，能看到尹恬兒及在巨大冰台中的歌舒長空。

戰傳說不明白寒意怎會突然劇增，他試圖改變自己的面部表情，卻已無法做到！

「……服五牙之氣者，宜思入其藏，使其液室通，名依所主……」尹恬兒依舊一絲不苟地將禦寒心訣轉述於戰傳說。

此時，那可怕的寒氣仍在源源不斷如不可抵禦的海潮般，自下而上向戰傳說的軀體侵襲，戰傳說感到自己的生命已如同一根綳得極緊的絲線，只要再施加一絲一毫的外力，就會使之突然綳斷。

「難道，我的生命就會如此無聲無息地結束？」戰傳說幾近絕望。

就在他的意識與軀體漸漸分離時，眼前突然出現了一片金色光幕，在這金色光幕之中，又有一道銀色的光帶在急速旋飛，在金色光幕中留下複雜莫測的軌跡。

思緒漸顯縹緲的戰傳說此時心頭突然一震：「銀色光帶劃過留下的軌跡交織成的畫面好熟悉！」

倏地，電光石火間，一道亮光閃過戰傳說的腦際。他猛然想起這複雜莫測的線條與他在進入地下冰殿前，在石殿中見到的四幅石刻之畫其中一幅的線條極爲相符！

他不明白那麼複雜而雜亂的線條，自己憑什麼能想到與石殿所幻現的情景相符！

當然，他亦不知即使二者相符，又意味著什麼。

尹恬兒已將禦寒心訣述說一遍，末了問道：「陳大哥是否已將這禦寒心訣記下了？」

沒有回答。

尹恬兒一怔，定神向戰傳說望去。赫然發現戰傳說表情僵硬，眼神空洞，對她的話竟完全沒有反應。

尹恬兒一驚之下，急忙道：「爹爹，陳大哥好像……有些……」

「不妥」二字尚未出口，尹恬兒神色倏然劇變，再也吐不出一個字來。因爲，她竟赫然發現此時戰傳說的前額突然凸現一個異形額印！

是龍首！

雄威異常的龍首！

雖只比拇指稍大，卻使戰傳說備添英武偉岸的氣勢。

尹恬兒目瞪口呆，對自己所見難以置信。

當她凝神再看時，那龍首形的額印竟已消失不見！這使尹恬兒難以判斷方才自己所見是不是幻覺。

與此同時，戰傳說倏感那可怕的寒意頃刻間悄然退去，一下子消失得無影無蹤。

戰傳說暗鬆了一口氣，便欲開口，忽然發覺自己依舊無法開口，不由既驚且惑。

尹恬兒見戰傳說依舊無法動彈不能開口，急忙叫道：「陳大哥，你怎麼了？」

戰傳說欲以眼神向她示意，這時才發現自己視線中是一片黑暗，根本不能看見任何東西，無論他如何奮力睜開雙眼，卻仍是如此！甚至他竟不能判斷出自己究竟是睜著雙眼的還是閉著雙眼，他的感覺似乎也已被冰封了。

「爹，陳大哥他……他怎麼了？難道他竟……死了？」

戰傳說一驚，暗忖道：「難道我真的死了？我之所以能聽到尹恬兒的聲音，不過是自己的靈魂而已？但人是否真的有靈魂……」

戰傳說除了能清晰聽到尹恬兒的說話聲外，竟再也不能以其他任何方式證明自己還活著！

「難道，他是因爲悟練禦寒心訣而出了差錯？」是歌舒長空的聲音。

戰傳說忖道：「絕非如此，因爲尹姑娘所授的禦寒心訣我只聽到了一小半，更談不上悟練禦寒心訣了。」只可惜這一番話僅能留在他的心中，卻無法說出口。

少頃，又聽得尹恬兒的聲音道：「他……他全身僵硬了，了無氣息……爹，這應如何是好？」

她的語氣顯得甚爲焦慮。雖然眼前一片黑暗，但戰傳說僅憑想像也能想像得出尹恬兒此時的神情，他忖道：「她心地總算不致太壞，並非時時都如同在水舍遇見時那樣刁蠻無理。」

隨即想到自己僅是被封了穴道，又怎會「全身僵硬，了無聲息」？讓他氣惱不已的是，此刻他只能聽天由命！

隱鳳谷中處處透著玄機，戰傳說無論如何也想不明白方才自己的可怕經歷是由何引起，那一股自下而上的寒意凜洌至仿若具有了實體。

歌舒長空懊惱地道：「唉，爹看他筋骨奇異，定是天賦奇稟，方急於求成，欲助他在短時間內習成禦寒之術。卻忽視了他身上的傷勢，欲速則不達，反而連累了他……」

「那……我們該當如何方能救他？」尹恬兒道。

「爹爹尚有一策，只要他尚存一息，便可保其性命。」略略一頓之後，他接著道，「恬兒，妳小心留意。」

「是。」尹恬兒應了一聲，卻不知父親意欲何爲。戰傳說亦在暗自思忖對方將會有何舉措。

尹恬兒但見其父歌舒長空雙掌徐徐上揚，正自疑惑間，倏聞「轟……」的一聲如沉雷之悶響，歌舒長空隱身的巨大冰台突然有無數碎冰自裏向外爆射開來，四向飛濺，碎冰在熒熒珠光的映襯下，寒光點點，蔚爲奇觀！冰台中央頓時出現了一個直通頂部的圓柱形空洞。

一個人影在萬冰齊射的同時，以無可描述的速度自冰台中倏然掠出，猶如凌然萬物之天神。

尹恬兒的呼吸止於一瞬！因爲，她知道這人影就是她既敬且愛的父親歌舒長空！

自她出生之後，每次見到父親，皆是隔著冰冷而堅硬的厚厚冰層，不及觸及。她的心中有個隱藏了十數年的心願，那就是希望能靜靜地偎依在父親的身邊，哪怕只是片刻也好。但她卻不知這小小的心願何時方能如願，遙遙無期的等待反而更使尹恬兒感到實現這一心願的重要。

此刻，她的目光終於可以毫無遮擋地落在父親的身上了。一種無可名狀的情感一下子佔據了尹恬兒的心靈。

那分明是一種巨大的幸福！但又決不僅僅是幸福。

激動而複雜的心緒使尹恬兒反而不能有任何的舉措，只知怔怔地、一動不動地立於原處，眼睜睜地看著父親天馬行空般掠空而至，一把將戰傳說攔腰抱起，沒有任何頓滯，便已凌空倒掠，以快不可言之速向冰台標射而去。

對於這一連串的舉動，歌舒長空完成的竟猶如僅有一個動作。尹恬兒尚未回過神來，歌舒長空已挾著戰傳說退回冰台之中。

此時，那四散飛射的碎冰已不可思議地化爲漫天水珠。那漫天水珠未能落地，就在歌舒長空飄然落於冰台中的空洞底部時，漫天不可計數的水珠同時被無形氣勁所牽引，竟自四面八方重新聚合，向冰台頂部圓柱形的空洞落下。

落至離歌舒長空頭頂尚有五尺之距時，水珠被無形氣勁阻擋，再也無法落下，便在歌舒長空頭頂上方不斷會聚，成了冰台中央的水柱。在這滴水成冰的冰殿中，水柱很快又凝成冰柱，與冰岩融爲一體。

歌舒長空再度將自己冰封於冰岩之內，只是此時被封於冰台中的人除他之外，又多了一人：戰傳說！

尹恬兒親眼目睹父親與她擦身而過，但僅在剎那間，一切又回到了從前，她與父親再度隔著冰冷無情的堅冰。一時間百感交集，悵然若失，竟「撲通……」一聲跪倒在地，顫聲呼道：「爹……」

歌舒長空輕嘆一聲，道：「爹要救這位小兄弟，只能在這冰台之中，若是換作別處，非但救他不得，反而自身難保。他只是真氣逆急，寒氣大肆入侵，才會導致如此，一日一夜之後，必可安然無恙。」

尹恬兒心中有千言萬語，一時間卻無從說起。

隱鳳谷十二鐵衛中排名十一的雕漆詠題奉尹歡之命，追蹤持有一藥瓶的人。

尹歡要追查的人自是晏聰，只是雕漆詠題尚不知這一點而已。

但對十二鐵衛而言，他們永遠會不折不扣地執行尹歡的命令，而不會去顧及爲什麼要那麼做。所以即使雕漆詠題知道這一點，即使他心中萬般不解，也仍會全力追蹤並查明晏聰的身分、武功、來歷，及其他任何尹歡感興趣的東西。

尹歡不會料到，晏聰對他這一手已有防備，早將那只瓷瓶丟棄，那尹歡要以這種方式追蹤他便毫無可能了。

奇怪的是，雕漆詠題在他心愛的灰鷹引導下，竟未曾將他引至晏聰丟棄那只盛藥瓷瓶的地方，而是在作了無數個大範圍盤旋後，將雕漆詠題引到離隱鳳谷三十餘里外的一個小鎮上。

灰鷹在進入小鎮之後，顯得越來越興奮，根據往日的經驗，雕漆詠題斷定自己要追查的人十有八九就在這個小鎮上。

此時尚是白天，不利於追蹤，雕漆詠題安撫了興奮的灰鷹後，並未急著接近目標，而是先在小鎮四周巡視了一番，查看了周遭的地勢地貌，這才在小鎮上尋了一個不起眼的酒樓，要了幾個小菜，從從容容地用了晚飯。

在奉命追蹤他人時，雕漆詠題從不飲酒，他只是在飯後要了一碗濃茶，慢慢地啜著，一次又一次地添水，直到茶已淡然無味時，天色也完全黑了下來。雕漆詠題這才離開酒樓。

訓練有素的灰鷹在小鎮的上空略作盤旋之後，便悄無聲息地向小鎮西側一座大宅院的方向悄然滑翔而去，就如同夜色中的一道灰影。

眼看灰鷹就要落入大宅院之時，忽見牠再一振翅，竟重新騰空升起，輕輕地鳴叫一聲，顯得有些猶豫不定。

雕漆詠題隱於一片陰影中，目光始終追隨著灰鷹。但見灰鷹在大宅院附近一帶盤桓了一陣子，再度俯衝而下，但卻已不是落向大宅院，而是向大宅院後側滑翔。

雕漆詠題如幽靈般悄無聲息地緊隨而進。

繞過了大宅院，大宅院後是一座廢棄了的廟宇。廟宇內無聲無息，更無光線，只能借著大宅院後院透出的光線看到廟宇中幾株蒼勁的古松。

雕漆詠題略一猶豫，便已掠身而起，如一縷輕煙般掠過高牆，落於廟宇的前庭中。

鎮裏的種種聲響傳至此處，已變得縹緲不定，更清晰的反而是秋風掠過窗櫺時發出的聲音。

那隻灰鷹立於廟宇上，久久不動。

離漆詠題與灰鷹已如同一體，彼此間互有靈犀，見此情景，便知自己要找的人就在這廟宇中，不由暗忖道：「谷主要找的人好生古怪，怎會在這破廟中容身？」

他悄然伏下身子，自懷中掏出一貓眼大小的黑色圓球，潛運氣勁，曲指彈出。

圓球落於離他十數丈之外，「砰……」地升起一團火焰。

就在火焰升起的那一剎那，離漆詠題已遁入院牆角下的一堆孔石之中，目光所及，已將廟宇全局盡收眼底。他要借此引誘被追蹤的人主動現身，以確定目標。

他這一手果然奏效，火焰升起後不久，便見廢廟中有一條人影如幽靈般悄然閃現，顯然是被突然出現的火焰所驚動了。

那人的身形甚快，轉瞬間便已消失於廟宇之外。廟宇上空的灰鷹亦隨之飛起。

到了這時，離漆詠題的追蹤已成功了大半，只要確定被追蹤者所在的位置，他還從未失過手。

離漆詠題在黑暗中靜靜地隱伏著，以防備對方另有同伴留在廟宇中。同時他暗自思忖谷主要追查的人究竟是什麼人？爲何此人如此神秘，竟隱身於這廢廟之中？

直到過了半炷香的時間，離漆詠題斷定此人並無同伴，這才從容起身，卻並未向廟外追蹤而去，而是穿過前庭，步入廟宇之中。

這正是離漆詠題有卓決不凡的追蹤能力的原因所在，他有著自己的獨到之處。此刻若直接循跡追蹤，那麼離漆詠題與其他人就沒有什麼不同。

離漆詠題知道此人既然在這夜深人靜的時候出現於這業已廢棄的廟宇中，就必有其目的。現在他匆忙離去，極可能會在廟宇中留下一些線索，而在離漆詠題看來，利用這些線索，遠比直接追蹤成功的機會要大得多。

至於追蹤對象業已離去，離漆詠題並不擔心，因爲他有忠實而機警的灰鷹。

離漆詠題進入廟宇之中，聞得撲鼻而至的朽木氣息，其中還雜著腐土及其他陳敗的氣息，這證明廟宇已被廢棄多年了。

離漆詠題在黑暗中靜靜地站了少頃，這才取出火石火絨以及一小截火燭——在離漆詠題的身上，永遠有一些很雜亂卻常常有很大用途的東西。

離漆詠題小心地將燭火點燃了，就在燭火亮起的那一瞬間，他的心倏然下沉，如墜萬年冰窖。燭光亮起，他赫然看到在他正前方有一張桌子，而桌子的一側，有一人正臉帶微微笑意地望著他。

離漆詠題並不信奉鬼神，但此時，他仍是不寒而慄。他的直覺告訴自己，此人的武功、心計一定都遠在自己之上！

而他在進入廟宇後之所以靜立片刻，其目的就是最後一次確定廟宇中是否有他人，結果他沒有聽到廟宇中有任何聲音。

事實上，在他咫尺間，就有一人靜靜而坐！

顯然此人的修爲已臻驚世之境，以至連雕漆詠題這樣的高手都無法捕捉感覺到他的存在。

雕漆詠題雙手疾揚，四枚黑色如貓眼般大小的圓球疾射而出！與此同時，他的身軀已向另一個方向如箭標射而出。

在隱鳳谷十二鐵衛中，雕漆詠題的武功雖排於十一位，但論及輕功，卻絕對可躋身前三位。此刻他無心戀戰，亦並不指望射出的四枚火器能傷著對方，只求能爲自己贏得脫身的時間。

「蓬……」火焰升騰的聲音在他身後響起，四道火焰同時亮起，頓時將周遭的一切皆照亮了。

就在此時，雕漆詠題倏然停住身形。

因爲，廟門處赫然有一人擋住了他的退路，此人全身上下透發出絕殺之逼人氣勢，頓時給雕漆詠題以難以抵禦的壓力。

午後，有蕭蕭細雨紛揚飄灑，隱鳳谷顯得朦朧縹緲。

尹恬兒靜靜地在疏雨樓中臨窗而坐。

其實，靜的只是她的身，她的心比窗外的雨絲更亂，更漂泊不定。

蕭蕭冷雨，檻菊蕭疏，井梧零亂。

雨也霏霏。

心也非非。

尹恬兒與二哥尹歡素有隔閡，自大哥尹縞離世之後，她對父親更爲依戀。昨日父親歌舒長空破冰而出，與她擦肩而過，雖不過是片刻間的事情，但對她的心緒卻有深深的震撼。

此時，她又想到父親在那一刻所顯露的驚世修爲！在此之前，她一直堅信父親雖是困於堅冰中，但仍是一個有著不世修爲的大英雄，只是那時，這一念頭僅僅是她自己的臆想與願望，事實究竟如何，她卻無從得知了。直到昨日，她親眼目睹了父親舉手投足間便有震人心魄的氣勢，甚至超越了她先前的想像，這使尹恬兒驚喜不已，更爲堅信父親必有破冰而出，與她共用天倫的一天！

至於戰傳說的意外昏迷，在她看來不過只是一個微不足道的枝節，既然父親說可以在一日內使其安然無恙，就必然能做到。

心中受此事鼓舞，尹恬兒甚至連隱鳳谷面臨迫在眉睫的威脅也忽視了。

忽然有急促的腳步聲打斷了她的思緒，她略略側身，向門外望去，匆匆而入者是她的貼身婢女夢吟。

夢吟一見尹恬兒便道：「小姐，谷主已到疏雨樓。」

尹恬兒一怔，尹歡與她雖是兄妹，但因爲彼此不和，所以平時尹歡極少前來她的疏雨樓，此刻卻不請自來，她難免心中感到驚訝。

正當尹恬兒在思索二哥尹歡的來意時，尹歡已出現在長廊外，他的身邊並無十二鐵衛跟隨。

尹恬兒略一思忖，對夢吟道：「妳暫且先退下吧。」

「爹一切可安好？」尹歡入座後道。

「一切如昔。」尹恬兒道。

尹歡直視尹恬兒，道：「爲何陳籍與妳一同進入冰殿，卻未見他與妳一起離開冰殿？」

尹恬兒立知二哥尹歡前來疏雨樓的真正原因，她不經意地一笑，道：「難道二哥對我還有什麼不放心的嗎？」

尹歡斷然否定道：「陳籍傷勢未癒，而冰殿內又奇寒無比，他一人留在冰殿中，我擔心他會不會出什麼差錯。陳籍是不二法門靈使前輩送至我隱鳳谷的，若有什麼三長兩短，終究十分不妥。」

尹恬兒道：「二哥對陳籍倒十分在意，不過，陳籍的確在冰殿中出了意外。」

尹歡「哦」了一聲，難以看出他的心情如何。

尹恬兒便將戰傳說進入冰殿後的經歷說了一遍，在她敘說的過程中，尹歡的眉頭微皺，神情若有所思。待尹恬兒說完，他立即迫不急待地道：「妳是說父親曾經破冰而出？而且……爹還顯露了卓決不凡的武學修爲？」

尹恬兒點頭道：「正是！」她仔細留意尹歡得知此事的神情，但見尹歡顯得很是欣慰地笑道：「如此便好，如此……便好！看來父親與妳我同聚有望了。憑父親的絕世武學，又何懼於驚怖流？」

話到此處，他忽然笑容一斂，沉吟道：「但父親與陳籍同處冰台內的狹小空間，父親會不會有危險？」隨即略略壓低了聲音，「倘若這是陳籍的一計，其目的就是要借機接近父親……」後面的話，他打住了。

尹恬兒心頭微微一震，轉念道：「應無這種可能，因爲這一次是父親主動見他，何況陳籍如此年少，與父親又怎會有怨仇？」說到這兒，她意味深長地一笑，接道：「二哥爲何先是對陳籍百般關照，隨後又對他疑慮重重？」

尹歡沉默了片刻，輕嘆一聲道：「我知道妳對我一向心懷不滿，對我的言行亦多有懷疑，但終有一天，妳會明白我的苦衷的。」

尹恬兒淡然道：「二哥乃隱鳳谷谷主，又何須在意我怎麼想？」

尹歡眉頭一挑，似有怒色，正當此時，外面夢吟報道：「谷主，雕漆詠題返回谷中，有事要見谷主。」

尹歡當即吩咐道：「讓他在清歡閣等候。」

清歡閣乃隱鳳谷谷主尹歡的居所，亦是隱鳳谷裝飾得最爲奢華靡麗的樓閣。清歡閣的門窗以名貴檀香木料做成，又以金石珠翠百般修飾，微風拂過，香氣飄溢。樓閣周圍倚石爲山，引水爲池，廣植奇花異草。

清歡閣內，更有絲竹聲聲。尹歡在閣中圈養了嬌媚少女、俊美少年各十二人，他們終日臨軒對鏡，巧施靚妝，放浪形骸，無以復加。樂土已有傳言，稱隱鳳谷谷主尹歡有分桃斷袖之癖，常與俊美少年尋歡作樂，這正是尹恬兒對其甚爲不忿的原因所在。

尹歡身邊的俊美少年被尹歡重重責打後，再遭遺棄，被遺棄者從此非但沒有了往日受寵時的驕恃氣焰，而且爲隱鳳谷弟子所不齒，其地位從此淪爲最爲低賤者。

尹恬兒在水舍中初遇戰傳說時，見戰傳說年少而俊朗，又是遍體鱗傷，心中便起了懷疑。她與尹歡一向不和，對他身邊的美少年更是不屑一顧，便誤將戰傳說當做是尹歡身邊失寵的俊美少年，當下出手便要懲治戰傳說，由此才有了他們之間的那一場誤戰。

此時在清歡閣的一間密室中，尹歡與離漆詠題共處一室，連尹歡身邊的俊美少年、少女都被支使開了。

尹歡直截了當地問道：「雛漆衛，吩咐的事，你可辦妥了？」

雛漆詠題恭聲道：「屬下已探得一些情況。」

尹歡的目光並不正視他，只是輕輕地吐出一個字：「說！」

「屬下奉命追蹤後，方知谷主要追查的人是曾在隱鳳谷治傷的晏聰。此人很是機敏，屬下暫未能查出他師出何門，但卻總算探明了另一件事，原來晏聰竟是驚怖流的人！」

尹歡目光倏閃！很快他恢復如舊：「絕無可能。晏聰是不二法門靈使送來的人，若他是驚怖流的人，又怎能瞞過靈使的法眼？」

雛漆詠題胸有成竹地道：「谷主可記得驚怖流憑藉『三皇咒』欲加害小姐一事的前後經過？三皇咒邪功最初是作用於小姐豢養的鳥兒『花花』身上，『花花』受傷後，飛落至陳籍所在的水舍中，而小姐恰好在牠體內邪能即將發作時趕到水舍，這便很不尋常。事實上，小姐所豢養的鳥兒頗通靈性，牠本不應飛到水舍中，而是應返回小姐身邊才是。牠之所以飛至那間水舍中，是因爲有人在那間水舍中做了手腳，所以那隻鳥會一反常態落在水舍中。」

尹歡不以爲然地道：「此舉又有何意義？」

「可以讓小姐被陳籍所殺！」

尹歡這才抬眼看著雕漆詠題，道：「你是說，晏聰是驚怖流的人，他利用曾與陳籍同處一間水舍的機會，在水舍中暗做手腳，引來已被三皇咒控制的『花花』，其用意是想讓陳籍被三皇咒控制，從而殺害小姐？」

「正是。陳籍能重創蒼封神，說明他的武功極高，雖然當時他受了傷，但一旦爲三皇咒所控制，傷勢就不會成爲他功力暴進的障礙。若如此，那麼陳籍的可怕就非常人可比，小姐絕難倖免！我隱鳳谷要制服入邪後的陳籍，也必要付出不小的代價！」

尹歡似已被雕漆詠題的話所打動，他皺眉道：「晏聰與陳籍共同應戰蒼封神，他怎麼可能會對陳籍行此不利之舉？」

雕漆詠題道：「谷主亦知在此之前，晏聰與陳籍並不相識。晏聰與蒼封神之間所發生的一切，陳籍卻是最知情者，晏聰此舉一則可以殺小姐，二則可除去陳籍，使他與蒼封神之間的事成爲永不會被他人知曉的秘密，這比由不二法門靈使出面解決此事更爲穩妥。後來，被三皇咒所制的不是陳籍，卻是雷大，晏聰的計謀因此而落空。但他並未因此而甘休，於是借與六道門之人相會的機會，引谷主離開隱鳳谷，同時暗中將谷主的行蹤告之驚怖流，以至於驚怖流可以在谷主離開隱鳳谷尚未返回的間隙，駕著與谷主相同的馬車混入隱鳳谷，殺我谷中四十餘人。若晏聰僅僅是爲了與六道門的人會面，又何必捨近求遠，要到十里之外的『求名台』，而不是在我隱鳳谷中？」

尹歡自長案後站起身來，緩緩踱步。他的右手始終按在左手上，在他的左手中指上，有一隻奪目的指環，精美絕倫。

站定之後，尹歡沉聲道：「這一切，是你的推斷，還是有真憑實據？」

雕漆詠題道：「這是屬下追蹤晏聰後竊聽而來的。當時晏聰正與驚怖流的一名高手相見，屬下唯恐暴露，所以並未能取得重要證據，但屬下竊聽到的事，卻是極為重大。」

說到這兒，雕漆詠題止口不言了。

尹歡掃了他一眼，道：「為何欲言又止？」

雕漆詠題躊躇道：「因為……因為事關石老，屬下不知……當不當說？」

「石老？」尹歡身子微微一震。

雕漆詠題猶豫了片刻，方似下了很大決心道：「根據屬下所探聽到的消息，石老應……應與驚怖流有染！石老之所以在隱鳳谷待了近二十年，其目的就是為了等待鳳凰再現隱鳳谷之時！」緊接著，他說出了一句讓尹歡更為驚愕的話，「而屬下還探得一件更為出人意料的事，原來石老的真正身分，竟是玄流三宗的道宗宗主石敢當！」

第八章　玄流三宗

這是一片讓人們談之色變的亂葬崗，殘丘斷碑遍佈了整個山崗。

這是一片死亡之地，方圓三十里之內皆無人煙，但在百年前卻並非如此。百年前，這兒只是普通墳場，周圍村民亡故後，亦將死者安葬於此。直至三十多年前一個雷電肆虐之夜後，墳場忽然常有詭異可怖之事發生，或是安葬於此地的屍體不翼而飛，或是在夜深時分驚聞墳場有嘯聲笑聲。村民請來道士驅逐妖氣，不料，翌日這些道士便莫名死去。更有甚者，竟不時有人在月高之夜赫然撞見已死去多時的人在墳場四周出沒！從此人心惶惶不可終日，最後周遭的村民決定舉村遷徙。

時至秋日，亂葬崗備顯淒涼，唯有秋風瑟瑟，寒鴉聲聲。

殘陽如血，斜陽下，亂葬崗無聲無息。

一個獵人為了追獵一隻受了傷的銀狐，一路窮追不捨。他的獵犬訓練有素，在未見到銀狐之前，決不會發出任何吠聲，只是憑藉得天獨厚的嗅覺，緊緊追蹤著銀狐的氣息，在茂密的林中飛速穿行。

獵犬輕盈躍過一道溝澗後，突然一下子止住了腳步，身子微微躬起，雙耳豎立，眼中光芒機警而興奮。

獵人太熟悉他的獵犬的習性了，見此情形，他知道銀狐已在極近的距離之內。當下，他伸手摘下背上的弓，再取出一支箭，又用手觸了觸腰間以皮套套著的獵刀，這才以如獵犬般敏捷的身手躍過溝澗。

獵犬在他的小腿上輕輕地蹭了蹭，抬頭望著主人下最後一道命令。

按往常的習慣，牠知道接下來主人一定會讓牠自另一條道包抄至目標的前方，截斷獵物逃走的退路。事實上，牠每次都做得很好，從不讓主人失望。與生俱來的奔跑與追逐的天性使牠在這最後關頭熱血沸騰，充滿力感與美感的軀體已繃得如同一張弓，隨時準備射出。

靜候片刻，獵人竟沒有示意獵犬出擊，而是以手掌輕輕按壓獵犬的頸部，搓擦著牠的皮毛，似在猶豫不決。

獵犬驚訝地望了望牠的主人，又透過茂密相間的枝葉向前望去，視線所及，只見不遠處有雜亂無章的墳丘掩於枯黃的雜草間，每陣秋風吹過，雜草便「沙沙……」作響。這正是讓人談之色變的亂葬崗！

獵人不曾料到追獵銀狐無意中接近了這片亂葬崗，此刻，光線雖然仍尚屬明亮，墳場中一切都很平靜，但他仍是感到有股涼意不由自主地自心底油然而生。血紅色的夕陽照在青黃相間的墳碑上，泛出一種詭異而森然的色彩。

亂葬崗很平靜，甚至可以說是安寧，但他卻清晰地感到在這片寧靜之後，隱藏著可怕的壓迫力，使他再無勇氣向前邁進，進入亂葬崗中。

熱汗很快便消退了，一陣秋風過後，他不由激靈靈地打了一個冷戰。唾手可得的銀狐的誘惑終是抵不過亂葬崗的莫名懼意，他決定放棄這次追獵。

就在他準備後退時，他的眼前忽然出現了驚人一幕——

只見斷碑殘丘之間不知何時竟出現了一女子的身影，此女子出現得毫無徵兆，就如同憑空幻化而成。

神秘女子沿著那條早已荒蕪的山道，徑直向墳塚叢生之處走去。獵人只覺喉頭發緊，心跳極快，心中充滿了難言懼意，已沒有勇氣正視那女子，但他的目光卻似被一股神秘的力量所牽引，不由自主地落在那女子身上。

雖然僅能望見其側影，而且對方還戴著幔笠，但他仍能感覺到這是一個年輕而美麗的女子。

只是，在這森然淒涼的亂葬崗中出現一個年輕而美麗的女子，反而備添詭異。

獵人身邊的獵犬似亦被眼前這詭異莫名的氣氛所懾，已悄然伏下身子，目顯驚慌不安之色。

就在此時，那女子站定了。

獵人緊張地望著她的一舉一動，他心中有一個聲音在催促著他速速離去，但事實上，他卻只是將身子盡可能地隱藏於樹林中。

亂葬崗中早已是人跡罕至，一個年輕的女子又怎敢孤身前來？何況她並未帶任何祭品，只是身後斜背著一隻黑色的長匣，匣子竟是呈罕見的弧度。

「她，究竟是人……還是鬼？」獵人的後背已有冷汗滲出，極度的緊張使他雖然始終注視著那女子，卻根本無心留意她的衣飾如何。

那女子站定之後，靜靜立著。

隱在林中的獵人只聽得內心狂跳的聲音，腦中卻已近乎一片空白。

「本座駕臨，為何還不相迎?!」

一個冷冷的女子的聲音突然在獵人的耳邊響起，似乎說話者就在他身側，而不是二十丈開外的神秘女子發出。

獵人頓時魂飛魄散，那聲音冷如千年玄冰，不帶一絲一毫的情感，仿若是來自無情的幽冥之境！

一股絕望之意完全佔據了他的心靈！

就在這時，忽然響起了衣袂掠空之聲。亂葬崗中，驀然出現數以百計的人影，自四面八方飛速掠向神秘女子這邊，便如同無數來自幽冥之境的鬼魅。

獵人低低地呻吟一聲，臉色煞白如紙。

數以百計的人影轉瞬間已掠至神秘女子身側，垂手恭立，其中一臉色蒼白、目如鷹隼的中年人向神秘女子道：「驚怖流哀邪與三百弟子恭迎聖座大駕來遲，望聖座見諒！」

此時，若是聽得這一番話的人是武界中人，而非一普通獵戶，必然驚愕欲絕！誰會料到行蹤縹緲、不可捉摸的驚怖流竟會在此地傾巢而現？

驚怖流當年曾與不二法門公然抗逆，足見其勢力之盛，兼其行蹤詭秘莫測，詭詐百出，且出手狠辣至極，故提及驚怖流，各大門派莫不變色。當年驚怖流門主龍妖雖最終敗亡於武界第一人——「不二法門」法門元尊之手，但憑其絕世魔功，向來被樂土人視作邪道魁首，法門元尊亦需與之七戰方才將其誅殺。

龍妖戰亡，驚怖流勢力大為削弱，最終隱出江湖之外。世人皆知驚怖流決不會就此煙消雲散，但以驚怖流的神出鬼沒，武界中人即使存有將之一網打盡之心，也是難以做到。

眼前哀邪既然成為繼龍妖之後的驚怖流主人，自然決不簡單！但當他與這神秘女子相見時，竟對其甚為恭遜，不知此女究竟是何來歷？

那女子淡淡地道：「你，就是哀邪？」

哀邪並未因她的直呼其名而動怒，他平靜地道：「正是。」

神秘女子身著一襲紅黃相間的裙袍，式樣極爲獨特罕見，在皆著黑衣的驚怖流屬眾中顯得極爲醒目，而她舉手投足之間的氣勢，竟亦能凌駕於讓武界中人聞之色變的邪道高手之上！

異服女子輕哼一聲，道：「本座聽說驚怖流可如水銀泄地一般，在樂土武界無孔不入，沒想到卻是虛有其名，竟容得他人隨意接近！」

哀邪哈哈一笑，道：「哀邪只是不願在聖座駕臨時殺人而已，其實方圓十里之內的風吹草動，無不在我驚怖流掌握之中。由此向西五里處，有一藥農；向東南方向七里處，有一樵夫，他們皆已準備離去。除此之外，在離此二十丈外，尙有一人一犬……」

說到這兒，他略略一頓，隨即接著道：「既然聖座不願他人接近，我便讓人將他們一併殺了！」

異服女子只是靜靜地聽著，不發一言。

哀邪向其身後屬眾輕輕揮了揮手。立即有三道人影自三個不同方向飛掠而出，其中有一人，便是直取追獵銀狐的獵人這邊。

本已因過度驚嚇而渾身發軟的獵人眼見一黑色身影以快如鬼魅的速度逼近，不知由何處生出一股力量，騰地躍起，向來者疾射一箭後，也無暇看是否射中對方，立即轉身逃命。

但僅跑出三步，便倏覺後背一疼，一股涼意直透胸膛。他猛然低頭，赫然發現剛才射出的箭此時竟已穿透了自己的胸膛。

低低地哼了一聲，這獵人如同被伐倒的朽木般向前轟然倒下，無聲無息。獵犬狂吠一聲，向那人影疾撲而去。一道寒光閃過，立時身首異處。

哀邪對左近發生的事並不去留意，因爲他知道，結果決不會出乎他的意料。

哀邪向異服女子道：「自從驚怖流老門主亡故後，驚怖流面臨重重危機，不得已之下，才將這亂葬崗內部掘空，作爲隱身之處，請聖座移步至地下殿堂說話。雖然此次爲迎聖座，驚怖流皆現身相見，但我等早已作了部署，驚怖流隱身於此的秘密，仍決不會爲他人發現！」

誰會料到在渺無人跡的亂葬崗的地下，竟有如此結構縝密、氣勢恢弘的殿堂？

這在象徵死亡的墳場中建成的地下殿堂，也正顯示了驚怖流驚人的生命力。驚怖流就如同一顆充滿神奇邪魔力的種子，即使歷經了乾旱風雪，只要未被空氣摧毀，在極爲惡劣的環境中，它照樣能瘋狂地滋生蔓延。

正殿中，異服女子與哀邪相對隔席而坐。縱是在這地下殿堂內，異服女子依舊未曾除去頭頂幔笠。她身上所著衣袍式樣奇異，顯得十分寬大，背上背著呈彎曲弧形的黑色長匣置於她身前長席上，黑色的長匣長約八尺，泛著幽幽冷光，竟不像是金鐵鑄成。

異服女子道：「哀邪，鳳凰重現隱鳳谷之日將至，主公對此很是心切，有關隱鳳谷的事進展如何？」

哀邪身為驚怖流一門之主，身負不世之技，面對這異服女子直言相問，竟能不怒！他道：「一切進展順利。隱鳳谷本就安插了我驚怖流的人，谷內情形如何皆為我所掌握。在武界銷聲匿跡近二十年的歌舒長空果然未死，而是隱身於隱鳳谷地下洞穴中，只是那地下洞穴具體情形如何，尚不得而知。近二十年來，歌舒長空從未離開過地下洞穴，據說他是身患不治之症，不能行動自如所致。」

「身患不治之症？」異服女子重複了一句，隨即輕哼一聲。

哀邪立時察覺到了什麼，道：「難道聖座知道其中另有內情？」

異服女子緩緩地道：「歌舒長空定非患了不治之症，而是在習練武學時不慎反傷自身。」

哀邪道：「無論是什麼原因使歌舒長空困於地下，至少可以說明一點，那便是歌舒長空已再成為我們進入隱鳳谷的阻力。今日的隱鳳谷谷主聲色犬馬，奢靡無能，沉迷於聲樂中，毫無當年歌舒長空之雄心，而且與其胞妹不和，其屬下對他亦暗懷不滿，所以也不足為慮。剩下的唯一勁敵只有一人，此人並不屬於隱鳳谷，但卻與隱鳳谷上下共處了近二十年，連隱鳳谷弟子亦只知稱其為『石老』，卻不知他的真實身分。而早在數十年前，此人就已是武界萬眾共仰的人物，唯有他才是如今我驚怖流最大的對手！」

「此人不屬於隱鳳谷？那麼，他的真正身分又是什麼？」異服女子道。

「當年玄流三宗之一的石敢當！」

五十年前，玄流至高無上的天玄老人歸天後，玄流經歷了一段風雨動盪的變故。內部分裂，一時派系林立，爭戰不休，最終玄流分化爲三宗：術宗、道宗、內丹宗。道宗之主便是石敢當，只不知爲何石敢當在二十年前忽然從江湖中消失。

玄流乃正道中最大門派之一，石敢當身爲玄流三宗宗主之一，在江湖中地位之尊崇可想而知。爲何以其地位之尊，竟會甘心默默無聞地屈就於隱鳳谷中？

異服女子沉默了片刻，道：「據說中原玄流三宗之道宗宗主石敢當的玄道修爲已臻逆化五行、虛化神奇腐朽之境。石敢當寄身於隱鳳谷，究竟有何目的？難道，他也是在等待鳳凰重現的時機？」

哀邪道：「據我所知的情況，石敢當在隱鳳谷行事低調，平時很少過問隱鳳谷中的事。他之所以留在隱鳳谷中，是因爲他對歌舒長空有一個承諾，答應爲其辦三件事。」

這一次，未等異服女子發問，他已接著道：「至於石敢當爲何要對歌舒長空許下這個承諾，卻是不得而知了。」

異服女子道：「那麼，你們對石敢當有何應對之策？」

哀邪道：「我已讓人設法離間隱鳳谷主尹歡與石敢當之間的關係，使尹歡對石敢當存有戒心，此事已有成效。」

異服女子忽然輕輕一笑，淡然道：「其實，對付區區隱鳳谷，根本無須花費這麼多的心思。」

她的言語中，隱然透著一絲狂傲自負之氣。

哀邪的眼中閃過一絲複雜莫測的光芒，但僅在刹那間便已消失得無影無蹤。他以平緩得幾乎沒有起伏的聲音道：「爲什麼？」

「因爲，我是天照神的傳人！」她的聲音輕緩，卻有著異乎尋常的驚人力量。

在清歡閣的正堂中，尹歡約見了被隱鳳谷稱爲「石老」的老者，十二鐵衛中除已死的古惑外，盡皆在場。

石老是否真的如雕漆詠題所言，是當年玄流三宗之道宗宗主石敢當？如果是，那麼他定是作了易容喬裝，否則以石敢當的赫赫名聲，縱是隱身於隱鳳谷深居簡出，也瞞不過世人的耳目。

尹歡正視著「石老」道：「石老，有人告訴我，『石老』的真實身分，其實是當年玄流三宗中的道宗宗主石敢當石前輩，不知此言可屬實？」

此言甫落，正堂內鴉雀無聲。

「石老」目光一閃，略作沉默，輕嘆一聲，緩緩點頭道：「此人所言不假，老朽正是石敢當！」

尹歡臉色頓時變得有些陰沉了，他道：「石前輩乃正道中備受尊崇的一宗之主，為何甘願屈就於隱鳳谷中？莫非……石前輩留在隱鳳谷中另有深意？」

十一鐵衛已對「石老」承認自己是玄流三宗之道宗宗主石敢當已很是吃驚，一時難以接受這不可思議的事實，此時聽尹歡如此發問，心中又不由暗自嗟嘆。嘆尹歡驕妄自恣，石敢當乃正道前輩高手，備受世人尊崇，尹歡此言近乎暗指對方有所圖謀，實是太過狂妄失禮。隱鳳谷十二鐵衛一向忠貞不貳，但此時亦難免心感寒意。

唯有雕漆詠題臉上毫無表情。

石敢當愴然一笑，並不動怒。他緩聲道：「依谷主看來，老朽有何深意？」

尹歡道：「在下不願妄加猜測，只是想到若是玄流道宗的人知道失蹤近二十年的宗主石前輩竟是在隱鳳谷中，只怕會與隱鳳谷發生爭端，不知石前輩是否想到了這一點？」

「老朽正是顧及這一點才易容喬裝，以免為隱鳳谷帶來不必要的麻煩。」石敢當道。

石敢當身為一宗之主，定然自重身分，決不肯輕易喬裝易容，雖然不知其內情究竟如何，諸鐵衛仍是不由為石敢當感到英雄氣短。

石敢當站起身來，目光凜然，宗師風範顯露無遺。他正色道：「谷主，老朽曾坦言相告，老朽之所以留在隱鳳谷的原因，是因爲當年曾對你父親有一承諾，而無其他圖謀。此事即是爲他保隱鳳谷二十年平安，二十年期限一滿，屆時自會離開隱鳳谷。」

尹歡道：「石前輩能爲一承諾耗廢近二十年光陰，誠信至此，實是讓我輩自嘆弗如。照在下看來，當年家父與石前輩之間的約定，本就有不妥之處，亦讓在下深感內疚……」

話未說完，外面傳來尹恬兒的聲音：「二哥所慮不無道理，所幸爹已決定，只要石爺爺爲爹辦妥最後一件事，二十年之約便立即中止。」

在眾人驚訝的目光中，尹恬兒出現於正堂前。眾人對尹恬兒所說的事都頗爲好奇，急欲知道老谷主歌舒長空要石敢當做的事是什麼。

出乎眾人意料的是，最先發問的人竟是雕漆詠題。

雕漆詠題向尹恬兒施禮後道：「請問老谷主要石前輩辦的是什麼事？」

尹恬兒道：「我爹要石爺爺助他一臂之力，以救陳籍性命！」

石敢當乍聽此言，頓有茫然不解之色，他喃喃自語般低聲道：「怎會……如此？」

莫非，他爲歌舒長空要他辦的事是爲「陳籍」而大感意外？

獨處堅冰中的歌舒長空近二十年來第一次與他人同處於一個狹小空間中。

石敢當在尹恬兒的引領下，進入冰殿，雖然他居於隱鳳谷已有十數年，且多是在石殿中出入，但進入冰殿卻還是頭一遭。

尹恬兒與石敢當素來親近，她見石敢當身形枯瘦，唯恐他難以忍受冰殿苦寒，便讓隱鳳谷弟子為其備好皮裘厚衣，卻被石敢當制止了。

此刻，石敢當安然立於冰殿中，臉色如常，毫無異狀，尹恬兒這才放心。

石敢當望著冰台中的歌舒長空、戰傳說二人，神情複雜，顯是被勾起百般思緒，一時間冰殿內靜寂如死。良久，石敢當長長喟嘆一聲，道：「歌舒長空，果不出我所料，你並非身染不治之疾。」

尹恬兒一怔，愕然失聲道：「石爺爺，我爹的確是身染重疾，唯有以寒冰方能保頑疾不會發作……」

話未說完，便被歌舒長空的聲音打斷了，他道：「恬兒，他所說的確是事實。爹之所以一直未告訴妳真相，是擔心此事為世人所共知後，會給隱鳳谷帶來災難。」

石敢當沉聲道：「歌舒長空，以你的稟性，既然願讓我進入此地，說明你已有絕對的信心突破此境，是也不是？」

「不錯！我雖受此厄難，但在我的精心安排下，總算既保全了隱鳳谷，也使自身雖困於冰殿卻未遭不測，但今日我歌舒長空卻非欲為此事與你相議。與我同在冰台中的年輕人名為陳籍，不二法門託付我兒尹歡為其療傷。因為此子曾救過恬兒，所以我想見見他，在冰殿中，我見他難以抵禦嚴寒，便讓恬兒將禦寒心訣傳授於他，不料因急於求成，此子真氣逆岔，性命堪憂！今日要救他性命，憑藉你的『星移七神訣』，合我之力，方能成功！只要你辦妥此事，你我之間的約定就算全部兌現，從此你我互不相干。」

尹恬兒忖道：「久聞『星移七神訣』乃玄流三大絕學之一，但因為此絕學唯一傳人——道宗宗主在武界已銷聲匿跡近二十年，所以從未能有機會一睹絕學真相。沒想到石爺爺就是失蹤了近二十年的道宗宗主。石爺爺心地善良，休說與爹爹早有約定，即使僅為救陳籍，他老人家也定會出手，看來我今日可大飽眼福了。」

孰料石敢當卻未急著應允，他道：「歌舒長空，雖然你被困於冰殿中已有近二十年，但我知道你的武學修為定然已臻更高境界，陳籍小兄弟究竟有何不妥，連你也無法相救？」

歌舒長空道：「我本亦自認為可以將他救醒，沒想到辨他內息，已逆亂糾葛，若僅以內家真力，非但無法救其性命，反而會使他情形更為不妙。我久聞『星移七神訣』分為陰、陽雙訣，陽訣固然是克敵制勝的不世奇學，而『星移七神訣』之陰訣卻更為玄奧，依此絕學，可使他人與自己異體同息，然後借導納自身內息真元的方式，控制對方，為其理順逆亂的內息。」

石敢當道：「既然如此，我願以『星移七神訣』一試，但願能將他救起。」

歌舒長空卻阻止道：「若是當時便由你出手相救，自然可將他救醒。但在此之前，我已把自身功力灌入他體內，實不相瞞，我隱身於這冰殿中近二十年，自身真元功力已充滿了寒勁，若是此時以『星移七神訣』使他的內息與你相融，那麼他體內的玄寒之氣必將作用於你，其時你一方面要全力調理自身內息以求導理對方，同時又要受此玄寒氣勁侵蝕之苦，稍有不慎，就會禍患無窮。此舉太過冒險！」

尹恬兒不由擔憂地看了看石敢當，見石敢當疏眉微蹙，立知父親所說不無道理，才使石敢當躊躇不決。

果然，石敢當輕嘆一聲，道：「所謂奇則不厚，以『星移七神訣』的陰訣爲他人療傷扶正，實屬奇道。一旦有何差錯，我與這位小兄弟可是要一亡俱亡了。」

尹恬兒心知石敢當平時看似寡言孤僻，其實古道熱腸，而且今日看來，他對大家之所以寡言少語，與他同隱鳳谷複雜而尷尬的關係有關。既然他這麼說，就定然事有棘手之處。

她想到「陳籍」之所以會成如此模樣，定是因爲自己將其領來冰殿之故，不由很是爲他的安危擔憂。尹恬兒的目光投向冰台深處，依稀可見戰傳說一動不動的身影。

歌舒長空胸有成竹地道：「我有一策，既可救此子，又不會讓石宗主有危險。」

石敢當清瘦的臉上有了一絲疑惑之色，他道：「是嗎？」

歌舒長空道：「石宗主是玄流數一數二的高手，其武學修為之高，自不待言。只要你以『星移七神訣』作用於這冰臺上，我再設法將此玄門氣勁聚於冰台中央，使自身與陳小兄弟達到異體同息之境，他體內的玄寒真氣對我絲毫無損，而我則可逐步調勻其內息，一旦他的內息順暢，剩下的事自然迎刃而解！」

歌舒長空所言不無道理，因為調理自身內息人人可為，這非「星移七神訣」的獨到之處。「星移七神訣」的獨到之處在於能以強大的內家修為產生玄道氣場，此氣場猶如神、元之廊橋，使雙方互融互通，雖異體而同息。只要石敢當能以驚世駭俗的玄流道宗曠世修為為歌舒長空營造一個「星移七神訣」氣場約束下的空間，歌舒長空極可能憑藉自身的不世修為救下戰傳說。

石敢當猶自有些猶豫，歌舒長空催促道：「雖然此策並非十全十美，但除此之外，也再無他策可行。何況此舉最穩妥之處就是即使救不了此子，至少你我二人都不會有所損傷，此後再圖他計亦無不可。」

雖然雙方相隔著重重堅冰，但石敢當仍是由歌舒長空的語氣中聽出了他的急切。

他有些感慨地道：「看來近二十年來，你的性情已改變了不少——好，我答應你！」

歌舒長空如釋重負地道：「恬兒，妳暫且退出冰殿，在入口處為爹爹及石宗主守護吧。事關陳籍小兄弟的性命，妳要多加小心，不可讓任何人驚擾！」略略一頓，又補充一句，「包括妳二哥！」

尹恬兒依言退出。

對於歌舒長空、石敢當、尹恬兒三人之間的對話，戰傳說皆聽得清清楚楚，但他卻無法動彈，亦不能發出任何聲音。他清楚地知道在此之前，歌舒長空雖將其真力輸入自己的體內，但自己非但未因此而感到寒勁入侵，反而因爲那股真力的緣故，使自己已不再如初入冰殿中那樣感到寒意不可抵擋了。

戰傳說隱隱覺得以自己目前的狀況，憑歌舒長空的修爲，應該能夠將自己救醒，因爲此刻他除了身體不能動彈、嘴巴不能言語、眼睛不能視物外，並無其他任何不適之感。

讓戰傳說不解的是，歌舒長空爲何要求助於他人？而且歌舒長空又稱自己氣息紊亂、糾葛不清，這與自己此時的自我感覺亦是大相徑庭！

思及此處，戰傳說忖道：「究竟是因爲歌舒長空沒有察明我的真正情形，抑或另有原因？」

心神不定間，又聽得歌舒長空的聲音在身邊響起：「石宗主，即刻開始吧。」

戰傳說與石敢當並未謀面，當然也無法由歌舒長空的口中聽出他所謂的「石宗主」就是玄流道宗的宗主。戰傳說由他們雙方的言語中知道，「石宗主」決不會是隱鳳谷的人，否則不會直呼歌舒長空之名，不由暗自揣度此人的身分。

戰傳說對武界各派的事知之甚少，加上石敢當早在近二十年前便忽然消失於武界之中，所以無論如何，他也是無法準確地把歌舒長空口中的「石宗主」與「玄流道宗」的石敢當聯繫在一起。

此刻卻聽石敢當道：「歌舒長空，老夫有一事尚不明白，不知你敢不敢以實相告？」未等對方答覆，他已接著道：「此處只有你我二人，你應不會有何顧忌吧？」

戰傳說先是一怔，隨即明白在「石宗主」看來，自己既然內息紊亂，處境危險，定然是處於昏迷狀態，是無法聽見他們的對話的。

歌舒長空沉聲道：「此時救人要緊。」

石敢當忽然仰天長笑，笑聲在冰殿中回蕩開來，久久不絕。

笑罷，石敢當道：「歌舒長空，你太低估我石敢當了。其實，甫一進入冰殿中，我便已知你所說的急待救助之人並無大礙，他的內息也並非如你所說的已紊亂不堪！雖然我暫不知你讓我以『星移七神訣』相助的真正目的何在，但至少明白一點，以你心計之深，此舉要達到的目的也許會讓我大吃一驚！」

戰傳說心中吃驚非小！他沒想到歌舒長空與他近在咫尺，卻稱自己已危在旦夕，而相隔重重堅冰，沒有任何試探的石敢當反而洞若秋毫！

黑白是非相互混淆，倒是戰傳說一時糊塗了。他多麼希望此時能睜開雙眼，看一看此刻歌舒長空的臉部表情，借此判斷出事情的真相如何。

但無論如何，他仍是感激歌舒長空爲了助他恢復如常所做的努力。

「莫非，被稱做『石敢當』的人，其修爲更在歌舒長空之上，方能比歌舒長空更輕易地洞察自己此時的情形？」戰傳說暗自忖道。

歌舒長空沉默了。

少頃，他哈哈一笑，笑聲顯得有些乾澀空洞。只聽他道：「不愧是玄流三宗之一的石敢當！精明勝狐。現在，我倒有興趣聽一聽你究竟有何疑問了。」

他這一番話，無異於默認了石敢當所說的話，「陳籍」的情形並不像他在此之前所說的那麼不妙！

石敢當以其蒼老之聲道：「我所不明白的是恬兒長兄尹縞之死，是否與你有關……？」

話音未落，戰傳說倏然感到猶如具有實體的可怕殺機！殺機如此凌厲強大，使戰傳說凜然大震。

難道，這強大得幾可使人窒息的殺機，是來自於歌舒長空？

驚凜之後，戰傳說更爲石敢當所說的那一番話震愕莫名，忖道：「此人說話毫無道理，尹縞既然是尹恬兒的長兄，那麼就是歌舒前輩長子，歌舒前輩又怎會無故加害自己的兒子？無怪乎歌舒前輩如此震怒，以至於心萌殺機！」

一時間，冰殿中靜寂如死。

良久，戰傳說感到那凌厲殺機開始如潮水般退去，歌舒長空緩聲道：「尹縞天賦甚高，且心懷大志，尹歡與他相比，相去千里。實不相瞞，倘若讓我歌舒長空再作一次抉擇，我必在二子之中選擇尹縞，尹歡他……太讓我失望了。我早已看出尹歡難擔大業，奈何自身難以離開冰台半步，對隱鳳谷的種種變故，我亦心有餘而力不足！若是我能獲得自由，第一件事就是要查清我兒尹縞英年早逝之真相！」

歌舒長空雖未直接否定石敢當的話，但事實上卻等於斷然否定了此事。一則他行動不得自由；二則在二子之間，他更器重尹縞，而這兩點，都是他人所不可否認的事實。歌舒長空以這種方式應對石敢當突如其來的提問，顯然比勃然大怒斷然否認更具說服力。

石敢當蒼老的臉上有著無限憂鬱，他心情沉重地道：「此次你讓老夫救醒陳籍，而事實上他並無大礙。由此看來，此事背後必然有更深內幕。事已至此，老夫亦無法左右，但願你不是在利用老夫做傷天害理之事，否則此事完結，你我之間的誓約既然已一筆勾銷，那麼老夫決不會坐視你爲禍樂土而不理，必會取你性命以謝罪天下！」

歌舒長空平靜地道：「你多慮了。若是倚借你就能做出一番驚天動地的大事，而我又願意爲之，那麼我就決不會等到今天了！你道困於這冰台近十數年時光數千個日日夜夜的滋味是容易忍受的嗎？當年我身爲隱鳳谷谷主之時，雖然時時有心懷叵測者窺我隱鳳谷，屢屢進犯，但我歌舒長空未睚眥必報，從未濫殺一人，何以今日你會對我有諸多顧慮？」

說到這兒，他喟然長嘆：「當一個人被困於與外界隔絕之境近二十年，那麼他心中必然只存一念，就是只要獲得自由之身，所有的權勢榮華皆如浮萍，所有的恩怨皆如雲煙……唉……如此心境，又豈是他人所能理解的？我以誓約使你屈尊於隱鳳谷，曾是我自認爲的得意之舉，但現在想來，卻是讓我心中不安。陳籍的確並無大礙，我之所以讓你相助，是因爲想借此機會讓你做到當年誓約中所說的三件事，從此再不必受誓約約束。雖然你我素有怨隙，但最瞭解你的人，也許就是我歌舒長空。我知你稟性，若是直接提出讓當年誓約一筆勾銷，以你之耿直性情，決不會答應，所以才想出此策。爲了不讓你起疑，我才有意將陳籍的情形說得更爲嚴重……不過，以我一人之力，要救他的確不易，畢竟我困於冰台中已有近二十年，早已非當年的歌舒長空了！」

石敢當心中思緒如潮水般洶湧翻騰，難以平靜，他相信歌舒長空所說的是事實。是的，數千個日日夜夜，獨自一人處於玄寒冰殿中，還有什麼世情冷暖不能堪透？

一時間百感交集，不知是悲是喜。

一幕幕往事湧上他的心頭，使他情難自禁。歌舒長空困於冰殿中近二十年，而他又何嘗不是在怨憤鬱悶的枷鎖中度過近二十年？

蕭索之餘，一股豪情湧上了石敢當的心頭，他大聲道：「今日我不但要助你一臂之力，而且即使誓約解除，我仍要保隱鳳谷度過迫在眉睫的劫難！」

雖然近二十年來，石敢當一直是在爲保隱鳳谷平安而默默地做了許多事，但唯有這一次，是他自己作出的選擇。

戰傳說默默地聞聽了他們二人的對話，他越來越感到歌舒長空與石敢當之間的關係複雜玄奧。

隱於亂葬崗下的驚怖流地下宮殿。

異服女子以其白皙如冰雪雕就的玉指輕輕撫了撫她形影不離的長匣，冷冷地道：「哀邪，主公雄謀霸志絕非僅僅止於隱鳳谷。區區隱鳳谷，我等當以風捲殘雲之勢一舉蕩平，決不可再作拖延！」

哀邪道：「對付隱鳳谷的確不難做到，但一旦攻取隱鳳谷，必會驚動不二法門！哀邪所慮，便是不二法門！」

「不——二——法——門？」異服女子聲音低沉地道：「本座早已存有與不二法門中人會一會的念頭，看看他們憑什麼自詡天下武道最高權威！今日即使是法門元尊親自出手，也無法挽救隱鳳谷谷亡人滅的結局！哀邪，久聞你麾下高手甚眾，猶以『青衣紅顏』兩大殺手最爲突出，何不讓他們在隱鳳谷一展身手？」

哀邪肅然道：「『青衣紅顏』並不是殺手！」

「哦？」異服女子頗為驚訝。

哀邪正色道：「他們的智謀武學皆完全超越了殺手之境，他們已是殺——神！」

水氣氤氳中，尹歡長長地舒了一口氣。巨大木桶中的水溫正合適，他將身子半仰半隱於水中，僅有肩部以上露出水面。在氤氳水氣中，越發顯出他肌膚滑美如處子。

尹歡靜靜地半仰著身子，不發一言，守候在浴桶外的兩名侍女自然也不敢出一聲。她們知道，谷主尹歡每次沐浴時，都會這般沉默良久，也許他是在這一刻默默地想著心事，也許是在默默地享受……總之，此刻他決不允許別人驚擾他這份清靜！

這一次，尹歡出神的時間格外久。甚至熱氣開始漸漸消退，尹歡才回過神來，也不言語，只是「嗯……」了一聲。

那兩位侍女顯然在尹歡身邊侍候久了，自然會意，立即將乾爽的浴巾遞上，然後退開幾步，垂首而立。

「嘩嘩……」的潑水聲時斷時續，又過了一陣子，方聽得尹歡輕聲道：「出去吧。」

尹歡更衣之時，從不喜外人觀瞻。兩名侍女立即退了出去，並反手掩上門，在外面等候著。

就在此時，十二鐵衛中排名第八的關寇子匆匆而至，急切地道：「谷主何在？」

其中一名侍女道：「谷主在沐浴更衣，關衛……」話未說完，已被關寇子打斷：「速稟谷主，驚怖流兩大統領『青衣紅顏』率五十名殺手已殺入谷中，谷中兄弟傷亡慘重，請谷主定奪！」

兩侍女驚聞此變，相顧之間花容失色，但她們仍是道：「谷主沐浴之時，不許外人隨意驚擾，關衛稍候。」

關寇子震怒道：「禍難將至之際尚不知變通！若誤了大事，看你們如何擔當！」

關寇子一向恭謹儒雅，罕見其動怒，此時一怒，備顯威凜，加上驚怖流攻入隱鳳谷之事對二侍女亦震動極大，於是不再堅持，匆匆入內向尹歡稟報。

關寇子心急如焚，卻不敢貿然闖入。在尹歡的內室，除了其近身侍女外，即使是十二鐵衛，也極少踏足其間。

正等待間，忽聞內室有異響，並伴隨有女子的低聲呻吟。關寇子心中一驚，想到驚怖流之神出鬼沒，防不勝防，他再不猶豫，「砰……」的一聲，撞開虛掩著的門，闖入內室。

一個聲音讓關寇子頓然凝身止步：「關衛，何事如此驚慌闖我內室？」語氣平緩柔和，說話者正是尹歡。

尹歡此刻已著衣妥當，一襲銀色錦袍越發襯得他長身玉立，如玉樹臨風。

關寇子正要答話之際，這才發現方才入內室稟報的兩名侍女竟已倒於地上，咽喉處各有一抹並不顯眼的血痕。關寇子頓時失語，愣然呆立當場。

尹歡道：「她們已死了。」言語顯得極為平淡，白皙纖長的右手手指輕輕地撫弄著左手戴著的指環。

關寇子驚道：「難道方才有刺客？」他想起了剛才室內的異響，起初還擔心尹歡有何不測，沒想到遭殃的卻是兩位侍女。

尹歡道：「沒有刺客，她們是被我殺的。因為她們不依規矩，貿然闖入內室！」說完這句話，尹歡直視關寇子。

關寇子心中泛過一陣寒意！

季真在十二鐵衛中排名第三，但他的冷靜卻絕對可在十二鐵衛中排名第一！刀緊握於他的左手，短而且厚，讓人感到那已不再是刀，而是他身體的一部分。

他的身後，就是通往遺恨湖三十六間水舍的浮橋。

雖然三十六水舍是隱鳳谷精心佈置而成，暗蘊陣法玄奧，可作禦敵之用，但同時，遺恨湖又是隱鳳谷秘密的隱藏之處，所以若非迫不得已，決不會讓來犯之敵輕易進入遺恨湖。

湖面平靜，不泛絲毫漣漪。

三十六水舍由一百零八名隱鳳谷弟子守衛著，只是此時他們都已隱身於水舍之中，環繞遺恨湖的石徑上，赫然有數十具屍體！

與季真相隔三丈遙遙相對的，是三日前一舉擊殺隱鳳谷包括十二鐵衛古惑在內數十人的絕色女子！

她就是驚怖流門主哀邪視爲左臂右膀的「青衣紅顏」中的「紅顏」！

「孤劍」斷紅顏！

斷紅顏之所以被稱爲孤劍，是因爲她劍法已臻鬼神莫測之境，而且性情冷漠堅忍，每每受哀邪之命出擊時，都是孤身涉險，不屑與他人攜手。三日前襲擊隱鳳谷時亦是如此！

這一次，斷紅顏願與「青衣」一道出手，已是非同尋常。一則「青衣」是驚怖流除哀邪外，唯一能與斷紅顏相提並論的人，同時也因爲此次行動關係重大，決不能有一絲一毫的差錯，所以斷紅顏破例與青衣聯手。

除了知道「青衣」已以隱鳳谷十二鐵衛之一雕漆詠題的身分進入隱鳳谷外，她對「青衣」並無太多的瞭解。

事實上，驚怖流的人彼此間都不知其來歷如何，唯一知道他們所有人身世秘密的，只有哀邪一人！

真正的雕漆詠題自然已死了，對於驚怖流而言，這種偷樑換柱之術不過是小試牛刀。尹歡及隱鳳谷其他人決不會對「青衣」易容而成的雕漆詠題起疑，這倒不僅僅是因爲驚怖流有絕世無雙的易容術，更因爲易容成雕漆詠題的人是「青衣」！

斷紅顏太過冷漠絕情，所以她只能成爲最可怕的殺手。而扶青衣卻不同，他太富智謀，若是官宦，必然官居一品；若是商賈，必然富甲一方；若是工匠，必然巧奪天工。所以身爲驚怖流殺手的扶青衣，自會成爲殺手中的「神」級人物。

扶青衣居然能在一夜之間就與雕漆詠題那隻極富靈性的灰鷹融合共處，單這一點，連斷紅顏也佩服不已！在她看來，做到這一點決不比殺十人更容易。

當扶青衣與那隻灰鷹一同返回隱鳳谷，又有誰會對「雕漆詠題」起疑？正因爲對他深信不疑，尹歡才當面詰問石敢當的真實身分，若非尹恬兒及時趕到說出其父的吩咐，只怕尹歡已公然與石敢當決裂。

驚怖流早已覬覦隱鳳谷，所以晏聰與戰傳說進入隱鳳谷的事亦未逃過驚怖流的眼線。尹歡欲利用瓷藥瓶追蹤晏聰的手段沒能瞞過晏聰，同樣也沒能瞞過驚怖流。驚怖流立即斷定這是進入隱鳳谷的一個突破口，當下便利用晏聰拋棄的瓷藥瓶引雕漆詠題進入圈套。

扶青衣假言晏聰是驚怖流的人，尹歡就更不會對他的「鐵衛」身分起疑了。扶青衣最想達到的目的就是讓尹歡與石敢當不睦，乃至相互殘殺，但他這一目的顯然未能達到。

扶青衣聽說石敢當之所以留在隱鳳谷，是因爲他與昔日谷主歌舒長空有一誓約，而助歌舒長空爲他人療傷已是石敢當必然做的最後一件事。扶青衣便欲請門主哀邪再拖延一兩日，待石敢當與隱鳳谷分道揚鑣後再出手。但哀邪根本未聽從他的建議，今日便由斷紅顏率領五十人強攻隱鳳谷。

斷紅顏的身後尚有三十七名驚怖流屬眾，他們終年隱身於墳塚之內，早已習慣了死亡的氣息，隱鳳谷弟子及同伴的死亡使他們熱血賁張。

斷紅顏目光落在季真身上，冷冷地道：「沒有人能擋得住驚怖流，你還是讓尹歡前來歸降，交出我家門主所需之物吧！」

季真不發一言，手中的刀握得更緊。

斷紅顏忽然輕輕一笑，在她那冷豔至極的臉上笑容乍現，竟有異樣的動人心魄之處。

斷紅顏望著季真手上的兵器，道：「左手刀，刀身厚而短——你一定是季真！據說季真在十二鐵衛中排名第三，但即使是排名第一的應宗，我亦能一舉擊殺！」

她的嘴角處浮現出一抹輕蔑不屑之意。

季真竟不爲之所動，神色依舊。

斷紅顏並非喜言善道之人，她之所以說出這一番話，其實是爲了能觀察遺恨湖三十六水舍。此時，她自感已將三十六水舍的位置大致記下，當下再不多言，一振手中異形長劍，長驅而入，身形猶如天馬行空，幾乎沒有任何動作已憑空閃過三丈距離，長劍徑取季真！

季真的心臟因為危險的逼進倏然收縮，血液似乎突然停止了奔湧，他的瞳孔也本能地收縮了。左手刀破空而起，虛空為短刀所破時，發出驚人的嘯聲，猶如龍吟虎嘯！季真在對方予己空前強大的壓力下，自身修為頓時被激發而至最高境界，刀勢若驚濤駭浪般迅猛無匹。

極為短暫的爆響聲倏然在刀劍相交的一剎那響起，季真立覺一股強大至無以復加的氣勁以不可逆轉之勢狂侵他的軀體，似欲使其軀身爆裂！

季真一聲石破天驚的吼叫，倒跌而出，身形過處，腳下的浮橋頓時斷裂，仿若被一柄無形巨刀凌空劈斷！

一直退至離岸最近水舍的外側連廊，季真方止住退勢。

他的臉色蒼白，口角溢血，顯然受傷極重，唯有他那柄短而厚的刀，仍在他手中緊握。

季真生平經歷無數惡戰，對手中不乏絕頂高手，但從未有人如斷紅顏這般予他以不可抵禦的感覺！斷紅顏是他步入江湖後遇到的最可怕的劍客！

她的劍，赫然已成死神的咒念！當年驚怖流曾一度讓整個武界為之惶惶不安，決不會沒有理由。

斷紅顏沉聲道：「能在我一劍之下保全性命，總算沒有太讓人失望！」開口之際，她尚在水舍對岸，話音甫落時，她已如影隨形而進，逼近季真，異形長劍揮出必殺的一擊！

季真重傷之下，功力渙散，新力未生，絕無可能避過斷紅顏出神入化的絕殺一劍！事實上，季真根本沒有試圖閃避，相反，他竟出人意料地徑直迎向斷紅顏的劍！

殺劫雖然同樣難免，但不同的是，季真此舉是在絕望中的一種主動，雖然回天無力，卻為他自己贏得了極短的一瞬間機會。

「哧……」長劍毫無阻擋地刺入了季真的胸部，強大的劍勢將季真的身軀震出，加上這一劍所刺的部位在季真的掌握中，他的刀順勢在對方劍身上一抹，由此產生一股力道，將自己的身軀送出。

季真突出奇招，使他從鬼門關前擦身而過！那一劍雖然洞穿了他的身軀，但不足以讓他即刻死亡，若非如此，斷紅顏的劍所取的將會是更為致命的部位。

斷紅顏既驚且怒，沒想到季真在最後一刻竟以獨特的方式使她勢在必得的一擊抱憾而終。驚怒之下，斷紅顏整個身形如怒箭般標射而出，後發先至，在季真的身軀尚未落地之時，她已掠過了他的身側。

劍出如虹！

血光乍現，化為血雨，灑在遺恨湖中。

季真胸前血箭標射，同時身形如隕石般跌落。

斷紅顏飄然落在了與季真墜落處最近的水舍舍頂——不知不覺中，她已離開了湖畔較遠的一段距離。

腳尖剛剛觸及舍頂，舍頂突然向四側彈滑，斷紅顏身形頓墜！

突遇此變，她並不慌亂，長劍倏出，劍尖在正彈開的屋簷上一壓，便要借力飛身掠起，驀然腳下有冷風襲至！

斷紅顏一聲長叱，劍氣暴漲，凌空長劈而下，頓將水舍舍頂劈得四散飛射，同時長劍如一縷清風般順勢掃過她的下盤，「叮噹……」聲中，數枚暗器已被長劍蕩開。

此時，斷紅顏已明白季真是在以其性命爲代價將她引至這間水舍。雖然明白了這一點，但以斷紅顏孤傲的性情，加上隱鳳谷內她一直所向披靡，所以並未太過在意。尤其是水舍無法抵擋她的劍鋒，竟是木製結構，更是使斷紅顏毫無顧忌。

她自忖僅憑一間木舍，尚決不能困住她。就在此刻，驀聞「砰……」的一聲，水舍突然烈焰四起，剎那間，斷紅顏竟已置身於一片騰騰火海中。

與此同時，有洞簫之聲遙遙傳至，其聲詭異，以斷紅顏之內家修爲，竟無法分辨出洞簫之聲的來源！

斷紅顏冷哼一聲，異形長劍倏然疾揚，無形劍氣如排山倒海般激蕩而出。

「轟……」爆響聲中，水舍再難與這空前強大的劍氣相抗衡，頓時分崩離析。

但與此同時，萬道火舌不退反進，齊齊向斷紅顏席捲過來。

斷紅顏縱然堅忍冷酷，終是難脫女人天性，只恐被火焰燒傷殃及容貌，當下將自身內力空前催發，長劍錚鳴聲中，無形氣勁將萬道火舌生生逼開。此時斷紅顏如怒發之矢，沖天而起。

身形騰空掠起的那一剎那，斷紅顏眼前倏然暴現一片炫亮至極的白光，猶如光之利箭，侵入她的視野。同時，那不可捉摸的洞簫突然變得高亢尖銳。

斷紅顏一聲大呼，雙目頓時出現短暫的失明，眼前一片灰暗！

驚怒之下，她將所有怒火全凝集於一劍之上，一聲長嘯，長劍暴捲而出，劍勢強大至無以復加，彷若一劍之下，便可吞天滅地。遺恨湖中的湖水被劍勢所挾裹，攪起滔天巨浪。

劍勢未了，斷紅顏眼前驀然復見光明！她赫然看到自己劍勢所取的方向，竟是一個與自己容顏、衣著完全一樣的女子。此女子柳眉倒豎，一臉憤怒，正揮劍疾取她的要害部位。

洞簫聲愈發縹緲無定，充滿了蠱惑心志的玄異力量。

恍惚間，斷紅顏竟感撲朔迷離，分不清誰才是真正的自我！

「……如果我所看到的就是自己，那麼我又是誰？如果我所看到的不是自己，那麼她又是誰？如果……」

錯綜複雜的千頭萬緒，在電光石火的一剎那齊齊湧入斷紅顏的腦海中，是是非非，真真假假，虛虛實實，使斷紅顏一片茫然，頭痛欲裂。

而在這極短的瞬息間，她眼中所看到的另一個「斷紅顏」已迅速接近。兩柄完全相同的劍，以完全相同的劍式疾攻而出。

長劍沒體而入——斷紅顏似乎清晰地看到了自己的劍準確地刺入了對方的胸部！但同時又有強烈的感覺感到長劍是刺入了自己的胸口。

神志已有些混亂的斷紅顏倏地凜然一驚，一個強烈而又不可思議的念頭突然佔據了她的整個思緒。

「——我殺了自己！」

斷紅顏不由自主地強行止住自己一往無回的劍勢，剎那間洶湧激蕩的劍意無從宣洩，倒捲而回，斷紅顏只覺胸前一痛，內臟如受重重一擊，頓時鮮血狂噴，狂嘶一聲，仰首倒跌。

「嘩……」斷紅顏重重地跌入湖中後，紊亂的神志突然一下子清醒過來，頓時明白方才自己所見的那個與自己完全相同的女子只是幻覺！而這一幻覺，顯然是因部署於遺恨湖中的神秘陣法所致，而那洞簫之聲則在其中起了推波助瀾的作用。

斷紅顏的身軀在湖中不斷地下沉，身不由己地下沉，她被自身的功力傷得甚重，真力渙散，一時竟難有作爲。

此時，水中有幾個黑影以驚人的速度自幾個不同的方向朝斷紅顏迫近……

尙在湖岸的三十九名驚怖流屬眾將斷紅顏斬殺季真後的一幕看得清清楚楚，他們看到斷紅顏所在的水舍突起火焰，隨即斷紅顏破水舍而出。驚怖流屬眾亦聽到了洞簫之聲——但與斷紅顏不同的是他們並未見到那道奪目炫光，而只是忽見一直隱身於水舍中的隱鳳谷弟子突然現身。

驚怖流屬眾正自疑惑間，倏聞斷紅顏厲聲長嘯，手中異形長劍以驚人聲勢遙擊虛空，情形詭異，狀如瘋狂。而更讓眾人目瞪口呆的是斷紅顏劍式甫出，倏然強行收式，隨即見她鮮血狂噴，跌落水中，卻久久不見她自水中浮現。

一時間眾人愕然失聲，不明白何以會出現這匪夷所思的一幕。

經歷了這驚人一幕之後，遺恨湖復歸平靜。斷紅顏沒入水中後，竟再也沒有浮出水面。

莫非，她竟就此死亡？

驚怖流屬眾自攻入隱鳳谷後，尙是第一次受到重挫！

「你們壞了本谷主的清閒雅意，實是罪該萬死！」突然有一個清朗的聲音在眾驚怖流屬眾身後響起。

眾人心中一凜，驀然回首。只見尹歡正在他們身後負手而立，氣定神閒，俊美絕倫的五官在一襲銀色錦袍相襯下，更顯飄逸。

在他的身後，尚有關寇子等數十人，其中由驚怖流「神」級殺手扶青衣易容而成的雕漆詠題亦在其中。

三十九名驚怖流屬眾中一個地位僅次於神級殺手「青衣紅顏」的統領級殺手驀然怪笑一聲，對身邊的人嬉笑道：「諸位可知此人是男是女？」

話音甫落，驚怖流屬眾哄然大笑，其中一人道：「若是女子，倒是一個俏娘……」「們」字尚未出口，眼前突然有異芒閃掣，未等他有任何反應，只覺喉頭一緊一甜，一聲低吼，此人頓時仰身而倒，氣絕身亡。

出手的人正是尹歡！

他手中赫然多出了一件奇兵！

此兵器與世間任何兵刃都不相同，它竟是薄如一紙，且如弱柳一般可扭曲舞動，絕非尋常軟劍可比。尹歡內家真力吞吐間，兵刃顫如秋水，異芒閃掣，讓人目眩神迷。

待驚怖流屬眾回過神來，尹歡已退回原處，靜靜佇立，唯有手中兵器猶自輕鳴不已。

驚怖流中忽有人失聲低呼：「長相思！」

他的眾同伴心神一震，旋即醒過神來，不錯！那奇異的兵器正是名聲赫然的奇兵——長相思！

在「龍之劍」及「天照刀」尚未在武界中出現之前，江湖上有四件兵器被尊爲四大奇兵：長相思、斷天涯、玄流九戒、紅塵朝暮！

「長相思」在四大奇兵中排名最前，但因爲它百年來從未露面，故其名聲反而不如後三者顯赫。

玄流的九戒戟乃五十年前玄流至尊——天玄賴以名動天下的奇兵。

「斷天涯」的最後一個主人是顧浪子，但顧浪子借詐死遁隱武界之外後，「斷天涯」與它的主人顧浪子之名一同消失。世人尋不著活著的顧浪子，自然再也沒有見到「斷天涯」。

至於「朝暮劍」，則總是在紅塵俗世中時隱時現，不可捉摸其行蹤。「朝暮劍」不斷地更易主人，卻從未落入武界名門大派手中。朝暮劍的主人每每能倚仗此劍一鳴驚人，但終不免如流星般隕落。此劍之所以稱爲「朝暮」，正是人們將之暗喻爲「朝現暮隱」。

而「長相思」，已有百餘年未在武界中出現了，且武界中人並未聽說此奇兵有何顯赫一時的戰績。但世人相信它既然能名列四大奇兵之首，久被世人稱頌，必有其不凡之處，它之所以一直未曾大放光芒，只因尚缺淵源。

那麼，可讓「長相思」名而符實的淵源又是什麼?誰也不知。

更無人知道此刻尹歡手中的「長相思」是否已具有與其名聲相符的可怕威力!

請續看《玄武天下》之二　隱鳳遺恨